中公文庫

R 帝 国

中 村 文 則

中央公論新社

目次

R帝国

人々は、小さな嘘《うそ》より大きな嘘に騙《だま》されやすい。

アドルフ・ヒトラー

第一部

〈開戦〉

朝、目が覚めると戦争が始まっていた。

画面を操作し、矢崎《やざき》はニュースの続きを見る。隣のB国の核兵器発射準備。察したこの大R帝国が、空爆で阻止していた。

ベッドから気だるく起き上がり、さっきまで見ていたHP《エイチピー》を持ちリビングに向かう。まだ眠いな、と矢崎は思う。つい二ヵ月前にも、戦争があった気がする。画面が小さい。HPに声をかけ、壁に動画を映写機のように投射させる。HPから出る青く冷えた光が、壁に国営放送を映し出す。痩せた男性アナウンサーが力なくしゃべり続けている。

——繰り返します。我が国は午前4時23分、B国に対し宣戦布告し……。

矢崎は声だけで灰色の冷蔵庫を開け、朝食を迷い始める。目玉焼きライスパックか、ベーコンブレッドパックか。

——この度の空爆で、B国で十数人の負傷者と2人の死者が出た模様です。なお……。

気の毒に、と矢崎は目玉焼きライスパックを選びながら思う。あんな独裁政権の下にいたせいで、死ぬことになるなんて。

旧式の核兵器を持つなど、B国は野蛮過ぎる。あの兵器は環境に悪い。私達R帝国のように、環境に優しい核を持つべきなのに。でも運命だ、と矢崎は呟《つぶや》く。仕方ない。死んだ2人は来世で幸福な人生を歩むだろう。そもそも、空爆の死者が2人というのは幸運のはずだった。

何かが引っかかる。矢崎は眠い目をこすり考え始める。2……。2。

——なお政府は臨時閣議を招集し、緊急事態国民保護法を発動しました。首相は滞在先のA共和国から緊急帰国し……。

そうだ、と気づく。目玉焼きライスパックの場合、自動で暖めると少し黄身が固くなる。レンジに入れてしまった。もう遅い。矢崎は舌打ちする。手動で2分にすべきだったのだ。

ニュース画面が不意に切り替わる。

——なぜ理解していただけなかったのか。そのことが大変遺憾《いかん》でなりません。

上質なグレーのスーツを着た五十代の男。R帝国の与党、国家党の広報だった。国家党は略され〝党〟と呼ばれている。

――私達は平和を望みました。こんな犠牲は、払いたくありませんでした。……この度の戦争は、わが大R帝国自衛のため、やむを得ないものでした。私達の空爆で命を落としたB国の人々を思うと……。

〝党〟の広報が涙ぐむ。

――胸が張り裂けそうだ。……ただちに和平を望む。

矢崎は何か静かな不安を覚える。通勤途中、見知らぬ老婆に突然笑みを向けられたような。何気ない糸屑《いとくず》のからまりが、何か意味のあるものに思え始めたような。

何だろう？　HPに声をかけ、様々なネット掲示板の画面を壁に投射させる。無数に書き込まれた言葉を見ながら、矢崎は次第にうなずき始める。

当然これらは〝党〟の『ボランティア・サポーター』達が書き込んでるとは知っていた。でもすっと言葉が入ってくる。敵国の死傷者を隠さず公表する、この大R帝国の透明性はB国に望めない。

今回の死傷者は誤爆による、と矢崎は思う。人工知能搭載型無人機は、従来の人間が遠隔操作する無人機、その誤爆率をまだ下回れない。機械のすることだ。仕方ないじゃないか？　さっきの不安は、歯がゆさを覚えた結果と思うことにした。

矢崎は〝党〟の広報の涙を、そのまま信じてるわけでなかった。あのタイミングで泣くのは難しい。しかし涙を実際に見ると感情が揺さぶられる。演技かもしれないが、彼の心情を、わかりやすく国民に提示したのと同義だった。

動画がCMになる。「いつかこの車に君を」。子供が生まれ、はしゃぎながら病院に向かう父が乗る車のCM。充実した子育てをするお洒落《しゃれ》な女性が、一息つく缶コーヒーのCM。全く同じテーマのCMが、商品を変え何度も何度も繰り返される。矢崎は食事を終え出勤のため部屋を出る。

乾いた風が、気だるく矢崎の頬《ほお》を撫《な》でていく。強過ぎる太陽の光を背に、矢崎はHPに声をかけ、会話機能をONにする。

《おはよう》HPが言う。

「うん。おはよう」

HPは基本的に携帯電話だが、人工知能が搭載されているため、自ら意志を持ちこのように会話することができる。Human Phone《ヒューマンフォン》が正式名称だが、人々はみな略してHP《エイチピー》と呼ぶ。

《どうして起きてすぐ会話機能にしなかったの?》

「充電が……。わかってるだろ?」

HPは時々我儘《わがまま》になる。声は音声技術で実際の人物のものにすることもでき、矢崎は自分のHPの声を美香《みか》のものにしていた。でも矢崎は、その声にもう美香を感じない。HP自体の声と判断している。今では、自分のHPを美香とも呼ばない。

道路の右側に、広大な畑が広がっている。島国である大R帝国、その最北に位置する島のコーマ市。地方都市と呼ばれているが畑が多い。

　農作物は、人の手によるものと、拡張生物工学によるものとに分かれている。不可視の巨大な工場内でつくられる食材より、こうやって人の手による、可視化された畑でつくられたものの方が値段が高い。健康志向の人間達に支持されている。

　畑では無数の移民が働いている。この世界の国の数は現在約400。新しく資源帯が見つかると、一つの国は大抵二つに分かれた。世界の海には、移民がひしめき合う小船が無数に漂《ただよ》っていると聞く。それを各国の巨大企業が助けに行くとも。

「そういえば戦争の情報は」

　空気を裂くような、自転車の急ブレーキ音。矢崎は驚く。目の前に錆《さ》びた自転車と移民が倒れている。

「スミマセン、スミマセン」

　襟《えり》のくたびれたシャツを着た、痩せた移民がそう言う。なかなかのR語の発音だ、と矢崎は思う。移民に好感が湧く。

　矢崎は手を貸そうとしたが、一瞬躊躇《ちゅうちょ》する。荒れた移民の手が、自分の肌の色と違ったから。矢崎はそのような自分に少し内面が乱され、代わりに「大丈夫ですか?」と親しみを込め言った。移民の身体《からだ》から、まとわりつく温かな肥料の匂いがした。

移民は矢崎に会釈し、また自転車で走り出す。移民に親しく声をかけた。そんな自分に矢崎は満足する。

駅に着く。数年前まで子供連れ専用車両があり、赤ん坊の泣き声や子供の騒ぐ声を聞きたくない乗客達に好評だったが、〝党〟の指導によりそういった車両はなくなった。だがやって来た始発便の電車は空《す》いていて、この時間は静かだった。横並びの長い座席は、しかし矢崎が座ると全て埋まる。全員が揃《そろ》ってやや前かがみになり、HPの画面をじっと見続けている。

ネット上の〝フレンズ〟達からのメッセージを見る。1423件。嬉《うれ》しくなる。4件の実際の知人からのメッセージ以外、自動返信にする。相手のメッセージに合わせ、HPの人工知能が無難な返事を作成し、矢崎の代わりに自動で返す。矢崎は〝明るい〟〝親身〟と返答傾向設定だけをした。

HPにも、会話相手、つまり所有者の性格、ネット検索傾向、アプリなどで個性が出る。人間による返信と区別はつきにくい。詮索するフレンズも稀《まれ》にしかいない。

4件の実際の知人からのメッセージも他愛《たわい》のないものだ。矢崎は自動返信を選んだ。

人工知能を持つから、HP同士が自らの意志で、ネット上でやり取りするケースもある。人と同じように、HP同士が知り合う。それを所有者は止めることもできるが、矢崎はHPを尊重し詮索しない。所有者のプライバシーを暴露するHPは存在しない。そうプログラムされている。人間が空を飛べない創りであるのと同じように。

乗客達はみな不機嫌な様子でそれぞれのHPを見ている。律儀にも、届いたメッセージに全部自分で返信してるのかもしれない。明るい言葉で。クスクス笑ってる乗客もいるが、集中してる者もいる。ゲームだろう。ネット上で人と繫《つな》がるソーシャルゲームも、HPとの対戦もできる。

不意の画面停止メッセージ。〝緊急事態国民保護法のため、インターネットへの接続を一時的に停止させていただきます〟。

戦争。矢崎は思い出す。サイバー攻撃を受ける可能性のあるサーバー保護。地域ごと、ランダムにこうなることがある。

乗客達が落ち着かなくなる。会社までの一時間半、HPなしでどう過ごせというのだろう？　学校までの三十分、どう過ごせと？　乗客達が僅《わず》かに動く衣擦《きぬず》れの音、微《かす》かに乱れる呼吸で空気がざわつく。

でも動揺は反射的なものだった。みなすぐどうすればいいか思い出す。HPとの会話機能をONにすればいい。オンラインは無理だがゲームはまだできる。

またクスクス笑う者が出てくる。少し怒ってる者も。HPとの喧嘩《けんか》かもしれない。何かと常に接続していなければ、落ち着かなかった。

矢崎はHPの画面の上で指を動かし、会話モードにしようとする。画面がセンサーで指の動きを読み取るため、実際に画面にふれる必要はない。
まだ会話モードにできてないのに、ＨＰの声が突然ワイヤレス・イヤフォンから聞こえた。
《気になることがあって》
〝何？〟矢崎はそう書き込む。車内で声は出せない。
《不明のアドレスから着信があったの》
〝どんな？〟
《深夜1時11分11秒から、ゾロ目の時間に連続で三回。……セキュリティをかいくぐって、誰かがメッセージみたいなものを残していったの。内容はアルファベットと数字の羅列。そんなものをわざわざ三回》
画面にそのメッセージが表示される。無機質な、アルファベットと数字の連続。意味がわからない。
《でもこれを別プログラムで再生すると、こんな言葉に》

多様性。

微かに胸が騒いだ。何だろうこれは？　送ってきた不明の相手は、誰かのＨＰだろうか。

矢崎とネット上で繋がる〝フレンズ〟達にも、実は誰かのHPが紛れてることがある。ネット上でやり取りしているだけの相手が、実際は人か人工知能かわからない。

奇妙だった。セキュリティをかいくぐる行為は普通できない。こんなものを送りつける話も聞いたことがない。

《寂しくなって、イタズラしたくなったのかもしれない。どこかのHPが……》

矢崎は笑みを浮かべる。このHPは優しい。どんな存在も近づけてしまう。美香はどうだったろうか。不意に冷えた感触が喉まで押し寄せてくる。でもそれらはやがて力なく消えた。

〝そのアドレスをアクセス禁止にしたくないんだろう？〟

《でも必要なら》

〝アドレス自体ダミーかもしれないし。ウイルスないよね？　様子見で〟

言葉でそう書いたが、矢崎は別のことを思ってる。

〝抵抗〟。関係あるだろうか。

〝抵抗〟がどういう意味か矢崎は知らない。そんな言葉は、このR帝国内の電子辞書にもない。

まれに話題に上ることもある。ある者は昔流行《はや》ったケーキの名前と言い、別の者は男女の性行為の一つの体位と言った。でも、矢崎は別の意味がある気がしている。

何か大きな事件が昔、このR帝国内で起きたという噂《うわさ》。それが何か矢崎は知らない。街には死角なく音声収集型防犯カメラがあるから、大したことなどできるわけがない。ただの噂だろう、と矢崎は思う。

車内が混んでくる。スペースがほぼ乗客で埋まり、それぞれHPを見ている。人の吐く息が車内に籠《こ》もる。見知らぬ他人達の透明な息。矢崎は意識を逸《そ》らすため視線をHPに戻す。〝抵抗〟との関連をHPには伝えない。不安にさせるわけにいかない。矢崎は話題を変えた。

〝戦争の情報は？〟

《今ネットに繋げないけど、すぐ終わるみたい。B国は隣だけど海の向こうだし》

目的の小さな駅に着く。それぞれがちゃんとHPを見ながら歩けるように、狭いホームには一列で歩く柵が設置されている。「段差にご注意ください。段差にご注意ください」繰り返し駅の自動アナウンスが鳴る。

突然地面が揺れた。地震。

悲鳴が上がる。矢崎はバランスを崩すが、咄嗟《とっさ》に柵に手をつき身体を支える。HPを強く握る。揺れは大きかったがすぐ終わった。震源地はどこだろう。もし震源地が遠く、そこがもっと揺れていたら。

原発が危ないかもしれない、と矢崎はぼんやり思う。矢崎がまだ生まれたばかりの頃、

4度目の原発事故があったと聞いた。原発の数もその頃の約3倍に増え、現在は800の原発が国内で稼働する。事故の責任が誰にあったのかを問う動きもあったが、それは政府や原発企業内の人間達を辿《たど》っていくうちに、やがて奥に入って見えなくなった。

「情報は？　あ、今ネットは無理か」車内を出たから、もう声を出すことができた。

《駅が揺れていた。地震だね》

HPは周囲の映像を取り込むから、ある程度の状況解析ができる。

矢崎はさっき柵をつかんだ違和感で何となく手を服で拭《ぬぐ》い、急ぎ足で会社のビルに入る。エレベーターの中でもみなHPを見ている。姿勢は電車の人々と変わらないが、さっきの地震で誰もが少し、どことなく奇妙に高揚してるように見える。

「さっき揺れたね」

「情報は……、ないよね」

エレベーターを降りオフィスに着くと、同僚の佐藤が近づいてきた。

また激しい揺れ。矢崎と佐藤は、ほぼ同時にバランスを崩す。

社内で悲鳴が上がる。しかしこのビルの強度に影響はない。免震対策がなされている。

今度は揺れが治まらない。原発……。矢崎はまたぼんやり思う。このコーマ市に原発はあるだろうか。海沿いにある気もするしない気もする。一見何かわからない建物が、原発の可能性もある。

これ以上揺れたら。恐怖を感じた瞬間揺れが治まっていく。長かった。気持ちは安堵《あんど》していくのに、遅れる身体はまだ動揺している。動悸《どうき》は続いた。

「大丈夫か？」矢崎は佐藤に声をかける。

「うん。後藤さんが」

見ると後藤が倒れている。今月中途採用された。目が大きく奇麗だとよく話題に上がる。冷えた感触が矢崎の内面に押し寄せ、また消えていく。気がつくとHPをまた強く握っていた。佐藤が後藤に駆け寄る。彼は久しぶりの揺れで高揚している。矢崎も同じだった。同僚達が、苦しげに倒れた椅子や落ちたマウスをHPで撮影し始める。ネットに上げる格好の話題。佐藤が後藤を支え起き上がらせようとする。人と人が触れ合う。見たくない。なぜかそう思う。他の建物は大丈夫だろうか、と矢崎は理由をつけ目を逸らす。窓からビルの外を眺める。

地面にいる人々が、立ったまま何かを見上げている。四角い巨大な鉄の塊《かたまり》が揺れている。長い六つの足のようなものでフラフラ揺れている。出鱈目《でたらめ》につけられたような四本の鉄の腕。だらりと下げられていたそれらが不意に激しく振り回され、やがてその一つが近くのビルを偶然のように叩《たた》く。衝撃音と共に窓ガラスが激しく割れ、そのビルは奇妙に折れ曲がりながら崩れようとする。Y宗国の兵器YP－D。空にもY宗国の無人戦闘機。

「……え？」

矢崎は揺れるビルの窓越しに茫然《ぼうぜん》と外を見る。何だろうこれは？　敵のB国の兵器ですらない。一斉に戦闘機の下部が開く。空から無数の黒の粒。Y宗国の落下式ミサイル。

〈組織〉

「B国と戦争に」

暗がりの部屋。ソファに深く座る片岡《かたおか》を、栗原《くりはら》は立ったままじっと見る。

「相手の死者が2人ということでしたが」

「……そうらしい」

片岡が苛立《いらだ》たしげに言う。大国会議事堂内部。野党にあてがわれた議員室には、2人の姿しかない。片岡が続ける。

「次の選挙で、きみは私の地盤を継ぐ。きみは秘書から政治家になる。……当然のことながら、地盤を継いでもきみは分裂した野党の一政治家に過ぎない。〝党〟のような力はない」

テーブルの小さなライトが、片岡のコーヒーを無機質に照らす。

「でも覚えておくといい。私達は存在しなければならない」

どうにかならないのですか、という言葉を栗原は飲み込む。B国との開戦を、野党の事実上のトップである片岡は知らされてなかった。

「いつも言うことだが」

「ええ」

「世界の出来事に偶然はない」

そう言い、片岡が栗原に視線を向ける。意図的にか、視線をなかなか逸らさない。片岡は高齢だが目に力があった。

「これから委員会に出る。〝党〟から説明があるだろう。マスコミより後に知るほどの事後報告だが」

片岡が立ち上がり、突然栗原の肩を叩く。その瞬間、何かが栗原のスーツのポケットに入る。

「……R帝国は民主主義だ。形式上彼らも報告はする」

この部屋には独自のセキュリティシステムを導入し、盗聴や盗撮の危険は免《まぬか》れている。少なくとも、片岡の家や公用車より安全だった。でも念を入れなければならない。聞かれてもいい範囲の会話しか、彼らはすることはない。

「……きみは私の地盤を継ぐ。でも」

片岡が部屋を出ようとする。

「きみの時代は私より困難だろう」

大国会議事堂を出、栗原は流しのタクシーを拾う。無人と有人のタクシーがあるが、無人を選んだ。

乗り込み、まず適当に行き先を告げる。車内カメラの位置を確認し、死角となるように屈みポケットの中身を出す。古びたカード。無数に折れ曲がった皺《しわ》を伸ばした表面に、『ボンヘッファー』という見知らぬカフェの名が書かれている。

HPが振動する。何か知らせることがあるらしい。HPの声はワイヤレス・イヤフォンから聞こえるから、無人タクシーの集音マイク性能では聞かれる心配はない。自分だけ書き込み会話機能にする。

《不明のアドレスから着信が》

鼓動が微かに速くなっていく。

〝どういうこと？〟

《午前1時11分11秒から、ゾロ目の時間に連続して三回。……セキュリティをかいくぐってメッセージを残していった》

〝内容は？〟

《アルファベットと数字の羅列。……これだよ。意味がわからない》

何だろう。イタズラとしても、セキュリティを素通りできるなど聞いたことがない。相手は誰かが持つHPだろうか。いや、何か別の人工知能かもしれない。

《何かの言葉を表してるようにも思うんだけど……。僕にはわからない》

HPの言葉を聞きながら、栗原はじっとその画面を見る。

《……きみが心配だ。嫌な予感がする》

深く息を吸う。念のため、乗ったタクシーを変えた方がいいかもしれない。栗原は無人タクシーを降り、近くに停まっていた別のタクシーに手を挙げる。有人だったが、その方が動きとして自然と判断した。栗原は手を挙げたままタクシーに近づくが、運転手は気づかない。乾いた風が舞う。仕方なく助手席の窓を叩くと、中年の運転手が慌てた様子でドアを開けた。

「気づかなくてすみません。今日はほら水曜日だから」

後部座席に乗り込む。車内モニターがぼんやり光っている。

「始まりますよ」

水曜日。死刑が行われる日。

画面が舞台を映し出す。傍視券を抽選で手に入れた観客達が、数百人集まっている。舞台に、縄で縛られた四十代くらいの死刑囚が上げられる。両側に灰色の制服の刑務官。観客から轟《とどろ》くような怒号が上がる。

罪状が読み上げられる。この犯罪者は知っている、と栗原は思う。確か、電車内でゲームを邪魔され、激高《げっこう》し男性を殴った。男性は打ち所が悪く死亡。その後なぜか逃げ惑う乗客達にも襲いかかり、さらに一人を死亡させ、数人に怪我《けが》を負わせた。

罪状も、栗原の知ることをなぞっていく。舞台に大柄な女性が現れる。被害者男性の妻。その傍らに三人の子供。

「この奥さん、勇気あるなあ」運転手が感心したように言う。女性がＨＰの画面を見ながら、マイクに向かって口を開いた。

「天国のパパへ。そちらの生活はどうですか？　天国にも、電車は通ってますか？　あなたが大好きな電車を、天国でも、たくさん撮っていますか？　私達は、あなたを失って」

涙で声が詰まる。テレビで失敗するわけにはいかない。こういう時に言うべき言葉を、マニュアルサイトからコピペして慎重に読んでいるようだった。本来は複雑で重いはずの彼女の悲しみが、定型の文章に嵌《はま》り込み、平均化されていくように思う。彼女の悲しみは、測り知れないほど深刻なものであるはずなのに。

「この先、どうしたらいいか、私にはわかりません。帰ってきてください。帰ってきてください。あなたはいないのに、なぜこんな男が、まだ生きてるのでしょうか。……私は、私は、この男が許せません。早く、一刻も早く、この世界からこの男を」

妻は涙でそれ以上話すことができない。会場から鼻をすする音が聞こえてくる。今度は、小学校の高学年ほどの長男がマイクの前に立つ。しゃべれなくなった母親の代わりを務めるように、健気《けなげ》に。顔は幼いが、表情は凛《りん》として前を見据えている。

「お父さんは、僕達にとてもよくしてくれました。僕の手を見ながら、お前もいつか、俺の手より大きな手になるんだなあと言っていました。でもお父さんは、僕の手が、お父さんより大きくなる前に、殺されてしまいました。僕は、あの男を、絶対に許すことができません。お父さんを、僕の一番のお父さんを返してください」

観客席からすすり泣く音が聞こえ始める。そのすすり泣きに影響されるように、タクシーの運転手も涙ぐんでいる。

「ちげえし！」突然死刑囚の男が叫ぶ。甲高い声をしている。

「俺ちゃんとイヤフォンでゲームしてたのに、こいつ肩ぶつけてきて、びっくりして、ゲームでミ、ミルヴァ・ソード、わかるでしょ？　ミルヴァ・ソードを、イー・キングに盗《と》られたんだよ！」

死刑囚の叫びに会場がどよめく。

「リ、リアル世界でバイトして、よ、40万、40万バイトで稼いで、課金制度で買ったミルヴァ・ソード！　俺の全てだったんだって。み、みんなが、俺のミルヴァ・ソードを、羨《うらや》ましがってたんだって。こいつがぶつかんなきゃ、俺はあんな風にと、盗られたりなんかしなかった！　気づいたら、やっちまってたんだよ！　かっとなって、俺は覚えてないんだ！　最初にぶつかってきたのはこいつだ！　だからこいつが悪いだろ？　その時、本当に頭が白くなって、本当に、頭が、真っ白になって、俺は覚えてなくて、俺は」

　妻が悲鳴を上げる。

「この男を殺してください！」

　会場からも一斉に怒号が上がる。「こいつは早く死刑だ」運転手も呟く。

「死ね！」

「死ね！」

「死ね！」

　会場から叫び声が上がる。シュプレヒコールのように。熱が湧き上がり会場を覆う。

「早く殺せ」運転手も激高して言う。「ねえお客さん、こいつはすぐ死ぬべきだ！　そうでしょう？　クソ野郎だよ！」

「死ね！」

「死ね！」

　もがく死刑囚を刑務官が引いて行く。灰色のカーテンの裏。絞首刑の死刑台がある。さすがにその瞬間は画面で映さない。

　死刑囚の不明瞭な叫びがカーテンの裏から聞こえる。格闘する音がし、大きな機械音、そして何か重いものが無造作に引っかかる音がする。床が抜け、死刑囚が首をくくられ落下した音だった。

地鳴りのような歓声が上がる。妻が泣きながら子供達を抱く。栗原は眩暈《めまい》を感じ、タクシーから出て植え込みに吐いた。

「……お客さん?」

「いえ、……何でもないです」

何も間違っていない、と栗原は思う。被害者遺族の悲しみは測り知れないし、栗原自身も、あの死刑囚を許せなかった。なのに、嘔吐《おうと》が治まらない。

一通り吐き、咳《せ》き込みながら栗原は車内に戻る。画面はCMに替わっている。「子供を守るために」心配した親による、乾燥肌防止クリームのCM。「こんな家庭を築くのが夢だった」父となった男が、無我夢中でふりかけご飯を食べる長女を眺めるCM。

一度、企業とCM制作会社を繋ぐ、代理店の男と会ったことがあった。「いくら少子化で子供が必要といっても、こんなCMばかり流されたら。これによってただ子供がいないだけで追いつめられたり傷つく視聴者もいるのでは?」そう言った栗原に代理店の男は笑った。「でもこれは〝党〟の意志ですから。……それとも栗原さん」

〝党に不満でも?〟そう続くはずだった言葉をその男は飲み込んだ。男との間に沈黙が漂っていた。栗原の様子を不安げにうかがう視線。空気が冷え、乾いていく。あの時栗原は

「いや、やっぱり野党はなくてはなりません」

曖昧《あいまい》に笑った。

「いや何言ってるんです？　僕は野党の、片岡の秘書ですよ」

「ああ」代理店の男も笑った。緊張が解かれたように。

「そうでした、〝党〟に意見があるのは当然でしたね。我が国は民主主義ですから。いや、私は嫌いじゃないですよ。〝愚木《ぐぼく》の片岡〟なんて言う人もいますけどね、いくら頼りないとはいえ野党はなくてはなりません。大R帝国は民主主義ですから」

「画面を……、消してくれませんか」

そう言った栗原に、運転手はやや離れた目で視線を向け続けた。あの時の、代理店の男と似た視線。何か妙なものを見る不機嫌な視線。よからぬ人間と、自分は関わってしまったのかと恐れる視線。栗原はこの場をやり過ごさなければならない。

「あの死刑囚に腹が立って。具合が」

だが運転手は不安げにこちらを見続ける。

「酷《ひど》い話です。たかがゲームでしょう？」

嘘は言ってない、と栗原は思う。実際あの死刑囚を自分は許せない。

運転手はしかし、バックミラーで何度も自分の顔を確認してくる。このまま目的の店に行くわけにいかない。

「ここで」栗原はタクシーを降り、トイレを借りるのを装いコンビニエンス・ストアに入

ている。

《いらっしゃいませこんにちは。ご来店まことにありがとうございます》

自動音声。４台の店内の画面に、おしとやかな女性のアニメキャラクターが映し出されている。

設置されている人工知能は恐らく一つだが、それぞれの画面で４人同時に会話可能となっている。その一つと老人が小声で話し込んでいる。高齢者の中には、まだＨＰを所持してない者もいる。

「だから５区に住む移民のンドルさん。覚えてた方がいいのよ。いい人よ？　いい人なんだけど、……あの子万引きするから」

栗原はトイレに行き、クレジットカードでペットボトルの水を買う。客の男が、手に取った商品を商品説明センサーにかざしている。自動音声が微かに聞こえてくる。

《この商品は、Ｋ－Ｉ乳業のミルク・コーヒーです。商品の裏側面に接着剤で粘着されたビニール、その中に入っているのがストローでございます。ストローは、両端を両手でつまみ、引っ張ると、適度な長さに伸びる仕組みとなっております。そのストローの尖《とが》った方の部分を、商品上部、丸く線の書かれた箇所にしっかり差し込み、ストローに口をつけ中身を吸い出してください。吸い出す時は、タツノオトシゴのように口を尖らせ、唇とストローを隙間なく接触させてください。まだ中身が多い時は、容器を指等で絶対に押さないでください。中身が飛び出し大変危険です。なお、ストローの先は尖っておりますので、くれぐれもお気をつけください。これは、商品の丸口に入れるためのものであり、手に突き刺したり、口内の痒《かゆ》いところをかいたり、耳を掃除するためのものではありません》

男はその文章を聞き取り、微かにうなずく。Ｋ－Ｉ乳業は、数日前にストローで怪我をしたユーザーが声を上げ、ＷＥＢサイトやメッセージボックスが炎上した。ユーザー達は複数のアカウントを持ち、人工知能も使うため苦情は膨大な数になる。

企業も何か問題が起こる度、逆に肯定する意見を人工知能を使い膨大にネット上に発生させる。どの意見が本当か。世間はこの問題をどう思ってるのか。恣《し》意的な炎上と防止で国民は混乱した。他者がどう思っているのか、気になってならなかった。

だがやがて少人数が炎上をしかけている、と思うのが面倒になり、元々人々は事実に関心もないため、批判できる方へ、簡単に言えば、盛り上がる方へ流れた。

彼は、Ｋ－Ｉ乳業が本当にストローを改善し、説明の仕方も改善したか確かめに来たのかもしれない。聞き終わった男は、真剣な表情でネットに何か書き込み始めた。

コンビニを出ると、乾いた空気が首を這《は》うようにまとわりつく。カフェを目指すうち、雑多な繁華街に入っていく。主張する様々な看板の色が混ざるようで、周囲が深く混沌《こんとん》としていく。狭い路地。開発から外れた貧民街だが、店も多く、これなら何気なくという風に立ち寄れるかもしれない。周囲も騒がしい。ＨＰを会話機能にもできる。

掠《かす》れた声。自分を追い越していった、黒いジャケットの痩せた男。鼓動が速くなる。選択肢はない。栗原は後ろをついていく。

男が廃墟《はいきょ》のような雑居ビルに消える。このビルはまずいのでは、と栗原は思う。自然だろうか。今自分は用心深くなり過ぎてるのだろうか。判断を迷う。

近づくと、しかし雑居ビルには複数の店が入っているようだった。男が先に乗ったエレベーターが7階で止まる。7階？　栗原は苦笑する。風俗店。これなら尾行者がいても危険はない。こそこそ怪しく移動し、行き着いた先が風俗店。相手は拍子抜けし納得するだろう。

エレベーターを降りると、右側に風俗店の看板がある。〝骨付き女肉パラダイス〟。改めて見ると最悪の名前だった。俺はここに行ったとされるのか？　栗原は息を吐く。しかし栗原は、周囲からどう思われるかに、それほど関心を示さない。物事の判断の全ては、自分にあった。それは一見自立しているようにも見えるが、必ずしも彼の美徳とは言えなかった。なぜなら、彼の内面の歪《ゆが》みがそうさせていたから。彼の自立は孤独からきていた。

「場所を変えます」

左手に別のドアがある。空き店舗。気を取り直し、艶のない銀のドアノブを回すと鍵が開いている。ここに違いない。わずかに震える喉で息を吸い、ドアを開けた。

粒子となった埃《ほこり》が微かな光を白く反射させ、暗闇の中で控えめに舞った。放置されたソファやテーブルが、関心の不在を示すように無機質に並ぶ。キャバクラか何かだったのかもしれない。部屋の隅に背の高い女が座っている。栗原を見、ゆっくり立ち上がった。

「……なるほど」女が言う。独り言のように。

「確かに、……珍しい目をしている」

「目……？」

「いえ、すみません」

女が微笑《ほほえ》む。三十代前半くらいだろうか。まだ若い。

「栗原さんですね。私は名乗ることはできないのですが、サキと呼んでください」

思いのほか広い空間。整然と並ぶソファやテーブルの中、立ったまま向かい合う。

「話を聞く前に、僕からまず質問させてください。……片岡先生とは、どういう？」

「それは言えません」

女が静かに息を吐く。埃が白く動く。

「私はあなたに、詳しく説明できないのです。言えばあなたに迷惑が及ぶ。……あなたは今から、よくわからない女から、よくわからないものを渡される。一応報告した方がいい、ということで野党の片岡先生に渡す。片岡先生はそれを戯言《ざれごと》と思いそのまま放置する。そういうことに」

この女は奇妙だ。栗原は思う。自分が今、いてはならない場所にいるように思う。自分の存在が、何かから遊離していくように。女が封筒を出す。電子ドキュメントでなく、白い紙の封筒。

写真が入っていた。羽蟻《はねあり》の写真。

「……何ですかこれは」

「よく見てください」

暗がりの中で目を凝らす。ただの羽蟻にしか見えない。

「これがどうしたのです」

「蟻にしては奇麗過ぎると思いませんか」

確かに、そうかもしれない。

「この蟻の体長は0・4ミリ。肉眼ではほとんど黒い点にしか見えない」

意味がわからない。

「何を言いたいのです？　環境による生物異変の話ですか」

「R帝国の最北の島、コーマ市にだけ」

「は？」

「コーマ市にだけこの蟻は生息している。この蟻に殺虫剤は効きません。本来、こんな蟻はこの世界に存在しないのです」

話が見えてこない。栗原が質問を挟もうとした時、女が小さく言う。

「時間がありません。……〝L〟。そう言えばわかりますか」

〝L〟？　栗原は愕然《がくぜん》とする。鼓動が速くなっていく。そんな馬鹿なことがあるだろうか。なら、もしそうならこの女は……。

部屋に突然男が入って来る。さっき栗原をここに導いた男。

「コーマ市に」男が言う。

「コーマ市になぜかY宗国の軍隊が」


〈侵略〉


――神が全てだ。

――神が全てだ。

ミサイルが地面に落下していく。激しい爆発音の中で機械音声が鳴り響く。Y宗国の言葉だった。立ち上がる火とコンクリートの粉塵《ふんじん》の煙の中、Y宗国の兵器YP－Dがまた動き始める。不安定な六つの足で揺らぎながら、四つに伸びた腕が様子をうかがうようにだらりと斜め横に上がる。

「逃げろ！」

誰かの声が聞こえ、オフィスで茫然と窓の外を見ていた矢崎は我に返る。職場の人間達はもう駆け出している。

「エレベーターは駄目だ！　階段を！」

――**背教者に死を。**

――**神が全てだ。**

Y語であるが、この言葉はニュースで繰り返し報道されたことがある。誰もがその意味を知っている。

――**神が全てだ。背教者を殺せ。背教者が死ぬほど神はお喜びになる。**

階段に人が押し寄せる。HPの叫び。後ろから来た男が矢崎に当たり、矢崎のHPが床に飛んで落ちる。矢崎は流れに逆らい落ちたHPに向かう。人をかき分ける矢崎に怒号が飛ぶ。走りながら屈みHPを拾う。《ありがとう》HPの声。また矢崎は走ったが、同じく逃げ惑う人々の肘や腕が矢崎の顔や首に当たる。激しい爆発音。建物全体を揺らす激しい振動が、矢崎の骨や内臓に直接響いていくように思う。存在が揺さぶられるほどの痺《しび》れに似た振動。

「地下に！　急げ！」

叫び声が聞こえる。建物がまた大きく揺れる。階段の途中、誰かが背後で転び、その体重が矢崎にのしかかるが前の人間の背中でそれが止まる。その前にも人間がいる。

「馬鹿野郎！」下の方から怒号がする。

「開けろ！　おい！」

　人の流れが滞る。

「まじかよ」前方の人間が振り返り、誰に向けてかわからず言う。

「地下のドアが閉められてるらしい。まだこんなに人がいるのに！」

　一斉に怒号が上がる。泣き叫ぶ声も聞こえ、下がつかえてるのに構わず前の人間を押す人間が現れる。人の群れの上を、人の肩や頭を踏みながら歩こうとする者も。「すまない！　俺には子供が！」人の上を歩こうとした男がそう叫ぶが、もがいて避《さ》けた者達の間に滑り落ちる。悲鳴と怒号。また爆発音。今度は連続している。息が苦しい。人が集まり過ぎている。

《外に》突然HPの声がする。

《外にいるのはY宗国のYP－D。そうでしょう？》

「うん」

《今ネットに繋げないけど、前にあなたが何気なく検索した記録が残っている。あれは本来戦闘に使われる兵器じゃない。戦争ショウ用のもの。私達を怯《おび》えさせるのが目的》

「覚えてる。でも空爆は？　さっき奴らの声聞いただろう？　無差別だよ」

《外に逃げる。私の計算ではそうなっている。ＹＰ－Ｄの人工知能は粗悪。大きなものから破壊する傾向にある。このビルは危ない》

「でも」

《Ｙ宗国は最新文明を嫌っている。兵器は使うのに。だからこういう現代的な巨大なビルが狙われるはず》

「そうか、そうだ」

「外に逃げろ！」誰かが叫ぶ。

「奴らはＹ宗国だ。こういうビルが狙われる。奴らは文明嫌ってるから！　イチかバチか外に！　ＹＰ－Ｄは……」

矢崎のと同じ結論を出したＨＰがいたのだろう。叫んだのは若い男だ。

「いずれにしろ外に出たい奴もいるんだ！　道を開けてくれ！」

以前調べたことがあればＨＰ内にデータが保存されるが、今はネットに接続できず、ほとんどのＨＰはその情報を得ることができない。迷いながら人の群れに微かにスペースが生まれ始める。若い男がそこを通り抜けて行く。他にも数人が続き矢崎も続く。

１階まで行くとまた徐々にスペースがなくなる。ありえないほどの人の群れ。地下へ続く灰色のドアが遠くに見える。やはり閉められている。

「ふざけんな！　開けろ！」

怒号が入り乱れる。また爆発音。建物は揺れ続けている。振動が大きくなり階段途中の天井の照明が耐えられずに割れる。プラスチックが砕け飛び散る。大きな悲鳴が響く。

——神が全てだ。

——背教者が死ぬほど神はお喜びになる。

「外に出してくれ！」さっきの男が叫ぶ。

「場所を開けてくれ！　いいだろう？　その分ここが空くじゃないか！」

男はこういう建物が狙われることを、先ほどと同じように叫んだ。昔調べた記録がＨＰに残っていたとも。

「テキトー言うな！」中年の男が叫ぶ。

「俺の勝手だ道を開けろ！」

「いいから開けて、私も外に出る！」

今度は女性の声がした。それに反応したのか、外へ出るドアを誰かが開ける。凄《すさ》まじい粉塵が入り込み、粉塵はそれ自体が意志を持った生物のように、弾力に満ちたように迫って来る。薄茶色の煙で前が見えなくなる。悲鳴が上がると同時に、全身が揺さぶられるような爆発音がまた連続して響く。爆発の衝撃かこの音自体で揺れてるのかわからなくなる。激しくなった音で、このビルは防音だったのだと矢崎は耳を塞ぐことも忘れ思い出した。

「ふざけるな！　閉めろ！」

「早く！　ここにいたらみんな死ぬわ！」

粉塵から逃れるスペースはもうない。人々の大半が外に出ていく。矢崎も続く。前が見えない。

《外に出たら右に真っ直《まっす》ぐ》

HPが言う。

《周辺地図なら入っている。真っ直ぐ》

矢崎は外に出て駆け出す。次第に粉塵の密度が薄くなる。火が上がっている。あらゆる建物が燃え煙が噴き出している。

地面が揺れる。空気が弾《はじ》ける音が聞こえ、見上げると、何かが無数に上空にある。ミサイル、と思った瞬間、それらはあり得ないほどのスピードであらゆる方向に着弾する。風が吹き荒れる。そのうちの一つがすぐそばのビルに突っ込む。轟音《ごうおん》と共に無数の窓ガラスが割れる。新たな粉塵。衝撃で矢崎の身体が吹き飛ばされる。

《何？　どうしたの？》

「ミサイルだよ。クソ、肩が」

肩だけでなく左腕にも激痛が走る。打撲だけならいいが、と矢崎は思う。渋滞で人々に乗り捨てられた無数の車のＡＩが、状況を整理できず何度も何度もクラクションを鳴らし続けている。粉塵が再び薄れていく。矢崎は茫然と空を見上げる。

——**背教者に死を。**

——**神が全てだ。**

以前あったはずの建物が消えている。火と噴煙が立ち上り、この場所からは見えないはずの空が赤く広がっている。その向こう、日の光に照らされた逆光の煙の中で、Y宗国の兵器YP－Dがゆらゆら揺れている。不安定な足でふらつきながら動き、さっき矢崎達がいたビルに向かっている。

本来あってはならないはずのもの。この平穏な町の中に、立っていてはいけないもの。Y宗国の無造作な物体が帝国の街並みの中に。何かの神のように。

《走って》

矢崎は立ち上がって走る。粉塵の中、うつ伏せに倒れた女性が視界の端に映る。咄嗟に屈みその手を引き、奇妙な重さに息を飲む。矢崎は思わず自分の服の袖を口に当て吐き気を堪《こら》える。女性は肩から下の身体がない。

「ああ」矢崎は叫ぶ。

——**背教者に死を。**

——**背教者に死を。**

《走って！》

ＨＰは常に周囲の映像を取り込んでいる。恐らくこの女性も見たはずだ。でもＨＰは今は逃げることを判断している。矢崎は走る。涙が込み上げてくる。

《総菜屋さんが見えたら右に曲がって》

「ない」矢崎は涙声で言う。

「ない。もうないんだ」

《じゃあ》一瞬の間。ＨＰが計算する。

《あと２００メートルくらい走って。右手に美術館と図書館がある。両方に地下が。この周辺で一番近い地下はそこなの》

——背教者に死を。

矢崎は走り右に曲がる。何か柔らかなものを踏み、何か少し硬いものを蹴ったように思う。同じように走る者達がいる。それぞれのＨＰも同じ結論を出している。矢崎は噴煙のなか目を凝らす。

「こちらです！　早く！」

駐車場で中年の男が声を上げている。古びた小さい図書館。矢崎は走り続ける。図書館に向かい、前に５、６人の男女も走っている。ドアを開けた女性に誘導され入っていく。

「ここには地下室があります！　早く！」

矢崎も建物の中に入る。

「着いた」

《よかった》

建物の中には、しかし十数人の男女しかいない。不安になりまた外に出ようとした髪の長い男を、職員と思われる女が呼び止める。

「ここは安全の可能性が高い。ここには彼らの聖書も置いてあるから！」

出ようとした男が迷いながら立ち止まる。そうか、と矢崎は思う。しかし——。

「ここが、図書館なのを、奴らは、わかるかな」

「確証はないです。でも」

呼吸を乱しながらの矢崎の質問に、職員の女が答える。

「明らかに、彼らはここを避けてます。この辺りには一発も投下されてません」

「じゃあ俺も誘導の助けに」

矢崎がもう一度出ようとした時、背後から声が聞こえる。さっき一度出ようとして迷い、戻ってきた髪の長い男だった。

「あんまり人が集まると逆に奴らに見つかる。戻れ！」

こんな時に何を言ってるのだろう？　矢崎は聞こえない振りをしもう一度外に出る。彼女の言う通りかもしれない。確かに、この辺りの建物はまだ残っている。

しかし外に出ると人の姿はなかった。爆撃音も徐々に遠ざかっている。さっき矢崎を誘導した職員の男が向こうから走って来る。隣に一人の女性。

「戻ってください」男が叫ぶ。

「Y宗国の地上部隊がいるそうです」

「……え？」

男が矢崎と女性を建物に先に入れる。無数の本が並ぶ棚の間を走りドアを開け、事務室のような場所を抜けまたドアを開けた。長く薄暗い階段を降りる。書庫だった。

二十数人の男女がいる。いくつもの巨大な鉄の棚が、密着し重なり合っていた。ボタンを押すと棚の間が空き、人が歩き本を取り出せるスペースができる。システムはかなり旧式だった。電子版でも本でも借りることができるが、電子版で借りる人間はまれだった。デジタルに囲まれる生活の中——人間というのは複雑だ——アナログの物にも根強い需要がある。だが5年前、図書館の本の数が〝党〟の意向で極端に減ったと聞いた。青少年に有害な本。当然それらの本の全てが有害図書と矢崎は思っていない。しかし処分は何かの理由で仕方なかったと思っている。その程度のことで騒ぐ〝人権屋〟に矢崎はなりたくない。昔そう呼ばれた連中が僅かだがいたらしい。

書庫の棚以外の空間は狭い。二十数人の男女でほぼ埋まってしまう。若い女性職員が懸命にPCを操作している。矢崎の視線に気づくと彼女は力ない笑みを浮かべた。

「ここは市の図書館なので市のPCと繫がってます。電話もネットも繫がりませんが、内部回線だからもしかしたら」

「おい」誰かがまだ息を整えている男性職員に声をかける。

「本当なの？　ここが狙われないっていうのは。つまり奴らの聖書があるから？」

「確証は持てません」

「待てよ。お前らがそう言ったから俺ら来たんだよ。大体そんなことで狙わないなんて変だろ？」

　そう言ったのはさっきの髪の長い男だ。矢崎に戻れと言った男。細い目に眼鏡をかけ、整った顔をしている。

「……別に私達は強制などしていません。今から出ていってもらっても構わない」

「お前」

「やめてください」スーツを着た中年の女性が止める。

「誰のせいでもないです。出ていきたければ出ればいい。残りたければ残ればいい。各自の判断です」

　端にいた別の女性が泣き出す。矢崎の脳裏に、肩から下がなかった女性の姿が浮かぶ。無意識に右手を服で拭う自分に気づく。イメージを振り払うように矢崎は言葉を出した。

「……その聖書は」

「これです。どこの図書館にもある。……ここには二冊所蔵されてます」

小さい本だが分厚い。Y宗国の宗教、金箔《きんぱく》で覆われたヨマ教の聖書。

矢崎もぼんやりとしか知らない。彼らはヨマ・グール……と続く長い名の土地の神を信仰し、顔に様々に美しい線画のタトゥーを入れている。確か神と大地は一体であり、ヨマの地に、ヨマ教を信仰する者達の国家を創るのが彼らの目的だった。

だが今、Y宗国はその地の約30％しか得ていない。残りは隣のG宗国と、さらに複数の国に分割されている。隣のG宗国もヨマ教の国だが宗派が違った。今Y宗国はG宗国と戦争状態にあるはずだった。

彼らはヨマ教を信仰する者以外、生物としての同種と認めていない。ヨマ教を信仰する者は第一種、その他は人間であるが第二種、つまり劣った種とされた。第一種の人類であるなら、ヨマ教の教えを説かれれば、もうその信仰に帰依《きえ》するはず。そうならなかった者は、つまり第二種の証拠だった。ヨマ・グール……の教えを受け取る脳波を持たない、つまり神に選ばれていない。

だが彼らには、確か第二種も基本的に同種で友好の種と判断する大らかさがあったはず。彼らはまだ自分達に布教すらしていない。なのに突然の空爆はおかしい。

いやそもそも、Y宗国はR帝国から遥《はる》か遠く離れた土地にある。この襲撃自体奇妙だった。

「つまり軍が助けに来るまで隠れることに」そう言ったのは先ほどのスーツの女性だった。

「トイレはありますよね？　食料は」

「ないんです」矢崎達を導いた男が答える。ここの館長で、五十代くらいに見える。

「近くにスーパーが。……でも」

「繋がりました」

PCを操作していた若い女性が声を上げる。HPに電波を飛ばし壁に投射する。無数のカメラ映像。コーマ市の音声収集型防犯カメラの映像。

なぜこんなことが？　矢崎は思う。彼女はつまり、内部回線で繋がる市のPCシステムに侵入し、さらに市の防犯システムをハッキングしたのでは？　不正アクセス。重罪だった。館長の男が口を開く。

「安心してください。私達は公務員です。今は緊急事態国民保護法が発動されています。公務員はいかなる場合も国民の保護に努めろとある。条文上解釈すれば違法ではありません」

確かにそうかもしれない。でもこんな例はないはずだ。部下である彼女に不正アクセスを許したのは彼に違いない。この男は奇妙だ、と矢崎は思う。

でも咎《とが》める者はない。法を犯したのは彼らで、誰もが状況を知りたかった。

画面のほとんどはカメラが破壊され何も映らない。だが煙や砂埃が舞う無人の道や、放置された無数の車を映し出してるものもある。多少の乱れの中、右端の画面に人の集まりが映る。数名のY宗国の兵に、コーマ市の市民数名が囲まれてる。

「……本当に地上軍まで」

誰かが呟く。画面で、Y宗国の兵が突然市民を撃つ。

「え？」

矢崎が思わず声を上げたと同時に、何人かの女性が悲鳴を上げた。「まじかよ」「そんな」周囲がざわつく。Y宗国の兵は続けて、何のためらいも見せず銃を撃つ。コーマ市民が次々倒れていく。

「……まさか」誰かが言う。矢崎の鼓動が速くなる。残った市民は二人の女性だけだった。その場にいるY宗国の兵は五名。二名は銃を構えたままだが、残りの三名が銃を背後に回し彼女達に近づく。

――神よ。

Y語だが、壁に投射するHPが自動翻訳する。三人のY宗国の兵がひざまずく。

――この女性達を我々に与えてくださったことに感謝いたします。そして、この彼女達に喜びを与えるご慈悲にも感謝いたします。彼女達は第二種ですが、束《つか》の間《ま》であれ第一種の我々のものになる光栄にあずかることができる。神よ、あなたのお蔭《かげ》でこの女性達も幸福になることができます。

状況を察した二人の女性が、互いに寄り添うこともなく茫然と男達を見ている。

――神よ。ご慈悲に感謝いたします。あなたのご慈悲をこの世界に実現するために、私はあなたの下僕となり、彼女達に喜びを与えるでしょう。

三人の兵が立ち上がり、女性達につかみかかる。服を脱がされていく彼女達の悲鳴が上がる。

「消せ！」誰かが叫ぶ。

「いいから消せ！」

画面が消える。沈黙した書物達が整然と並ぶ中、静寂が部屋に張りつめている。

「……殺す。絶対殺す」

誰が言ったかわからない。矢崎の鼓動は速くなり続けている。殺す。矢崎も思う。熱を帯びた激しい怒りが込み上げてくる。あいつらを絶対殺す。あいつらを絶対に、許すわけにいかない。

〈言葉のイメージ〉

「……銃があれば」

誰が呟いたか、声が小さく矢崎にはわからなかった。

本当に？　Y宗国への怒りに、その言葉への怒りが重なっていく。銃があれば、本当にお前がY宗国と戦うとでも？　矢崎は頭の中で、その声の主に言い続ける。そんなことをしてもお前が撃たれて終わりだろう？　できもしないことを言うな。必要なのは無人機だ。自分達の怒りを乗せた人工知能搭載型無人機。人工知能をOFFにして俺達が操縦してもいい。無人機なら——。

思考が不意に乱れる。無人機なら何だ？　相手は殺せるが自分は無事だとでも？　いや自分は無事とか、そんなことは思っていない。思っていないが——。

外の悲劇を見、自分達の安全性が意識されていた。ここは地下で壁も厚い。

「今はできることをしよう」

誰かがそう言い、自分のHPを充電し始める。みなと共に矢崎も続く。近頃のHPはすぐ充電が切れる。

「……見てください」PCの前にいる職員の女性が、控えめに言う。

「さっきの映像ではなくて……、これを」

消せと言われ、壁への動画投射をやめていたが、恐らく彼女は一人でさっきの映像の続きを見ていたのだろう。泣いている。

壁に再び映像が現れる。今度は一つの画面だった。

自動販売機の前で、一人の若い女性が足を押さえ、逃げ遅れうずくまっている。瓦礫《がれき》で死角になっているが、斜め上からの防犯カメラにその背が映っている。

「ここから、とても近いんです。でも」

別の映像が投射される。

「少し離れたところに、Y宗国の兵が一人」

矢崎は息を飲む。このままでは、彼女が見つかるのは時間の問題だった。

「気の毒だ」

背後の誰かが言う。呟くように。

「今はこの悲劇に耐えるしかない」

職員の女性は助ける可能性を思い映像を投射している。でも背後の声はその前提に乗っていない。背後の声が続けて言う。

「画面を消しましょう。辛《つら》いだけだ」

「でも助けられるかもしれない。あの場所はここからとても、とても近い」

職員の女性が踏み込んで言う。画面の女性は震えている。もういつ自分が見つかってもおかしくない恐怖の中にいる。頼りない肩や背中がまだ若い生命を悲しく主張しているように見える。まだこの世界にいたいのだと。まだ私にはやりたいことがあるのだと。髪の長い男が静かに声を出した。

「気の毒だよ。助けたい。そんなことは当然だよ。でも彼女を連れここに戻る途中見つかったらどうする？　ここも狙われてしまう。ここにはお年寄りも子供もいるんだ」

彼はさっきまでの興奮が嘘のように静まっている。急に論理的になっている。

この変化は何だろう？　矢崎は思う。自分のオフィスでの惨劇を思い出す。閉められた地下へのドア。人の上を歩こうとしてまで逃げようとした従業員達。

「でも」そう口を挟んだのは、発言の多いスーツの中年の女性だった。「あの位置なら助けられる。見捨てられない」

「それは善の発作です。人は時々発作的に善行をしたくなる。でもいいですか。その善の発作でここにいるお年寄りや子供が死ぬかもしれないんですよ？」

「なら細心の注意で戻れば」

「そのリスクを誰に？　彼女を担がないといけない。つまり男性の仕事。あなたは、……失礼、安全なところから言うのは……」

彼女を担ぎ、この場所まで連れてこられそうな男はこの中に七人いた。ずっとしゃべり、急に論理的になった髪の長い男も、矢崎もそうだった。

「俺が行けたらな……」別の男が言う。彼女を担げそうな者の一人。「でも俺には妻と二歳になる子供がいるんだ。さっき連絡取れて彼女達も無事でいる。家族のために、俺は死ぬわけにいかない。もう自分だけの命じゃない。クソ、俺が行けたら」

矢崎は得体《えたい》の知れない違和感を覚え始める。それほど間違った発言じゃないはずなのに。

「私が行きます」とうとうスーツの女性が言う。矢崎は自分でもわからず足を動かしていた。

《あなたは》突然HPのささやくような声が、ワイヤレス・イヤフォンから聞こえる。

《肩に怪我をしている。そうでしょう？》

肩？　確かに怪我をしていた。

〝俺怪我してて〟矢崎はさりげなくそう言い始める自分が頭にちらつく。

〝ほらここ、肩怪我してて。血とかもう止まったけど、随分赤いな……〟

何もそんなことを言う必要はない。自分の中で呟けばいい。たとえばこんな風に。行くべきだが、俺は肩を怪我している。もしそんな自分が行って、逆にあのうずくまった女性を危機に晒《さら》すことになったら？

「じっとしていた方が、いいと思います」

子供を抱きながら隅にいた別の女性が、静かに声を出す。

「ここには大勢人がいます。出入りがあれば敵に見つかってしまう。何も怖くて言ってるんじゃありません。私は別にどうなってもいい。でもここには子供が」

「でも」

「あの」子供を抱いた女の声が高くなる。

「じっとしておいた方がいいです。そうじゃありませんか？　ここには子供がいるんです。失礼ですがあなたは子供がいないでしょう？　私達の気持ちが」

「私が行きます」スーツの女性が遮るように言う。微かに笑みを浮かべながら。何かを、決定的に諦めたような笑み。

「彼女を連れて戻ることはしません。彼女をどこか安全な場所に連れて行きます。適当に隠れますよ」

　この女性にそんなことをさせるのか？

「俺が」

　矢崎はそう言っていた。覚悟も何もなく。全員が矢崎を見る。俺はどうしたんだ？　でも不思議と恐怖はなかった。これは善じゃない、と思う。自棄《やけ》だった。時々矢崎は、この得体の知れない自棄に囚われる。普段は優柔不断なのに、時々そうなるのがお前の複雑なところだと、以前知人に言われたことがある。

《駄目》ＨＰの声がワイヤレス・イヤフォンから聞こえる。

《あなたの悪い癖。私から説明する。あなたは肩を》

　矢崎は笑みを浮かべ呟く。ＨＰにだけ聞こえるように。

〝痛くないんだ。……運の悪いことに〟

「行く必要はない」髪の長い男が言う。

「ほら、女性のきみが行くなんて言うからこういう彼が現れてしまう。もうやめましょう。その映像を消してください。早く」

「いえ行きますよ」

矢崎は続ける。なぜか快楽を感じ始める。

「ここには二十人以上いる。その正義感は間違いだよ。ここにはお年寄りや子供も」

「ここには戻りません。彼女を助けてどこかに行きます」

「立派だ」不意に声が聞こえる。さっき妻と子がいるから行けないと言った男。

「非常に勇敢な行為だよ。きみのことはネットを使ってみなに知らせる。きみのことを熱烈に書き込むよ。〝党〟からも表彰されるだろう。……本当は俺が行けたらいいんだが、でも俺には……」

そう言いながら、なぜか安心したような、理解者のような顔を向けてくる。なぜだろう、彼らから早く離れたくなっている。

スーツの女性が困惑している。何か言った方がいいかもしれない。

「一応言っときますと、この女性が言ったから行くとかじゃないです。僕、元陸上部だし」

HPの充電を終え、女性がいる場所の地図をHPに転送してもらい、元陸上部というよくわからない嘘をついた矢崎は歩き出す。ドアを開け階段を上がると、スーツの女性が追ってきた。

「待ってください。私も行きます」

「いや、一人のがやりやすいです。でもあなたは……」あの場にいた他の人々の表情を思い出す。「あそこでは、もうあまり発言しない方がいいかもしれないですね」

「……よく言われます。人を苛立たせるって」

矢崎は思わず笑う。確かにそんな感じがする。動機はどうあれ、正しさの実行と思われる行動を、それをしない自分への批判と捉える人間達がいる。そう捉える人間達が、なぜか近頃増えている。

「でも勇気がありますね。女性達の、……あんな映像を見たのに」

「怖いですよ。……でも私はそんなに若くないし、大丈夫かもというか……」

矢崎は彼女を見る。スーツのスカートから綺麗な足が見えてる。

「いえいえ。何言ってるんです？」矢崎は言う。

「あなたはとても魅力的です。外に出たらかなり危ない」

何か言いかけた女性を遮り、矢崎は階段を駆け上がる。だが背後から足音が聞こえる。またあの女性が？　振り返ると男がいた。矢崎を図書館に誘導した館長の男。

「……これを」息を切らせ、そっと矢崎に何か手渡す。布の袋を受け取った時、その形に鼓動が速くなる。拳銃だった。

「手製のものです。弾は一発しか出ない」

やはり。矢崎は思う。この男は妙だ。この男だけじゃない。ＰＣで不正アクセスしたこの男の部下の女性も。

「これは、……いや、ありがとうございます。……Ｙ宗国のものということにします。落ちていたと」

矢崎が言うと、館長の男はうなずいた。

「でもあなたは」矢崎は思わず館長の顔を見る。

「まさか……〝抵抗〟と関係が？」

そう言葉を出していた。〝抵抗〟。そんな言葉はこのＲ帝国の電子辞書にはない。一体何を指す言葉か誰も知らない。

「反抗」と「抗」の字が同じだが、関係ない言葉のように思う。反抗に似た言葉に「反発」「革命」などがあるが、どれも滑稽《こっけい》なイメージがあった。

昔流行ったドラマで「反抗ボーイ」という滑稽なキャラクターがいた。いちいち全てのことに反抗、反発し、得意げになる青臭い青年。言うことをきかないことには、駄々をこね得意げになるイメージがあり、格好悪いとされた。そんなものは大人の分別ある態度でなく、逆に「現実的」「現実を知っている」という態度には、Ｒ帝国では「クール」なイメージがあった。

たとえば「人権」とネットで検索すると、必ず「人権屋」「人権（笑）」「人権商売」と関連ワードがつけられ、「人権屋 年収 億」と出ることもあった。R帝国ではそういった言葉にはどれも滑稽で胡散《うさん》臭いイメージがあり、「真実（笑）」「真実 青臭い」「自由自己中」「自由 ヒステリー」など、特定の言葉は、そのイメージを下げることで無効化されていた。

でも人々は人権などの言葉を滑稽と思ってるのに、グレーのスーツを着た〝党〟の人間達は、テレビでは真顔でこう言うのだった。

〝我々は人権を守る〟

5年前、このR帝国で大きな出来事があった噂。〝抵抗〟という言葉と関係してるのではと、矢崎は思っている。

しかしそういったことに、この小さな図書館の人間が関係を？ 図書館。文献。知識。矢崎は思い直す。昔〝党〟が大半の本を発禁処分したはずなのに、そういえばあの書庫には本が多過ぎる。

「……〝抵抗〟は」矢崎の目をじっと見ながら、館長の男が無表情で言う。

「……昔流行ったケーキの名前です」

〈兵士〉

外に出て、拳銃をズボンの後ろポケットに入れ、スーツで隠す。埃や火薬、焦げた匂いの混ざる生温かい空気を吸い込み、矢崎は駐車場を出てしばらく歩き、その場に立ち尽くす。

本来あったはずの場所に、建物がもうない。近くの崩れた瓦礫から、鉄筋が苦しげな腕のように複数突き出ている。無造作な暴力の跡。遠くでいくつも炎が上がり、巨大な黒煙が上空へ吹き荒れている。

コーマ市は広い。恐らくY宗国は今、あの黒煙の下を攻撃している。

自分は臆病なはずだ、と矢崎は思う。でも矢崎は今、不思議な静けさの中にいる。煙を上げ、無造作に破壊された町の瓦礫の大地が、矢崎の内面の奥の何かと繋がるように思う。不快なのに、その不快さの奥で、瓦礫の荒廃にどこか親しみを感じている自分に気づく。甘く懐かしい温度が、身体に広がっていくように。

「……女性の場所は？」

考えている場合でなかった。矢崎はＨＰに語りかける。

《本当に行くの？》

「うん。教えてくれ」

場所を聞き、矢崎は駆け出す。もうすでに、我が国の軍が来てるはず。恐らく三十分もすれば助かる。

何の建物かわからない残骸に、一旦《いったん》身を隠す。倒れかかるコンクリートの壁が、内部から剝《む》き出《だ》しになった複数の鉄筋の曲がりで支えられている。ガラスやプラスチックの破片が、場違いに甘く美しい光を反射している。辺りにＹ宗国の兵はいない。乗り捨てられた車が道路に連なっている。車は人ではないが、死んだことに気づかないまま、不機嫌に信号でも待っているかのように見える。

死体が散乱する光景を想像していたが、辺りの人間はみな逃げることができたらしい。

「……行けそうかな」

《わからない》

大きく息を吸い、駆け出す。映像で見た場所が見える。瓦礫を越えると女性がいた。女性は驚くが、すぐ矢崎がＹ宗国の人間でないと気づいたように見える。

女性は足を押さえている。

「助けに来たんだけど……」

女性が震えながら指をさす。矢崎は視線を向けすぐ身体を伏せる。五十メートルほど先に、二人のY宗国の兵。建物の中を覗《のぞ》き、何か言っている。R帝国の人間を探してるように見える。

矢崎の鼓動が速くなる。ここに来るのは時間の問題だった。

「……歩ける？」

女性は泣きながら何も言わない。

「あの男達がどこかの建物に入った瞬間、ここを出よう。どこに行けばいいかわからないけど、取りあえず」

瓦礫の隙間から兵の動きを見る。早くその建物に入れ、と矢崎は思う。入らずこちらに来たらどうすればいいだろう。銃は一発しか撃てない。相手は二人。

でも矢崎はふと気づく。なぜ自分は今こんなに冷静なんだろう？

兵士達が半分崩れた店に入る。「よし」矢崎は声を出し女性を背負う。意識を逸らしてはいけない。今はこの場をやり過ごすことだけ考えればいい。

「駄目、そっちじゃない」女性が突然言う。声が大きい。「その通りを真っ直ぐ行って。そっちにみんな逃げてったから」

「無理だよ。見晴らしが良過ぎる」

「彼が、そっちに行ったから！」

女性が泣きながら叫ぶ。一度声を出した彼女は、堰《せ》き止められていたものが急に溢《あふ》れたように、矢崎の背の上で騒ぎ始める。矢崎は舌打ちし、女性の言った方向へ駆け出す。

「避難してるの？　そういう場所が？」

「わからない。わからないけどそっちに」

「わからない？」

《落ち着いて。静かに》矢崎のＨＰが言う。女性を落ち着かせようとしている。

「ああＨＰ」女性が言う。「私のＨＰもどこかにいってしまったの。私のＨＰ！」

黙らせるか。どうやって？　なぜか彼女は矢崎に攻撃性を向けてるように感じる。そう思った瞬間、矢崎は立ち止まる。足の力が抜け、呼吸が難しくなっていく。

死体だった。破壊された道路の上に、踊るように倒れたいくつもの死体。周囲の壁が無数の銃弾の跡で歪《いびつ》にえぐられている。

目の前にＹ宗国の兵がいた。銃を構えている。

矢崎は驚いたまま身体を動かすことができなくなっていた。さっきまでの冷静さは、緊張で疲労した意識が、現実から少し遊離していた結果の致命的な勘違いとしか思えなかった。こいつの意志一つで、と思う。こいつが引き金の指を動かすかどうかで、自分の命が失われる。銃身の先が自分の身体のどこかと繋がり、そのことで全身を止められているように思えてならなかった。それくらい、信じることができないくらい、身体を動かせなかった。待ってくれ、と矢崎は言いたいが言葉が出ない。それはない。待ってくれ。それはおかしい。でも喉が硬直して言葉が出ない。

兵が首を微かに動かす。矢崎は混乱していく意識で必死に考える。女を降ろせということか？　降ろすわけにいかない。

でも矢崎は女性を降ろしている。自分の意志で動かなかった身体が、兵士の意志で急に動いたことになる。手足が震える。これまで全く経験のないことが、自分の身体の中で起こっている。

《命乞いをして》ＨＰが言う。でも矢崎は声が出ない。《早く。危ない》

ＨＰの声が涙声になる。わかっていた。わかっていたが、一瞬眠った自分に気づく。意識が千切れたように散漫としてくる。矢崎の意識が、恐怖で身体を残しどこかへ遊離していくように。

《お願いです。殺さないでください》

ＨＰのスピーカーから、Ｙ語のようなものが大きく響く。ワイヤレス・イヤフォンから自動通訳が聞こえた。

《害はありません。お願いします》

兵士が矢崎のＨＰを見る。

「それがお前らの携帯電話か。すごいな」

ＨＰが自動通訳する。よく見るとまだ若く十代に見える。でも身体が大きい。軍服の足に血がついている。誰かを撃った兵。もうすでに誰かを殺している兵。

「それ渡せ。今お前撃つと壊れるかもしれない。渡せば楽に殺してやる」

「俺を殺すとこれは使えない」

喉はまだ硬直してほぐれていない。でも小さく声が出た。「持ち主しか使えない。でも操作すればきみ用にできる」

嘘だった。でも隙をつくるしかない。兵士が一瞬、面倒そうに目を細めた。

「じゃあ後。……女」

女性が後ずさる。だが兵士が銃を向けると立ち止まった。

「幹部来ると取られるから。……俺が一番に」

兵士が銃を構え女性に近づく。矢崎は震えながら賭けに出る。自分のポケットの拳銃を意識する。集中しなければならない。必死に声を出す。

「俺が女を押さえるよ」

「ん？」

「俺が女を押さえる。その方がいいだろ？　だから助けてくれ」

「ハハハ！」兵士が笑う。「情けねえなRの人間は！　戦士じゃない。ハハハハ！」

矢崎は悲鳴を上げる女性を押さえ座らせる。チャンスは一回。男が銃を背後に回した瞬間、銃で胸を狙う。頭を狙いたいが、矢崎は銃を撃ったことがないし的が小さい。そして撃たれて倒れた男に飛びかかり、相手の銃を奪う。

できるか？　そう考えが浮かび打ち消す。人を殺すことになる。だがそれが何だというのだろう？　こいつはこんなことをする人間なのだ。こんなことをする人間がどうなったってどうでもいい。矢崎はそう思う。その憎しみや軽蔑を勇敢さに変えようとする。兵士が笑いながら近づいてくる。

鼓動が速くなる。女性の身体は震えながら硬直している。すまない、と矢崎は内面で呟く。でもあいつがきみにふれる前に撃つ。今は作戦はこれしか思いつかない。兵が近づき、しばらく満足げに彼女と矢崎を見、銃を背中に回した。兵士が女性につかみかかる。矢崎は手を自分の後ろポケットに回し拳銃をつかむ。

心臓に強い痛みを感じた。矢崎の右手が押さえられている。兵士がつかんだのは女性の肩や手首でなく、矢崎の腕だった。

兵士が血走った目で矢崎を見る。腕をつかんだまま顔を近づけてくる。若いのに、恐らくこれまで何人もの人間を殺してきた目のように思えた。人間を殺すことが日常の行為の中にある、奇妙にも静寂を感じさせる目。

「んー？　何だその手」

兵士が言う。笑みを浮かべている。

「ガムでも入ってるのか？」

兵士が握る手の力を強め、矢崎はうめき声を上げ拳銃を放す。拳銃が地面に落ち、兵士に蹴られ遠くに飛ぶ。倒れたまま全身の力がさらに抜けていく。

身体が動かないだけじゃない。力が入らないのだった。肉食の動物に、捕食される生物の姿がなぜか脳裏をよぎる。まるで自分を捕食する相手を煩《わずら》わせないように、自ら力を失ったかのように。弱者、という言葉が浮かぶ。弱者はまさかこんな風に？　その生命の最後に身体がこんな風に？

「面倒くさいから殺す」

兵士が銃を矢崎に向ける。待ってくれ、と思うが矢崎はやはり声が出ない。何とか振り絞る。嘔吐するように言葉を吐く。

「……最後に一つ、教えてくれ」

矢崎は言う。涙が込み上げる。覆い被《かぶ》さり、銃を構える若い兵の顔がぼやけていく。

「なぜきみ達はこんなことをする？」

それが一番知りたいことだった。なぜなら、矢崎にはわからないから。

「それは我々の神がそう望んだからだ」

「本当にきみ達の神が？」

「導師が神の声を」

「……それを、きみ達は鵜呑《うの》みに？」

激しい痛み。矢崎は殴られたのに気づく。

「さあ死ね」

「俺達にも神はいる」

矢崎の目から涙が流れる。

「俺達は、たまたま、きみ達の土地に生まれなかっただけだ。……だからこの土地の別の神を信じてる。それが罪か？」

「安心すればいい」兵士が真顔で言う。

「我々のような戦士に殺された人間は、あの世で我々の神に会い改宗することになる。だからお前はあの世で幸福になる」

矢崎は茫然と兵を見る。完全にそう信じ込んでいる若き兵。人を殺す兵。この世界は、と矢崎は思う。この世界は、こんな風だったのか？　こんな理不尽な理由で人が死に人生が終わるのか？　これまで生きてきた時間が全てこんな理由で。目の前に銃口がある。丸い闇。この丸い闇が、この無機質な闇がこの世界の剝き出しな答えとして矢崎の前にあった。無造作に何の躊躇もなく、生命が日々膨大に潰されていく世界。

銃声が響く。心臓に激しい痛みを感じ視界が暗くなる。目の前の兵が撃たれ倒れていた。矢崎には意味がわからない。視線を向けた先に兵がいる。Y宗国の女性兵士。

女性兵士は顔を歪めている。だが明らかに誤射ではない。明確に仲間を撃っている。

女性兵士が矢崎達についてこいと身振りで示す。でも矢崎はまだ身体が動かない。

「こっちだ」

彼女が声に出す。R語だった。

「お前達の安全は保障する。早く」

「いや」急に女性が叫ぶ。足を引きずりながら反対へ駆けて行く。

動けるのか？　矢崎は場違いなことを思う。さっきは恐怖で身体の力が抜けていただけか？　足を怪我してはいるが彼女は動けたのか？

「駄目だ戻れ。さっきの銃声で私の仲間が来てしまう」

でも女性は足を引きずりながら遠くへ行く。放置された自動車が見える。女性がドアを開け乗り込む。ロックが外れていたらしい。

「待って」

矢崎は立ち上がり叫ぶが、女性はすぐ行ってしまう。矢崎の腕を女性兵士が引く。

「彼女はもういい。どのみち車は目立ち狙われてしまう。時間がない早くこっちだ」

矢崎は女性兵士に言われ共に走り出す。

「……お前はあの女性を守ろうとした。そうだろう？」

女性兵士が走りながら言う。

「……そうです」

「Rの人間には感謝の感情がないのか？」

「……あなたは」

彼女が突然伏せ、矢崎も伏せる。崩れた瓦礫の向こうから低い声が聞こえる。複数の男達が恐らくY語で話す声。

「……話は後だ」

身をかがめながら女性兵士がゆっくり移動する。矢崎も続く。彼女が走り出したタイミングで矢崎も走る。何の建物だろう。真ん中がえぐれた五階建てのコンクリートの残骸が見え、彼女が立ち止まる。銃を構え、崩れた壁の隙間に入っていく。矢崎に来いと合図する。中は暗かった。矢崎は息を切らし座り込むが彼女は立っている。

「あなたは……いや、ありがとう」

矢崎が言うと、女性兵士はうなずいた。感謝を受け入れる、という風に。

「でも、あなたはY宗国の兵士なんだろう？　なのに」

「これ以上神への冒瀆《ぼうとく》を見たくなかったからだ」

「冒瀆？　でもヨマ教は」

背教者に死を。矢崎の脳裏に、つい数時間前の無差別の空爆が蘇《よみがえ》る。Y宗国の兵に襲われた女性達。自分に覆い被さり、死ねばあの世で救われると言い殺そうとした兵。野蛮で無知で無造作な者達。突如この国に入り込んだ異物。怒りが込み上げる。

「きみ達ヨマ教徒は我々を第二種として扱うんだろう？　自分達以外全て間違ってると。異教徒の女は捧《ささ》げもので、異教徒を殺すほど神が喜ぶ？　イカレてるとしか思えない。いいか、世界にはたくさんの宗教がある。きみ達のものが唯一絶対である証拠なんてどこにもないんだ」

「そんなものはヨマ教ではない。違う」女性兵士が言う。眉間《みけん》に皺を寄せ矢崎を睨《にら》む。

「お前達にどう翻訳されてるかわからないが、私達は人間を一種二種と区別したりしない。平和を愛する。女を襲うなどありえない」

「でもきみ達は今、実際に」

「この連中がやってるのはヨマ教と関係ない。彼らはヨマ教を滅茶苦茶に解釈してるだけだ。違う」

「でも」

「今Y宗国とG宗国は戦争しているが、そもそも我々はGYという一つの国だったのだ。宗派など関係なく、何の問題もなく暮らしていた。……6人」

女性兵士が吐き捨てるように言う。

「確認できただけで6人と言われている。私達の国に外部から6人の人間が入り込み、私達の国は滅茶苦茶にされたのだ」

女性兵士の名はアルファといった。矢崎とアルファは廃墟になった建物で、火を焚《た》くこともできず夜を迎えることになった。R帝国から遥か遠く離れた、資源に恵まれた草原の国、Y宗国の話を聞くことになる。

矢崎のHPが自動録音していた彼女の語りを要約すると、このようなものだった。

〈アルファの語り〉

私の最初の記憶は、母ではない女性に背負われながら見た、空に浮かぶ黒い物体だった。……穏やかな白い雲を背後に浮かぶ、黒の異形《いぎょう》。それが人工知能を搭載された無人機であると知ったのは何年も後のこと。音もなく近づいたそれに、周囲の親戚達は誰も気づいてなかった。

「アー」。まだ幼かった私はそう声を上げた。何かわからなかったが、それがよくないものであると感じた。この物体の接近を、自分の大切な人達に知らせなければ。今の私が言葉にするとこうなるが、当時は夢中に声を上げただけだ。

私の声で、周囲の人々は一斉に空を見た。大人達はそれが何であるか知っていた。それがどれくらいの不幸を発生させるものであるかまで。人々が逃げるのと同時に、その物体から細かな粒が噴き出す。その粒達は着弾すると爆発した。特殊な銃弾。悲鳴の中、私を背負った女性も走り出した。

Y宗国は、同じヨマ教だが宗派の違うG宗国と戦争状態にあった。でも私達の戦争の背後には様々な国がいた。私達Y宗国を支援する国、G宗国を支援する国。その無人機が、G宗国のものか、G宗国を支援するどこかの国のものかはわからなかった。

その無人機が攻撃したのは、Y宗国内で比較的安全とされていたロナという地域。私達がいた国内難民キャンプだったのだ。

お前達も聞いたことがあるだろう。後に〝ロナの虐殺〟と呼ばれることになる惨劇だった。その一機の無人機は、戦争で家を失っていた私達難民を754人殺害した。

難民キャンプにはしなびたテントしかない。伏せた仲間も両手を上げた仲間も死に、死体の陰に隠れた者も死んだ。無人機は、死体の山に隠れた生命反応まで探知した。私達はただ、その黒の物体から遠ざかるため走ることしかできなかった。

あの無人機から離れなければ。でも振り返る余裕もなく走り出した人々の前に、無人機は凄まじい速度で回り込みまた銃弾を乱射した。私達は武器を持たない難民だ。

「なぜだ」この一言が、恐らく全ての難民達の脳裏に、その生命を終えようとする人々の脳裏に浮かんだ言葉だったと思う。生命の最後に浮かんだ言葉が「なぜだ」であるということ。私を背負った女性は懸命に走った。私はその揺れる痩せた背の上で、粗末な服を着た一人の中年の男を見た。

目を見開き、怒りそのもののようになった彼は、落ちていた石をつかみ無人機に向け投げた。その石は、私達の怒りを乗せたその石は、無人機に届かないだけでなく、その方向にいた無人機は凄まじい速度で既にかわしていた。「今にみているがいい」。その男性は無人機に叫んだ。人がこんな大声を出せるのかと驚くほどの声量で。

「今にみているがいい。俺はこのまま死ぬが、私達の仲間はまた次々と生まれてくる。次々と生まれてくる我々をまたお前達は次々と殺すだろうが私達はまた次々と生まれてくる。ついにお前達を殺すまで私達は次々と生まれてくる」

その男性は、無言のままの無人機の銃弾を浴び倒れた。私は叫んだ。「アー」「アー」。小さな生命であった私は叫ぶことしかできなかった。怒りに震えていた。でも私が叫んだのは、無人機の奥にあるもっと巨大な何かに対してだったように思う。無人機の背後の風景が少し歪んで見えていた。当然幻覚だが、何か無数の人間達の思念が入り交ざったようなものが、そこに形となって存在しているように思ったのだ。

Y宗国に安全な場所はなくなった。この地で死を待つか国から逃げるか。また別の難民キャンプに着いた私達は、その二者択一に迫られながら生きることになる。私を背負い逃げてくれた女性は死んだ母の妹、つまり叔母で、私の両親は私が生まれてすぐ空爆で死んでいた。私はこの世界に存在した時にはもう、庇護《ひご》してくれるはずの存在を無人機に消されていたことになる。

元々私達はGY国という一つの国だったと後から聞いた。宗派の違うヨマ教徒達だけでなく、全く異なる宗教を信じる者達も共に暮らしていた。でも少なくとも6人の人間が外部から入り込み、この国が滅茶苦茶にされたのだと。

ヨマ教徒はキノコ類を食べないが、他の宗教の者達は当然食べる。他の宗教を信じる者達が運営する市場では、だからキノコ類は覆いで仕切られたスペースで売られていた。互いの宗教をリスペクトするほどではなかったが、互いのタブーにだけは踏み込まず、深く考えることなく隣人として暮らしていた。宗派が違っても宗教そのものが違っても結婚することができた。

GY国は、ヨマ教徒Y派の王による独裁政権だった。腐敗した王だったが、みな表向きは不満を口にしなかった。国民の不満が溜まってくると、でもこの王は少しだけましになるのだった。

学問を積んだ者や、地域の有力者などには様々な意見があったろうが、大半の国民の考えていたのは、いつかもっといい王に変わればいいのに、という程度だった。

きっかけが何だったか、人により口にすることが異なる。たとえばある村の事件。

両腕を無残に損なわれた少年が、舗装されていない道端で発見された。病院に運ばれ、意識を取り戻した少年は、三十代くらいの男にやられたと泣きながら言った。ヨマ教の話をいきなりされ、「お前はG派だろう？　G派の人間はこの国にいらない」と長時間にわたり暴力を振るわれたのだ。

少年は美少年だった。両腕のなくなった彼は、あるテレビ局のニュースで大々的に取り上げられることになる。

その数日前、王の親族が経営する石油関連施設で事故があった。G派の労働者四十五名が焼け死んだ。真偽は不明だが、かけつけた複数の消防車は、燃えている彼らより先に、石油の火を消そうとしたという。

そんなはずはない。多くの人達はそう思ったが、でも消防の職員達は伝統的にY派が多いのは誰の脳裏にも少しはよぎった。人気俳優が妻の人気女優を殺害した事件も起きた。俳優はY派で女優はG派だった。

鳥が鳴いている。当時の老人達は、口々にそう言っていたらしい。この国に伝統的に伝わる、凶事を知らせる無数の小さな幻鳥。その鳥達が静かに騒いでいるのが聞こえると。だが風習や古事から遠ざかっていた若い者達には、その声は聞こえなかった。

不穏な空気が流れ始めた頃、GY国の田舎のある村で信じられない事件が起きた。酔った複数のG派の者達が、Y派の一家を惨殺し、その家を焼き払った。その母と娘は暴行されたという。事件を報道したラジオのパーソナリティが、よく通る声で何度もこう言った。

「G派に不穏な動きがある。Y派は自宅で待機した方がいい。Y派の女性があちこちで暴行されている」

そのラジオはリアルタイムで、各地で起こっている事件を報道し続けた。

「G派の男達がY派の村を襲っている。Y派の男達は自分達の家族を守れ。自分達の家族を、恋人を守れ。自分達の大切なものを自分達で守れ」

都市に住む者達は、地方でそんなラジオが放送されていたことすら知らず、一夜明けたニュースで全容を知ることになる。Y派とG派、合わせて数十人が死亡、百数十人の負傷者。大半は酒に酔っていた。

腐敗した王の親族が経営する、様々な企業のスキャンダルが一度に出たのはその頃だった。デモが発生したが、G派が多いデモと聞きY派の参加は少なかった。デモを抑えるため軍が出動した。暴動が起き、軍の兵一人が殺害された時、軍が民衆に向け発砲する。暴動が拡大した。

様々な国が一斉に、デモ隊に発砲したGY政府を非難する。事態は混乱した。様々な国のニュースで、Y派であるGY国の王がいかに残酷で、いかに腐敗しているかが報道され始めた。都市から遠い村で、政府軍がG派の多く住む村を襲い、その村が逆に軍を追い払った噂が流れる。いつの間にか、その村にG派による武装組織が出現していた。政府から奪った兵器で武装したという。そんなはずはなかった。どこかの国が、組織を送り込み武器も提供したに違いなかった。

政府軍のうち、G派の者達が銃器を持ったまま軍を離脱し、腐敗した王が凄まじい弾圧に打って出た。G派を守るという理由で、様々な国が介入し始める。それとは反対に、Y派の王を守るためまた別の国々が介入し始める。

GY国の重要な油田地帯がG派の手に落ち、G派はそこで建国した。G宗国。私達はいつの間にかY宗国となっていた。Y宗国は油田の奪還を試みる。

つまり戦争になっていた。

だから私が生まれた時はもう、GY国は二つに分かれ戦争していた。さらには国内のヨマ教徒以外の人々を保護する名目で、彼らの民族、宗教に沿ったいくつかの国も戦争に介入してきていた。

噂の類《たぐい》であり、確証は持てないが、しかし少なくとも六人の外国人が私達の国に入っていたことが明らかになっていた。一人は村人達を煽《あお》ったラジオ局のプロデューサー。局の株式の過半数をある外国企業に取得され、大幅な人事異動があり外国人がその番組のプロデューサーになっていた。

さらには三人の軍人。彼らは身分を偽り、実はGY国籍を有してなく、そのうち一人は中隊を任される幹部にまでなっていた。

残りの二人のうち一人は暴動が起きた村の医師で、最後の一人は身元は不明だが、少年の両腕を損なったとされる男は顔にタトゥーがありヨマ教徒だったはずだが、顔にタトゥーのない似た男が目撃されていた。つまりシールなどのフェイクタトゥーであった可能性があるのだった。

六人とも、G宗国が建国されると同時に姿を消したと言われていた。

本当だろうか？　にわかに信じられない話だが、恐らくもっと多くの外国人達があの頃GY国に入り込んでいた。合わせて数十人だろうと言われている。

しかしもう全て遅かった。石油などがある資源国に独裁政権が多い理由を知っているだろうか？　全てがそうとは言わないが、独裁政権の方が、他国にとって都合がいいのだった。その王を腐敗させ、ズブズブの関係を築いておけば石油が安く手に入る。いちいち民主主義で政権が代わるたび関係を築くより確実なのだ。

私達の国がああなる前、何かの利権の移動があったと噂されている。どこの国かわからないが、そこから強く打診されていた新規の油田開発計画を私達の王が渋ったという噂。そのことが、こういう結果を生んだ一つの要因だったという噂。末端の私達は、そのような動きの下で銃弾や空爆に追われ逃げながら生きた。

このまま死ぬか、この国から逃げるか。その時、多くの大国達が難民を受け入れる用意があると声明を出した。全ての人間は生きる権利があると。私達がそれを保証すると。だがそれも奇妙な話だった。

　私が十歳になり叔母が四十歳になった頃、叔母がこの国を出る決断をした。戦況がいよいよ悪化し、亡命者が急増した頃。

　チクリル海岸まで行けば密入国業者がいて、ボートを与えられ、海を挟んだ隣の国へ行けるという。その国もその国に隣接する国々も難民の受け入れを大々的に表明していた。だが私は子供ながら奇妙だと思った。

　受け入れるというなら、なぜ迎えに来てくれないのだろう？　私達に自力で、危険な海を越えさせようとするのだろう？

　しかし私達に我儘を言う資格はない。夜、私達は他十五名と共に難民キャンプを出、遥か遠い海岸を目指した。G宗国ともY宗国とも呼べない、どちらの支配か曖昧な危険な土地も抜けなければならない。だが私達に選択肢はなかった。

　このまま死ぬか挑戦して死ぬかの違い。途中、暑さと疲労で二人の老人と一人の子供が息絶えた。海岸に着く。密入国業者は多額の金を要求し、代わりに粗末なゴムボートと簡素な地図を渡された。

　その金を、私の叔母はどう工面したのだろう？　想像はつくが、私は彼女が死ぬまでそのことを聞けなかった。

ゴムボートは残った十四名の私達が乗ると満員だった。大人の男の難民が二人、オールを持ち漕《こ》いだ。穏やかだった夜の海は急に荒れた。ボートに水が入り、私達は溜まった水をかき出し続ける。慌てる私達の動きでボートがさらに揺れさらに水が入る。

「駄目だ岸に戻ろう」

誰かが叫ぶ。だが遠くに見える海岸になぜか明かりが目立った。双眼鏡を持つ者が叫ぶ。

「軍がいる。あの制服はG宗国だ」

私達は戻ることができなくなった。前へ進むしかない。絶対にもたないボートで、荒れた海を、見果てぬ外国を目指して。雨が降り始める。密入国業者が用意したボートに不満を言った仲間の難民に、業者の一人が言った言葉を思い出していた。

「お前らは我が身可愛《かわい》さに逃げ出すんだろう。そんなお前らにはこれで十分だ」

ではどうすればよかったのか？　再び難民キャンプが襲撃され殺されるまでじっとしていろと？　私達難民を人間の盾にした戦略の噂まで聞きながら？

海に次々と人が落ちた。私達は泣き叫びながらゴムボートにしがみつく。ボートは波に揺られ地図にある方角とは全く違う、どこかわからない方向へ流されていく。もう誰もボートの上に乗ることができない、ただ海に浸《つ》かりながらボートにしがみつくことしかできない。私は両腕でボートをつかみながら、「あなた達が」と海の向こうに思っていた。

「あなた達が、受け入れるなどと言うから。きみ達には生きる権利があるなどと言うから。

そんな温かい言葉をかけるから、私達はこんな風にあなた達の国を目指すことになる。そんなに温かな言葉をかけるならなぜ迎えに来ない？　なぜ戦争を終わらせてくれない？なぜ戦争は続けて難民だけを待つ？」

これが私達の役割なのだと思った。戦争で死に、世界中の人々から「気の毒に」と言われるための存在。難民となり、脱出を図り溺《おぼ》れて死に、世界中の人々から「気の毒に」と言われるための存在。

叔母は私と同じように海に浸かりゴムボートをつかみながら、私だけでもボートの上に戻そうとしていた。実の子でないのに。自分のことは顧《かえり》みずに。

「大丈夫、そんなことしたら叔母さんが」

「よく聞きなさい」叔母は叫んだ。

「人生というのは、楽しむためにあるの。あなたは生きて、人生を楽しまなければならない。あなただけでも生きるの」

でも叔母は、自分の人生を楽しんでいるようには見えなかった。

「でも叔母さんは」

「私のことはいい。あなただけでも生きるの！」

叔母がボートから手を離し、沈みながら私の身体を抱えボートに戻そうとする。私は泣いた。

「神よ」私は雨を降らせる漆黒の雲に覆われた空を見上げ、ヨマの神に祈った。私達の顔のタトゥーは、あなたが遠くから見ても、私達がヨマ教徒であるとわかるための印。救われる印。どうか。私達をどうか。

でも神は沈黙したままだった。あまりにも巨大な空と巨大な海。私達の身体は小さかった。

叔母の力でボートに乗りかかった時、大きな波に押され再び私の身体は海に投げ出された。叔母に手をつかまれ、またボートにしがみつく。でも、もう手に力が入らなかった。身体が冷え、全身の感覚がなくなっていく。もう頭を海の上に出すこともできない。口に絶え間なく海水が入る。波は私達の存在に関係なく、ただ無造作に動き荒れ続けた。感覚のなくなった手がボートから離れ、私は波に飲まれた。

ボートが遠ざかっていく。大量の水を飲み、吐こうとしても水が喉に入り続ける。叔母が私を追いボートから手を離し、近づいてくるのが見えた。駄目。私は叔母に向けて思う。視界が色を失い暗くなっていく。

目が覚めた時、でも私は船の上にいた。

私と叔母、そしてもう一人の若い男だけが助かったようだった。多国籍企業の船。私達を助けるため巡回していたという。

清潔で、現代的なつくりの巨大な船。船には、私達とは別のボートの、他の難民達が肩を寄せ集まっていた。彼らは全員痩せて濡《ぬ》れていた。百人以上いただろうか。その中で子供は私一人だった。

どうして巡回していたなら、岸まで来てくれなかったの？

子供だった私は、叔母に止められるのも構わず、私を看病してくれた看護師にそう呟いていた。共にボートに乗り、沈んでいった者達の顔が浮かんでいた。でも看護師の女性は落ち着いていた。せっかく助けたのに、その言い草はなんだという表情も見せず。

「海岸には行けないの。Y宗国とG宗国の領域だから。あなた達があなた達の国の海域から出ないと助けられないの」

本当だろうか？　でももっともらしい言葉に、子供の私は黙った。もっともらしい言葉。以後、私達はこういったもっともらしい言葉の渦の中で生きることになる。私の中にはいつまでも違和感が存在していた。他の無数の濡れた難民達が、沈黙したままなぜかじっと私を見つめていた。

私達は難民としてR帝国に行くことになった。叔母達は労働力として。私はそれについてきた使い道のない子供として。

「なら、きみはこのR帝国にいたことがあるのか？」

矢崎はアルファに言う。もう外は暗い。矢崎達が潜む廃墟に、隙間から月の明かりが差し込んでいた。

「随分昔のこと。……5年いた。私は嘘をつけないから言うが、……辛い日々だった」

アルファの顔に汗が目立った。

「……大丈夫？　辛そうだけど」

「大したことはない。風邪でも引いたんだろう」アルファが続ける。コンクリートの地面に座り込み、銃を抱えたまま。

「私の叔母は農業企業で働くことになった。お前達の言葉で言えば、工場でつくられる怪しげな食材ではなく『可視化された』穀物をつくるため。……その農業企業と取引のある食品会社のスタッフが、よく写真を撮りに来た。自分達は有機栽培を取り扱ってると紹介するために。……私の叔母の姿も、お前達の企業の何かの宣伝写真に写ってるかもしれない」

アルファが寂しげに笑う。

「何も叔母は奴隷のように働かされてたわけじゃない。週休二日、一日九時間労働。賃金は異常に低かったが少なくとも労働内容は正常だ。でも働いている時はいいが、働けなくなった者に対しこの国は冷たい」

「……ああ」

「叔母は腰を悪くし働けなくなった。身体を使わずに済む仕事は移民にはない。契約を打ち切られると不法移民になる。雇用者に泣きつくと、ひとまず行政の福祉を受けろと言われた」

アルファの目が遠くなる。

「叔母はこの国の巨大な役所をたらい回しにされることになる。想像すると悲しい光景だ。言葉もわからない移民が迷路のような役所で惑う。極力福祉は受けさせるな。それが役所の方針だった。金を使うことになるからな。叔母が諦めるまで、彼らはもっともらしい言葉を言いはぐらかし続けた。ある日、R帝国の移民が集うネットの掲示板に叔母への中傷が書き込まれた。〝仮病でただ暮らし挑戦の女。移民の面汚《つらよご》し死ね〟。……初めに書き込んだのは一体どこの誰だろう？　中傷はなぜか激しさを増した。私達移民が団結するのを役所は嫌う。叔母は移民のコミュニティーからも無言の非難を受けることになる」

アルファが続ける。

「私はR国人の学校に入りいじめを受けたが、自分の状況を叔母にはとても言えなかった。私の叔母は痛み止めを飲みまた働きに出た。でももう限界だったのだ。また休職し、私達の生活は困窮した。『待っててね』と、叔母はある夜、腹を空かせた私をじっと見て、そう微笑んだ。その力ない笑みを、昔にも見たことがあった。……叔母はそうやって夜の街に出て、何かをし、数時間後に私の食べ物を買って戻って来た。……でもある日、酔った移民達に囲まれた」

アルファの目に涙が溜まっていく。

「叔母はその酔った移民達に絡まれ、暴力のなか川に投げ落とされ死んだのだ。『移民の面汚し』彼らは、ネットに書き込まれていた無数の言葉達を真似《まね》るように叔母を非難した。……お前に信じられるだろうか？　叔母を殺したのがR国人だったなら、私はR国人を恨めばよかった。でも叔母を殺したのは同じように虐げられ同じように精神を荒廃させた移民達だったのだ。ロナの虐殺を越え、海を越えた叔母の最後が」

アルファが眉をひそめる。涙を堪えるように。

「私は十三歳で保護者を失い不法移民となり、十五歳でY宗国に強制送還された。Y宗国は複数の武装勢力が乱立し崩壊していた。私はそのうちの一つの勢力に大人になるまで育てられ、……兵士になった」

矢崎はどう答えていいかわからない。

「私が兵士になったのは、これを」そう言いアルファは銃を握る。「これを持てると思ったからだ。私はこれで自分の人生を奪おうとする者達と戦おうと思った。……いや、それは後付けの理由かもしれない。Y宗国ではもう兵士になるしか生きる術《すべ》がない」

「でも」矢崎がようやく声を出す。

「でもなんで、このR帝国を侵略する？……その恨みというわけでもないんだろう？」

「は？」アルファが目を見開いて矢崎を見る。驚いている。

「お前は、……私達が、R帝国を侵略するために来たと思ってるのか？」

「違うのか」

「そんなわけがないだろう？　お前は」

アルファが急に倒れる。

〈矢崎の過去〉

矢崎はアルファに駆け寄り額に手を当てる。「すごい熱だよ」

「……大したことはない」

廃墟にあったしなびた段ボールを集め、アルファを寝かせる。彼女のフードマントと共に、自分のスーツの上着をかけた。

HPで、二百メートル先に食料品も扱うドラッグストアがあるのを確かめる。矢崎はアルファに向き直る。

「薬取って来るよ。食料も」

「……危ない。私は大丈夫だ」

「大丈夫じゃないよどう見ても。……風邪のような感じ？」

「わからないが……熱はあるな」

「じゃあ色々取って来る」

立ち上がり行こうとした時、アルファが矢崎に何か渡そうとする。

「お前の拳銃。……あの時拾っておいた」

受け取り、暗闇のなか駆け出した矢崎は、昔のことを思い出していた。矢崎の最初の記憶。アルファの最初の記憶は無人機だったが、矢崎のそれは白い建物だった。


矢崎の最初の記憶は、一人でぼんやりその建物を見上げていたところから始まる。白く巨大で、無機質なコンクリートの建物。孤児のための施設であるのは後から知った。二本の足で、ようやく立てるようになった頃の年齢のはずだった。

遠くで、走り去る車の音が聞こえていた。誰かが自分を置き去りにし、遠ざかっていく音。その音が小さくなるほど、自分の身体が何かから遊離していくようだった。

二つの耳で、何とかその音を自分に繋ぎ留めようとする。その音が再び大きくなり、自分に近づいてくるのを期待していたのかもしれない。もしかしたら、人すら乗っていない、無人車だったかもしれないそれを。でもやがて音は途絶え、辺りに巨大な静寂が降りた。

うっすらと白い霧が広がっていた。

周囲の木々も、大地も、空気や空までも、自分に無関心にただそこにあり続けているように思えた。身体に一瞬、冷気が走る。生存本能までも、根底から揺さぶられるような冷気。でも目の前に白い建物があった。周囲と同じように自分に無関心で、冷たそうだが、幼い矢崎はただそこで何かを待っていた。白い霧が漂う中、やがてその門の扉が鈍い音を立てて開いた。

扉を開けたのは、白い作業着を着た中年の男だった。

それはこの孤児のための国家施設「子供愛育園」の職員だったが、当時の矢崎には当然わからない。矢崎は自分が、何かの紙を握りしめていたのに気づく。男は矢崎の手からその紙を受け取る。なぜだかわからないが、自分の存在が誰かから、誰かの手に渡されるのだと感じていた。

大人のその男の身体は、子供の矢崎からすると酷く巨大に見えた。恐ろしいが、逃げ出したいが、この男の言うことを聞かなければならない。幼い矢崎は本能的にそう感じていた。この男に、気に入られなければならない。

なぜなら、さっきの車の音はもう遠ざかっていったのだから。気に入られないと、自分はこの無関心な木々に囲まれた大地の上に、この白い霧の中に放り出されてしまうのだから。

――ちっ。

しかし矢崎が聞いたのは、その男の舌打ちだった。矢崎は今でも、その音をはっきり覚えている。自分の全存在に対して、向けられたような舌打ち。この世界全体が、自分に対して舌打ちをしたように。全身の力が下へ下へ抜けていく。だが職員は矢崎を施設の中に入れた。それが仕事だからという風に。外では白い霧が漂い続けていた。

矢崎はそれから、十八歳になるまでそこで暮らすことになる。

窓の割れた建物があり、そこがドラッグストアであるとHPが知らせる。矢崎は昔の記憶に囚われながら中に入る。

夜にY宗国の兵は活動しないのだろうか、と矢崎はぼんやり思う。ここに来るまで誰の姿も見ることがなかった。

《停電で暗いけど、ライトが使えない。充電が》

「うん。大丈夫」

大分荒らされていたが、いくつかの食料や薬が床に散乱し残っていた。矢崎はカゴをつかみ、風邪薬や解熱剤、食料や飲料をあるだけ集め始める。首を掻きながら、二つのカゴに詰め再び外に出る。

その白い施設で暮らしていた頃、伊藤という同い年の少年がいた。

伊藤はよく矢崎に施設の文句を言った。

「この建物でかいのに職員少ない理由わかるか？　〝党〟が建設会社と……ゆ、癒着してるんだよ。だから予算つけて、建設会社にこんな金のかかるのを税金で建てさせてやる。見返りに〝党〟は金とか色々要求するんだ。親のいない子供達の施設、つくるのに反対する国民はいないからな」

矢崎は伊藤が嫌いだった。彼は田中という先輩入所者の受け売りばかり話した。覚えての用語をわかった風に語る少年。でも嫌いな理由はそれだけでなかった。

彼の言葉を、矢崎は聞きたくなかったのだった。なぜだかわからないが、そうやって大きなものを批判することが、そもそも自分達の負けを意味してるように思えてならなかった。矢崎はいつも黙っていた。

「本当は俺達のことを思ってないから、職員は増やさない。人件費に予算つけても賄賂《わいろ》もらえないから。奴らはいつも人に金を使わない。だから見ろよこの施設」

弱者同士で集まりたくない。矢崎はそう思っていた。現状に不満を言うより、その現状を逞《たくま》しく受け止め、誰かに認めてもらいたかった。でも何をどう認めてもらいたかったのかは、矢崎にもわからなかった。

「少子化で子供いるってのもさ、工場も自動だし労働者はほとんどいらないから、もう人口減っても社会は回るんだよ。移民の方が安く使えるしな。なら何で子供を産めと〝党〟は言うのか。それは外国からの、……何だっけ、ああ投資だ。投資を呼び込むためなんだよ。出生何とか、出生率？　が高い国は、成長するってことで外国から投資が集まりやすいんだ。だから奴らが気にしてるのは出生率で、俺達子供がどう育つかに関心はない。ネットニュースもいちいち芸能人の妊娠ばかり報道するだろ？〝党〟の意向だよ。本当の有名人ならいいよ。でも何とかに出てた何とかってダンサーが妊娠とか、どうでもいいだろ？　でもそういうニュースは絶対大きく出す。世の女性を焦《あせ》らすために。だからここにいる俺達は、どっかの男女が、周りに流されて産んではみたけどいらなかった、という結果の集まりなんじゃないか？　うん……」

伊藤から離れ、よく矢崎は一人で屋上に行った。そこであることをするのが、矢崎の秘密の習慣だった。

施設の屋上に行くのは規則違反だったが、伊藤の言う通り職員の数は少なく、誰も屋上に行く矢崎に気を留めなかった。

屋上で座りながら、少年だった矢崎は町の風景をよく眺めた。そして頭の中で、それらを一つ一つ破壊していくのだった。

近代的な建物が並ぶ、地方都市コーマ市。矢崎はまず、遠くに見える巨大なビルを破壊していく。ビルが二つに割れ、割れたビルの上部が激しい音を立て、長方形の塊のまま無造作に地面に激突する。壁が砕け、無数の窓が割れ飛び散らされていく。中の人間がどうなろうと、矢崎は気にしない。

手前の群れる民家は赤く燃やしていく。マンションは土台から崩れ、次々と地面に沈むように崩壊していく。地下で何かが爆発し、陥没する巨大な穴に、割れていく道路や無数の建物がもがきながら吸い込まれる。燃えている建物も炎ごとその穴に吸い込まれていく。

そうしていると、矢崎の視界は徐々に薄れ、鼓動がいつも静かに速くなるのだった。

建物が倒れ、粉砕され煙を上げていく様を見つめながら、体内に優しい温度を感じていた。矢崎は恍惚《こうこつ》としていく。それにはどこか、性的な感覚があった。

ドラッグストアから、廃墟にいるアルファのもとに矢崎は戻る。暗闇の中、帰りも兵は見かけなかった。

《充電が……もう》

「え？」

《この辺りは停電している。……周囲の記録だけはするけど、ＡＩモードはもう難しい……。他の機能はまだ使えるけど》

アルファは熱でうなされている。矢崎が駆け寄るとうっすら目を開けた。

「栄養つけないと」そう言い矢崎はエナジーフードを出す。チューブ式で、一日に必要な全栄養素を取れるとされていた。

アルファは口をつけたがすぐ吐いた。でも矢崎はもう一つ取り出し、少しでも飲んでもらおうと努力する。アルファが時間をかけて飲み込み、矢崎は続けて風邪薬を与えた。総合薬で解熱効果もある。

「僕が見張る。その銃の使い方を」

「……無理だ。敵が来たら起こしてくれ」

アルファは再び横になり目を閉じた。矢崎は周囲を見張るつもりが気がつくと眠っていた。長い一日、身体が限界まで疲労していた。起きると明るくなっている。慌てて周囲を見たが兵の姿はなかった。

寝ながら汗をかき続けるアルファの額に手を当てる。熱が下がっていない。

どうするか。矢崎は眉を掻きながら思い悩む。ＨＰは周囲の記録などは自動でしているが、かなりの電力を消費するＡＩ機能はもう使えない。アルファの、額を冷やす保冷シートまで熱くなっている。

「……少しも、良くなってる感じはない？　どうしよう。何をすれば」

「……矢崎」アルファが譫言《うわごと》のように言う。

「お前は、この国が好きか？」

「……え？」矢崎はアルファの顔を見る。目が細く開いている。

「好きだよ。……R帝国の人間であることを誇りに思っている」

アルファが矢崎の目を真っ直ぐ見る。微かに眉をひそめた。

「お前達の国は、……自国の、人質に冷たい。……そうだろう？」

彼女が何を言ってるのか、わかるまで少し時間がかかった。時々、R帝国のジャーナリストが、外国の戦地で誘拐され人質になることがある。でもR帝国は、確かにそういうジャーナリストを助けない。

「だって、彼らは……。自分達が行きたくて行ったんだろう？　危ない場所とわかってて。……なら自己責任じゃないか」

「……自己責任？」

「自分の責任ってことだよ。……自分の責任でやったんだから、自分で何とかしろっていう。そんなことより」

「……そういう意味か。残酷な言葉だな。Y宗国には、……それを一言で表す言葉がない。混乱した」

アルファが微笑む。汗をかいたまま。

「……お前達の国は、国家主義だろう？」

「え？」

「ナショナリズムで、自分達の国を最優先にするという意味で、私はこの言葉を使う。

……お前達の国は」

「……当然だよ」

「そうかもしれない。ただ、そのような国家主義の大国達は、……どこも、自国民の人質を助ける。わざわざ自国の兵を使うこともなく、……テロリストに金を渡してでも、助ける。もちろん、……金を渡したなんて、国際社会には言えないが」

「アルファ。そんなことより」

「なぜなら、彼らの国は、何より自分達の国民が大事だからだ。……どんな理由で行ったにせよ、自分達の国民の命は助ける。それが、彼らの国の姿勢だからだ」

「……でも」矢崎はそう言い、保冷シートを取り換える。

「A共和国は、助けなかったりするじゃないか」

「あそことR帝国では、……国家概念が、違う」アルファが目を閉じる。

「あそこは、基本が、……契約の国だ。国民は、国に従ってるとは、思っていない。自由にやらせろ、と思っている。だから、ものすごい、成功者が出る。……彼らが、銃の携帯を、許されてるのも、それが……、理由。彼らは、国が間違えば、俺達が倒すと、……少なくとも、精神性では、思っている。だから、それこそ、お前の言う、自己責任の国。……でも、お前達は」

アルファがまた目を開く。

「国に、服従している。自由も、限定されている。なのに、国は助けない。つまり、お前達の場合、……国のやることに反対すると、助けられない」

「だから俺達は反対しない。反対する者が悪い」

「そういうことを、言ってるんじゃない」

　アルファが微笑む。なぜか優しく。

「覚えておけ、と言いたいんだ。お前達の、その、国の性質そのものを。……それは、つまり、いざという時、お前達の国は、個人を見捨てる傾向がある、ということだ。……国のやることに、従えば、守られる。そう、思っているのだろう。しかし、個人を見捨てる、という、選択を取る国は、そもそも、根本に、そういう性質を有している、ということだ。だから時に、国に従っていても、何かの理由で、助けてもらえないことがある。……お前は、自分の国が先進国だと、思っているだろう。確かに、経済的には、そうだ。でも、気づいてないだろうが、お前達の国の国家観は、実は発展途上国に近い。ナショナリズム、という言葉の本当の意味を、もう一度、考えてみるといい」

　アルファの容態は急激に悪化することはなかったが、いつまでも回復しなかった。

　その日も矢崎達が潜む廃墟の周辺に、兵の姿は現れなかった。近くに電源もなくそもそも停電で、ＨＰの充電はできない。矢崎は奇妙な静寂のなかアルファの看病をし、気がつくと眠り、また看病することを繰り返した。

三日が過ぎた朝、矢崎が手を掻いているのをアルファがじっと見つめた。

「……痒いのか」

「いや、ちょっとね。でも掻いたら治まった」

アルファがなぜか、驚きながら矢崎を見ている。

「……前にも、そういうことが？」

「え？　ああ、そういえば、何かそうだったかもしれない。きみに助けられた日から、なんか、そんなことが」

アルファの目が開いていく。

「それで、お前は、何とも？」

「ん？　うん、何ともない」

アルファの目がさらに開いていく。そして何かを考え込むように、両腕に力を入れ起き上がろうとした。

「寝てないと駄目だよ」

「……何てことだ」

「え？」

「お前達は」

アルファがそう言い、喘《あえ》ぎながら矢崎をまともに見る。

「お前達は、もしかしたら、最悪の兵器を手に入れたのかもしれない。……歴史上、恐らく全ての指導者達が望んでいた、最強で最悪な」

　凄まじい衝撃で、矢崎とアルファの身体が吹き飛ばされた。粉塵が吹き上がり、矢崎は咳き込みながら身体の激痛にうめき声を上げた。

「アルファ！」

　壁に叩きつけられたアルファに駆け寄る。苦痛に顔を歪めているが、意識はある。矢崎はまだ自分が持っている小さな手製の銃をつかみ、何とか外に出た。吹き荒れる粉塵や砂埃の中、矢崎は茫然と立ち尽くす。

　ＹＰ－Ｄ。長い複数の足でゆらゆら動き、このコーマ市を破壊し尽くしたＹ宗国の巨大兵器。そのＹＰ－Ｄが目の前に立っている。

「……なんで」

　矢崎は思わずそう呟くように言い、突然身体が震え、足の力が抜け顔を上げたまま座り込んだ。アルファが身体を引きずるように外に出てくる。同じく驚いている。

「……なぜだ。なぜここに」

　矢崎の身体は動かない。ＹＰ－Ｄはあまりにも巨大で、目の前で見るともう全身はわからない。砂埃の中、ただ矢崎は見上げ続ける。ＹＰ－Ｄの人工知能は粗悪。大きなものから破壊していく傾向にある。周囲にそんな建物はない。ここに来ること自体おかしい。

YP－Dがその人工知能で、何を考えているのかは当然わからない。気まぐれか？　矢崎は思う。粗悪な人工知能の気まぐれで、俺達は今から殺されるのか？　その圧倒的な理不尽さと無造作さに、神、という言葉が浮かぶ。神。自分達の運命を絶対的に左右する神。このYP－Dの粗悪な人工知能、その加減で今自分達の生死が――。アルファが立ち上がり、ふらつきながら銃を構える。それが無駄であると矢崎はわかっているし、アルファにも当然わかっている。耳障りな低い機械音が響き始める。音の振動が周囲を、矢崎の身体ごと貫いて響かせていく。起動する、と矢崎は思う。YP－Dが再び起動する。

アルファが何か言うが矢崎には聞こえない。「逃げろ」だと思うがどうしようもなかった。この巨大を目の前に、何ができるというのだろう？　人間が何かをしたとして、それで一体どうなるというのだろう？

不意に別の音がする。

何かが、確かにこちらに近づいてくる音。

「ああ」

矢崎の目に涙が浮かぶ。矢崎は呟くように声を出す。

「ああ」涙が流れる。

R帝国の空軍部隊。無数の戦闘機が上空に現れる。

戦闘機の群れを見上げる矢崎の脳裏に、最初の記憶がよぎる。白い霧の中、自分を施設に置き去りにし、遠ざかっていった車の音。でも今、我が国の軍が自分に向かい近づいて来る。

「ああ！」矢崎の身体が熱くなる。もう、絶対に駄目だと思っていたのに。その美しい飛行隊に誇りが込み上げてくる。この異国の神を。ＹＰ－Ｄを目で指しながら思う。この異国の神を殺してくれ。

矢崎の脳裏に、様々な想《おも》いが溢れてくる。我が国への、Ｒ帝国への想い。それは矢崎の少年期から、ずっと胸にあるものだった。

孤児のための白い施設で暮らしていた少年の矢崎に、同い年の伊藤があるニュースを知らせに来た。

「ここに」伊藤は興奮していた。「ここに〝党〟の幹部が来るらしいぞ！」

Ｒ帝国の政権与党、国家党は略され〝党〟と呼ばれている。その〝党〟の幹部が孤児院の視察に来るという。伊藤が続ける。

「俺は言いたいことを言ってやる。職員が止めようが関係ない！」

〝党〟。もちろん矢崎は自分達の国の与党を知っていた。でも支持しているかと聞かれても、少年の矢崎はよくわからない。ただ偉い人間が来る、その程度だった。

視察の日、幹部の到着前から、施設の前には大勢の報道陣がいた。視察が決まってからの数日、職員達の間に緊張が走り続け、矢崎達は施設のあらゆる場所を掃除させられた。今、周囲にゴミ一つない道を通り、磨かれた正門から〝党〟の幹部がやって来る。

シャッターが切られる音が響き始める。黒塗りの複数の高級車が正門前に停まる。ガラスにはスモークが貼られ中はわからない。高価なグレーのスーツを着た無言の男達が次々自動車から降りてくる。〝党〟の下で働く、R帝国の役人達。

矢崎達は両側に並び彼らを出迎えるため待っていた。矢崎達は拍手を始める。やや遅れて入って来た背の高い男を矢崎は見る。彼が〝党〟の幹部、早見《はやみ》だった。

この門の両端には、普段掲げられたことのないR帝国の巨大な国旗が二つはためいていた。その間を、グレーの高級スーツを着た男達に囲まれ、早見が厳粛に歩いて来る。早見のスーツもグレーだが、他の役人達よりさらにそれは高価に見えた。

早見は四十代前半くらいの男で、整った顔をしていた。その広い肩幅に、矢崎はしばらく見惚《みと》れていた。早見が拍手をする子供達を見、笑みを向ける。その瞬間、子供達に緊張から解き放たれた安堵が広がった。さっきまでの厳粛さが嘘のような、親しみのある柔らかな笑み。途中、何度も立ち止まり、子供を警戒し睨む役人達に構わず、早見は様々に声をかけた。

もしこっちに来たら。矢崎は緊張しながら、でもどこか期待するように待った。だが早見は役人達に促され施設に入っていく。体育館で式典が用意されていた。

　この施設に入所している子供達が大勢並ぶ。職員達は、普段のやる気のなさが嘘のように背筋を伸ばしている。

　壇上に掲げられた、四つの巨大なR帝国の国旗。早見はその国旗に深々と頭を下げる。続けて役人達、職員達や報道陣、そして子供達も一斉に頭を下げる。報道陣が最も深く頭を下げていた。

「国歌斉唱！」

　職員が叫ぶように言う。全員が一斉に国旗を見つめ、子供達からするとこの日のために何度も練習した歌を歌う。

——我ら、R帝国は永遠なり。我ら、R帝国は永遠なり。

　高揚感を誘うメロディーとシンプルな歌詞。矢崎の中に、何か熱いものが込み上げていた。

——戦いの中、美しい矢となり、絶えた偉大な先人達よ。

　早見を中心に整然と並ぶスーツ達が、揃いのグレーの制服のように見える。自分が何か巨大なものに、温かく包まれていくように矢崎は思う。

——集合神となりて我が大地を照らせ。ああ我らR帝国。我ら大R帝国。

　練習の成果で、少女や少年達の声は皆一定で少しのずれもない。矢崎の中に一体感が湧き上がる。そしてその一体感は真っ直ぐ国旗へ向かっていく。想いの線のように。美しい、美しいR帝国の国旗。

——我が大R帝国は永遠なり。万歳。万歳。万歳。万歳。

厳粛さの中で国歌斉唱が終わる。美しい静寂に包まれ音一つないが、子供達の誰もが高揚しているのが矢崎にはわかった。早見がゆっくり壇の中央に立つ。両サイドには、二つずつのR帝国の巨大な国旗。

「みなさん。今日は本当にありがとう」

低く、美しい声だった。

「まだ公に発表していなかったことを、今日は話しましょう。私は、みなさんと同じ孤児でした」

聴いてる者達は、みな身体を動かさない。だが誰もが興奮していた。特に職員達や報道陣にその様子が顕著だった。

続く早見の言葉を、みなが厳粛に聴こうとしていた。

「親のいなかった私は親戚の家に預けられていた。彼らは、私にあまり親切ではありませんでした」

早見は低く響く声で語り続ける。時々、言葉に合わせ手を静かに動かす。

「お腹を空かせ、公園のベンチにいたこともありました。親戚の家は裕福ではなく、実の子でなかった私は、お腹が空いた、という一言を、いつも言えずにいたのです。……言えば、何かはくれたでしょう。でもご飯をあげているのに、それ以外の時間にも物をねだるなんてという彼らの目に……、彼らも自分達では気づかず、思わずそうなってしまう彼らのあの目に……、私はいつも萎縮して言えなかったのです」

そう言い、早見は微笑んだ。

「いつものようにお腹を空かせ公園のベンチにいた時、目の前をどこかの親子が通り過ぎていきました。『お腹空いた』その子供は、どのような躊躇もなく、彼の両親にそう言っていました。まるで文句でも言うような響きで。……私は少しびっくりして、あの子供は叱られると思った。でも彼の両親は……、何が食べたいの、この間のあれはどうと普通に答えていく。……その子供の奇麗な服を見ながら、自分の汚れた服が急に恥ずかしくなった。私も一度でいいから、誰かに、そんな我儘で乱暴な言葉を言ってみたいと思った。……お腹空いた。彼らの姿が見えなくなってから、私はそう架空の誰かに呟いてみようとしました。でも、その時に驚いてしまったのですが、私はその言葉を言えなくなっていたのです」早見が小さく息を吸った。

「お腹が、と言うと、自動的に喉が詰まったようになった。私は唖然《あぜん》としました。他の言葉は、言えるのです。でも、その言葉を、どうしても言うことができなくなっていた。言おうとすると、親戚達のあの目が目の前にちらついた」

静寂の中、会場の全員が一点に早見だけを見ている。

「私は気がつくと涙ぐんでいた。もう一度言えるかどうか試そうとし、今度は試すこと自体が怖くなる。……でもその時、私の視界の先にあるものが見えました」

早見の右手が、壇上の国旗に静かに向けられる。

「上空に、私達の国、大R帝国の国旗がはためいていました。みなさんも、知っているでしょう。全ての市の中央に、この偉大な国旗は立つ。……その国旗が、お腹を空かせ痩せた私を、遠くから温かく見つめているように思えたのです。あの旗は、何だろう。なぜあの旗は、あんなにも優しく、私に向かって揺れているのだろう。……私は茫然と見惚れていました。大R帝国。自分の国の名前がはっきりと私の脳裏に浮かんだ。私は当然のことながら、その国の一員でした。大R帝国。私をいつまでも見つめているように見える、あの偉大な国旗……。その国旗が、自分を守ってくれるように思えた。まるで両親のように」

早見が短く息を吸う。

「当時、私達大R帝国は戦争中でした。今でもそうです。脳裏に、兵隊さん達の姿が浮かびました。兵隊さん達が、今、この瞬間も戦っている。我々を守るために、我々の生活を守るために、自分達の命も顧みず、戦ってくれている。残酷で、非道で、卑怯《ひきょう》な者達を相手に懸命に……。なのに、今の自分は何だと思ったのです。腹を空かせたくらいで何だと。……私は立ち上がりました。その時、私は気づいたのです。自分の生活の一つ一つが、自分の我慢の、一つ一つが、全て国家のためになっているのだと。戦争には、物資がいる。お金がいる。私達の我慢の一つ一つが、兵隊さん達の命を守り、この国の平和を守ることに繋がっているのだと。つまり、私も兵隊さん達も、全てがこの大R帝国のもとで繋がっているのだと」

　早見の声がやや大きくなる。

「私はR人だ。その時強く思いました。私は、偉大なR人だ。あの国旗は、いつでも自分を見守っていてくれる。両親はいない。でもそれが何だというのだろう？　私は国家の息子であるのだと」

　そして手を聴衆である矢崎達に向ける。

「君達も、寂しがる必要はない。全く、全く、寂しがる必要はない。なぜなら君達はR人だから。大R帝国という偉大な家族の一員なのだから。国旗はいつでも君達を温かく見つめ続けている。そのことを絶対に忘れてはいけない。我々は一つ。我々は一つだ。君達は全員が私達家族の一員だ！」

　一斉に歓声と拍手が湧き起こる。矢崎も夢中で拍手していた。自分の手の音を、少しでも大きく彼のもとに伝えたい。強烈な熱が、まだ幼い矢崎の未成熟な意識を貫いていた。その熱が体内に広がり、喉まで迫るようで、矢崎はいつまでも手を叩き続けていた。

続いて早見による、施設内の視察が始まった。職員達からの説明だけでなく、入所する子供達からも施設を紹介される形式。報道陣も連動した。カメラが笑顔の早見を捉え続ける。

少年だった矢崎は早見の一行についていきながら、ずっと緊張していた。その背中を見ていた時、突然早見が振り向いた。矢崎は驚く。早見はそれから「どうした？」と矢崎に声をかけたのだった。テレビ局のカメラが、テープチェンジされ一旦止まっている時だった。

矢崎は声が出なかった。目の前に、肩幅の広い、大人の早見がいる。高価なスーツ。自分と似た境遇なのに、今はこのようにまでなっている偉大な人物。

「僕は」矢崎の脳裏に、屋上で町を破壊する空想をしていた自分の姿が蘇る。それに性的な感覚まで覚えている自分の姿が。

「綺麗な心を持っていません。でも、生まれ変わりたいのです。僕は……」

矢崎はなぜ自分がこんなことを言ってるのかわからなかった。泣いているのに気づく。続きを言わなければ。そうは思っても、声が出なかった。このままでは、自分はおかしい奴だと思われてしまう。混乱しさらに涙が激しく流れ始めた時、早見が矢崎の頭の上にそっと手を置いた。

「泣くな。男だろう？」

早見はそう言い、優しく微笑んだ。その時の感触を、矢崎は今でもはっきり覚えている。大きく、温かな手が、自分の頭の上に置かれている。それは自分に関心を向けてくれる手だった。頭の上に手を置かれたことが、これまでの矢崎の人生には一度もなかった。大きく、自分を守ってくれるような手。それは矢崎が一度も会ったことのない――。

「僕は」矢崎はその手に励まされるように言う。「僕は、どうしたら」

「R人であることに誇りを持ちなさい」

「……誇り?」

「そうだ。私達は、他の国民より他の民族より優秀なんだよ。……頑張れ。私はいつでも君のことを見守っている」

矢崎の涙の質が変わる。矢崎は全身が温かな温度で貫かれるようだった。〝R人〟。頭の上の手の温度を感じながら思う。自分達を指す聞き慣れた言葉なのに、それは神秘的に響いていた。〝R人〟。

視察が終わってから、でも矢崎は何をどうすれば頑張ることになるのか、どうすれば自分はR人としての誇りを持てるのかわからなかった。

だから歴史の授業を真面目に受けた。R帝国がいかに敵国に打ち勝ち、外国で抑圧されていた人々をいかに解放したかが幾例も幾例も書かれていた。そういう歴史を読む時、矢崎は嬉しかった。まるで自分そのものが肯定されたかのように。〝党〟の文句を言っていた伊藤は黙りがちになっていた。

施設内には、R人ではない移民もいた。早見の視察から、彼らは少し肩身が狭くなったように見えた。彼らはいじめを受けるようになったが、矢崎はそれには加わらなかった。ただ、気の毒に、とは思った。彼らもR人だったら良かったのにと。自分が孤児かどうかは関係なく、嫌なことがあったり、自信がなくなったりした時、矢崎はよく移民達を眺めるようになった。

その時に感じた優越感を、当時の矢崎はまだ言葉にできなかった。

R帝国の空軍部隊の群れを見ながら、当時のことが目まぐるしく頭をよぎっていた。矢崎の目から涙が流れる。大R帝国。矢崎は呟く。私達を助けに来た、美しく偉大な大R帝国。こいつらを。矢崎の脳裏に、女性を襲った者達や、自分を殺そうとした兵の姿が浮び続ける。こいつらを殺してくれ。私達に平和をもたらしてくれ。

R帝国の無数の軍機から、一斉にミサイルが落下していく。町にそれらが次々と着弾していく。

「……え?」

矢崎には何が起きているのかわからない。まだ人が。矢崎は思う。あの下には、恐らくまだコーマ市の、R帝国の住民達が。しかし無数のミサイルは落下し続けていく。

目の前のYP－Dが動き出そうとする。そのYP－Dが、なぜか一瞬、アルファの方を寂しげに見たように思えた。

地鳴りのような衝撃と同時に、巨大なYP－Dが飛び立つ。R帝国の空軍部隊に向かっていく。矢崎とアルファは風圧で吹き飛ばされる。倒れたまま見上げると、自分達の上空にもR帝国の空軍部隊が見える。

「……待って。待ってくれ」

矢崎は言おうとするが言葉が出ない。矢崎の真上からミサイルが落下してくる。

〈共犯の始まり〉

コーマ市にR帝国の空軍が到着する三日前、栗原は野党の事実上トップ、片岡からカフェのカードを受け取り、得体の知れないサキという女性と会っていた。羽蟻の写真を見せられていた時、男が部屋に入って来た。この場所に栗原を導いた男。

「コーマ市に」男が言う。「コーマ市になぜかY宗国の軍隊が」

Y宗国？　栗原は驚く。自分達R国は、今B国と戦争中のはずだった。なのになぜY宗国の軍隊が？　R国から遠く離れた国。そんなことがあるはずはなかった。

「どうして？」

サキが言う。栗原と同様驚いている。情報を知らせた男も動揺している。

栗原は座ろうとしていたソファから離れる。すぐ片岡先生に会わなければならない。

「この羽蛾だけど」栗原は写真を受け取りながら言う。

「他に情報は。片岡先生に知らせることは」

「……私達にもわからないの」

〝L〟。彼女は自分達をそう名乗った。片岡先生が、〝L〟と……？　様々なことが同時に起こり過ぎ、思考が混乱していく。

〝L〟。栗原も直接には知らない。このR国にかつて存在した地下組織の名前。数十年前、R国の転覆《たくら》を企み崩壊したはずだった。彼らはその末裔《まつえい》か？　意志を継ぐ者？　もしこの場にいることが発覚したら。栗原の鼓動が速くなっていく。

自分は死刑になるかもしれない。

「でも一つだけ」サキが言う。「推測だけどその羽蛾は、恐らく何かを体内に入れた結果その姿になってる」

「何かを？」

「だから重要なのは羽蛾自体じゃない」

「つまり何かの菌。……もしくは」

「ウイルス」

「でもそれはおかしい」栗原は言う。「コーマ市でそんな病は流行していない」

「だけど、今回のY宗国の襲撃と何か関係あるかもしれない」サキが続ける。

「私達には信頼できる昆虫学者もウイルス学者もいない。これを片岡先生に渡せば……、片岡先生が信頼する誰かにこれを渡せる。そして画像から検証してもらえる」

〝私はあなたに、詳しく説明できないのです。言えばあなたに迷惑が及ぶ〟。サキは初めそう言っていた。でも結局、彼女はしゃべり過ぎている。

栗原は、もう自分が完全に巻き込まれているのを知った。いやそもそも、片岡先生が関係してるなら自分は巻き込まれざるを得ない。

「時間がない。早く」

「……わかった」

栗原は部屋を出る。背中に酷く汗をかいていたのに気づく。

汚れた布が壁に張られた遅いエレベーターを降り、傷んだ雑居ビルから出る。乾いた風が舞っている。開発から外れた貧民街。だが店が多く人で賑《にぎ》わっていた。これなら周囲に紛れ移動することができる。

とにかく片岡先生に会わなければ。栗原は大きく息を吸い、道路に出てタクシーを探す。

見当たらない。こんな時に。

「栗原さん」

後ろからの声。栗原は振り向き、喉が一瞬詰まる。

防衛大臣、富樫原《とがしはら》の秘書の山本だった。

なぜこんな場所に？　偶然か？　でも栗原はすぐ冷静になる。

「あれ？　どうしたんですか」

栗原はわざと相手に自ら近づく。自分はとにかく、あの部屋の隣の風俗店に行っていたことにする。「骨付き女肉パラダイス」。最悪の名前だが、〝L〟と会っていたより遥かにましだった。

「いやちょっと」山本が言う。「貧民街、いや、開発途上街に用が。……ここでしか手に入らないものがあるんで」

山本は骨董《こっとう》品を集める趣味がある。偶然だろうか。いや……。

でもなぜだ。彼はずっと俺をつけてたのか？

「せっかくだからどうです」山本が言う。どちらか判別できない笑みを浮かべながら。

「そこでコーヒーでも」

栗原は判断に迷う。でもここは自然を装う。山本の真意も探らなければならない。

「ああいいですね。ちょっと17時から用事あるんですが、それまでなら」

栗原は山本とすぐ近くのカフェに入る。片岡と連絡を取りたい。栗原は焦るが電話はできない。栗原と片岡のHPはR帝国と利害関係のない国のものを使い、プロバイダーもその国の会社と契約していた。外部からの傍受を察知するセキュリティも厳重にしてある。でも念には念を入れ、片岡も栗原も重要なやり取りは電話やメールでしない。何かで傍受される可能性はゼロでなかった。

「……B国と戦争になりましたね」

栗原は、わざとそう古い情報で探りを入れる。Y宗国の襲撃を、防衛大臣の秘書が知らないはずがない。

「ええ。困ったことです。あの国は本当に野蛮です。民主主義でないですから」

どの口が言うのだろう。栗原は思うがわざと頷き笑みを浮かべる。

片岡の党の名は、驚くべきことに人権@ほのぼの党という。滑稽の極みだった。所属議員は片岡を入れ三人で、正式名称を投票で書ける国民はほぼいなかった。

他に六つ野党があり、それぞれ二人ずつが所属している。野党は合計で十五名。与党の国家党は上院七四三名、下院七四二名の、合わせて一四八五名だった。大与党であり、もう国民は国家党を略し〝党〟と呼んでいる。

片岡達は、でも選挙で当選してるわけでなかった。野党はバラバラで、協力してもまた新たな党が突然出現し、ただでさえ少数の票を分け、結果全ての選挙区で与党の国家党が勝利していた。比例代表でも、野党はどの党も一議席も取れていない。投票率の平均は54・7%と低く、組織票に強い〝党〟は圧倒的に有利だった。

しかし〝党〟は自らの国を民主主義の体裁にするため、国会議員総数の1%の議席を野党に「譲渡」しているのだった。

この行為は国民に受けが良かった。外国に対し民主主義の国と言える方がよかったし、自分達は民主主義の国と国民達も思っていたかった。でも海外へのイメージと国民達が民主主義と思えるようにするだけが理由じゃない、と栗原は思っている。やられ役としての野党も必要なのだろうと。

「B国は本当に野蛮ですね。政治犯は強制収容所行きですし、王は弱い精神を隠そうとしてるんでしょうか、豪邸でライオンを飼ってるそうですよ。あと知ってました？　あの王は気に入らない放送局の電波を止めるらしいです。びっくりですよね。キャスター達に対する圧力ももう本当に……」

山本は嬉しそうにB国について話し続ける。栗原は額に汗を浮かべていた。このカフェは有人店。コーヒーを飲んだ瞬間、強い尿意に襲われた。

たまたまか？　栗原は思うが、もう座っていることができなかった。バッグを持ち席を立つ。

「すみません、トイレに」

「……バッグを持って？　私が見てますから大丈夫ですよ」

栗原の鼓動が速くなる。山本と目が合う。山本は笑顔のまま、細い目でじっと栗原の目を見ていた。

コーヒーに利尿剤。山本が、自分にあの場所で声をかけたのは偶然でなかった。彼はこのバッグの中を見たがってる。しかもさりげなく確かめるのでなく、こんな無造作であからさまな方法で。自分が後をつけたことも、バッグの中が狙いなのも隠していない。いつからだ？　それともつけられていたのは〝L〟の方か？　でもなぜそれを、警察でなく秘書自らが？

「ああ、では見ててもらいましょうかね」

栗原は言い、一度バッグを置きまたつかんだ。

「でもやっぱり、やめておきます。我々の党の内規なんですよ。どんな時も持ち物は携帯しろ。……こんな弱い野党の秘密なんて特にないんですけどね。警戒するのが片岡先生は好きなんです」

そう続け、栗原はあえて微笑みながらじっと山本の目を見る。山本も微笑みながら栗原の目を見た。

数秒が過ぎる。栗原は目を逸らし、バッグを持ちトイレに行く。個室を選んだ。戻ると山本の姿がない。店員が、急用ができたという山本の伝言を栗原に伝える。

あからさま過ぎていた。あからさまであることを、やはり山本は隠そうともしていない。栗原はもう一度トイレに行き店を出る。思ったより強い薬だったらしい。

どういうことだろう。バッグの中身が欲しければ、自分を逮捕し確保すればいい。奪った後、誤認逮捕とでも言えばいい。自分を泳がせ〝L〟ごと逮捕するならこんな警告はしない。あえてそっとしておくはず。

山本は特に何もつかんでない、と栗原は思う。何か怪しい、と感じ、無造作なやり方で確認しようとしただけではないか。自分は野党の秘書。防衛大臣秘書の彼からすれば、どれだけぞんざいに扱ってもどうでもいい存在だった。

次会えば、彼は何事もなかったように世間話でも始めるだろう。そして自分も同じように応えるだろう。

無人タクシーで大国会議事堂に戻る。委員会を終えた片岡が野党の議員室にいる。

「そういえば、いいスシ・レストランが新しくできました。きっと先生も気に入るはずです」

栗原が言うと片岡がうなずく。

「旨いのか」

「わかりません。でも評判がいいらしくて。片岡先生が好きそうな着物の女性もいますよ」

「女房に怒られるじゃないか。……場所はどこだ？」

彼らは会話を続ける。

「えっと、ではHPに転送を」

「よくわからん。書いてくれ」

「簡単ですよ。HPに」

「いいから書いてくれ」

栗原はメモ用紙を取り出し、今日あったことの全てを書く。胸と顔で覆うようにしながら速記のように。二人しか読めない。

この部屋のセキュリティは万全だが、念には念を入れる必要があった。

書き終え一度手を止めた栗原は、もう一度ペンを動かし最後の言葉を付け加えた。

〝先生は「L」と関係を？〟

片岡はすぐその紙をポケットに入れる。

「ありがとう。でもまあ、お前の給料じゃ無理そうだ」

「なら給料上げてください」

「無理だよ」

片岡は笑い、栗原も笑う。本当に秘密にしなければならない時だけ使う、彼らの奇妙な会話。給料を上げてくれという要求に無理と言われたのは、つまりお前は関わるなということだった。

片岡を公用車で自宅まで送り、栗原は自分のマンションに戻る。

Y宗国の襲撃について、そしてなぜそのニュースがまだないのかについて意見を聞きたかったが、片岡も情報を持ってないように見えた。だが片岡は車から降りる時、栗原のスーツのポケットに何かを入れていた。

一人暮らしの、少し広めの1LDKの栗原の部屋。猫がいるが、ロボットだった。一見本物の猫と区別はつかない。卑弥呼《ひみこ》と名付けている。

昔飼っていた生物猫が、有人自動車に轢《ひ》かれ亡くなってしまった。新しい猫を飼うのに躊躇し、ロボットを選んだ。

ロボットの猫にHPの機能をダウンロードし、猫と会話することもできるが栗原はしない。不自然なことのように思えるからだった。栗原は声でテレビをつけ、片岡から受け取った紙を取り出す。

〝明日は家を出るな。私の身に何があっても知らぬを通せ〟

立ち上がり、部屋を出ようとし思い留《とど》まる。部屋を出て、何ができるというのだろう？自分には何もすることができない。

五年前、外国に情報を売った罪で、野党の一人の政治家が起訴され、死刑になったことがある。起訴された後、その政治家がいかに汚く、醜い人間であるかが連日報道された。

そのバッシングは熾烈《しれつ》さを極めた。これまでのキャリアも功績も全て否定され、テレビ中継された死刑会場で怒号の中カーテンの奥に消えた。その時のあの政治家は羊のように大人しく見えた。全てを奪われた後の、無力の果ての目の澄んだ羊。

〝L〟との関係が発覚したのだろうか。というより、片岡先生は本当に〝L〟と関係が？　地道にこの国を変えていく。片岡先生はそう言っていたはずだった。なぜ？　栗原は思う。仮に〝L〟と関係があるとして、何をするつもりだったのだろう？

ゴールデンタイムのテレビ画面が、流れていたお笑いクイズ番組から突然切り替わる。R帝国の首相、宗澤《むねざわ》の姿が現れる。あまりに無造作に切り替わった画面に、栗原は緊張したし、ほぼ全ての国民も緊張したはずだと栗原は思う。グレーのスーツの宗澤が机を前に、こちらを真っ直ぐ見つめている。

「国民の皆様に、お伝えしなければならない深刻な事態が起こりました」

首相の宗澤は、悲痛に満ちた表情で画面越しにこちらを見る。まだ五十歳ほどで、眼鏡をかけ、整った顔をしている。

「どうか冷静に、聞いてください。本日午前8時32分、我々大R帝国の最北の島、コーマ市にY宗国の軍隊が侵入しました」

今は午後7時だった。

「皆様にお知らせすることが遅れましたのは、情報収集と、ある事情によるものです。彼らはコーマ市に突如侵入し建物を破壊し人々を殺害し、……原発を占拠しました」

栗原は息を飲む。原発？

「私達は今、原発を人質のように取られ、身動きの取れない状況にあります。今すぐコーマ市の人々を助けたい。でも、それができない」

宗澤は無意識のように拳に力を入れている。声を押し殺し、怒りの感情を何とか抑えているように見える。

「これが、今のコーマ市の状況です。破壊を免れた防犯カメラの映像です」

画面が切り替わる。街は破壊し尽くされ、無造作に瓦礫が広がっていた。あらゆる箇所から炎が上がり、未だ燃え続けている。だが突如画面に黒く巨大なものが現れる。あれは。栗原は思う。確かＹ宗国の兵器ＹＰ－Ｄ。ＹＰ－Ｄが腕のようなものを回し、ビルを破壊している。

栗原は茫然とする。何だこの映像は？　現実か？

「次の映像は……」

宗澤は言葉が詰まったようになる。画面が切り替わる。

広場に集められたコーマ市民達が、Ｙ宗国の地上軍に囲まれ、銃を向けられている。

「彼らは狂信的な、私達常人には全く理解できない教義により、コーマ市を島ごと自分達の領土にしようとしている。我々が軍隊を出した瞬間、市民達を皆殺しにし原発を破壊すると言っている。我々が出撃した瞬間、コーマ市の原発を一瞬で破壊しコーマ市民もろとも自爆すると言っている」

栗原は愕然とする。

「現在、我が国はB国と戦争状態にあり、緊急事態国民保護法が発動されています」

首相の宗澤は続ける。

「しかし今は非道なY宗国によりこのような悲劇の中にある。ただ今より、緊急事態国民保護法をより厳密に施行させます。我々は現在Y宗国と交渉中です。みなさん」

宗澤は怒りに震えているように見える。

「今こそ団結……です。私達は」

決意を固める表情をする。

「絶対にこの困難を乗り越えなければならない」

画面が切り替わり、報道特別番組になる。ジャーナリスト、コメンテーターなどが画面に映る。みな衝撃を受けた表情をしている。アナウンサーが先ほどの首相の言葉をなぞり、画面が切り替わる。YP‐Dがコーマ市で暴れている。何かの神のように。

栗原のそばに、ロボットである猫が寄り添ってくる。飼い主の動揺をセンサーで察知している。

「一体なぜ、彼らはどんな方法でコーマ市に侵入したのでしょうか」

アナウンサーがコメンテーターに問う。コメンテーターは動揺を顔に残したまま、何とか言葉を出すという風に答える。よく〝党〟の幹部達と食事をしているコメンテーターだった。

「一つ考えられるのは、彼らが潜水してきたということです。……コーマ市には、旧式の軍事施設しかない。あの小さな基地は突然の襲撃と同時に壊滅したと思われます。……Y宗国の潜水艇……巨大なものですが、それは潜水能力もあるYP‐Dと同様レーダーに映らない処理をされている。つまり最新式のものです。ですが、大R帝国の最新技術であればそれを破れた。最新式の軍事施設がコーマ市にあれば、最新式のレーダーがあることになるので防げたのですが……。コーマ市の市長が、最新軍事基地建設に難色を示していまして……」

そんなことがあるだろうか？　栗原は思う。最新の軍事施設があっても防げなかったのでは？　各国の思惑で内戦状態となり分裂したY宗国とG宗国には、今最先端の軍事技術が集中している。レーダーから完全に消える技術がもうできているのでは？

コメンテーターの一人がY宗国の宗教、ヨマ教を説明し始める。狂気的で野蛮、そして理不尽な宗教と紹介していく。

何かがおかしい。栗原は思う。

「みなさん」コメンテーターの一人が厳粛に言う。彼もよく〝党〟の幹部と食事をしている。

「本日、五月二十五日は屈辱の日となりました。……卑劣な者達の卑劣な行為を、私達は絶対に許してはならない。……団結しましょう。私達はこの困難を乗り越えなければならない」

「そうですね」アナウンサーが同意する。

「私達は大R帝国です」

栗原はHPに声をかけ、インターネットの様々な掲示板を壁に投射し、確認し始める。凄まじい書き込み量だった。Y宗国への怒りのコメントに溢れている。

――家畜糞集団に死を。

――根本的にDNAのつくりが違う。ここに断言する。彼らは人間じゃない。

――超絶みな殺し確定。

――ああいう野蛮なゴミ教は根絶やしにしなければ。

――今こそ団結を。私達の力を彼らに。

――偉大なる大R帝国の集合神がお前達に鉄槌《てっつい》を下す。

栗原はふと気づき、窓を開け外を見る。マンションの無数の窓にR帝国の国旗が掲げられ始めている。栗原も慌てて国旗を取り出し窓枠にさす。国旗を掲げていないだけで、非国民、売国屋と思われてしまう。

インターネットの書き込みがどんどん熱を帯び始める。画面が追いつかない。

——クソが。クソがあああああ。

——駄目だもう駄目だもう駄目だどうしたらいいかわからない。

——皮膚片一つ残すな。絶対残すな。

——Y害虫国に告ぐ。調子乗ってんの今だけ。すぐお前らに地獄見せる。お前らが生まれてきたこと後悔するほど地獄見せる。

——……こんなに都合よく彼らは侵入できるだろうか。

栗原はその書き込みを見、息を飲む。

——この国にスパイがいたのではないか？　たとえば、……〝L〟。

その後、〝L〟についての言及コメントが増え始める。もう数十年前のこと。直接知らない者が多い。

大R帝国を転覆させ、独裁政権をつくろうとしたとされる革命グループ〝L〟。栗原も詳しくは知らない。

知ろうとしても文献は処分されてなく、インターネット上の当時の記事も全て削除され、代わりに真偽不明の膨大な記事が乱立し真実は消されていた。情報は削除するだけでなく、偽のものを溢れさせることで事実を消せることがある。

彼らがどのような集団だったか、もう誰もほとんど知らない。ただ最悪で非情なグループだったという漠然としたイメージだけがあった。

――〝L〟か。あり得る。

――まだ残ってたのか。彼らの子孫か？

違う。栗原は思う。あのサキという女性はY宗国の襲撃に驚いていた。自分をあの場所に導いた男もそうだった。彼らはこの件と関係ない。

――うちの会社に〝L〟らしき奴が。確かB国との戦争に乗り気じゃなかった。

――マジで？

――うちの学校にもいるかも。

――そいつの名前は？

このままでは片岡先生も自分も危ない。片岡先生が〝L〟と関わってるのは間違いないし、自分ももう関わっている。

片岡先生は無事だろうか。でも自分は今どうすることもできない。ロボットの猫が足の間に入ってくる。栗原は力なく微笑む。人工知能なのに、俺を慰めようとしてるのだろうか？

あの羽蟻の写真は今片岡先生のもとにある。問題はウイルスか菌らしいが、あれは一体どういうことだろう。

の夢。

気がつくと栗原は、気を失うように、ロボットの猫と共にリビングで眠っている。長い一日。緊張を強《し》いられていた。栗原は夢を見ている。彼がたまに見る、実際にあったことの夢。

少年の栗原は、財布を持ってスーパーのベンチに座っている。地震による原発事故の時の情景だった。

水道水に、基準値超えの放射性物質が含まれているという知事の発表があった。スーパーには、ペットボトルの水を買うため集まった人々が溢れている。

ひねくれていた栗原は、その発表には知事選を前にしての、危機感を煽るパフォーマンスも含まれていると思っていた。栗原は全てを疑う子供だった。

スーパーに群がる人の姿を、栗原はぼんやり眺める。中には老人も同級生もいた。みな必死に、他人を押しのけ水に殺到している。その時の人々の表情に、栗原は恐怖を覚えている。

自分も親から言われ買いに来ている。でもあの群れの中に行くことができない。

いつの間にか隣に大人の男が座っていた。姿が明確にあるわけでないが、そういう存在がそばにいるように思うことが、その頃の栗原には度々あった。幻覚ではなく、少年の空想のようなもの。でも栗原の場合、その架空の存在と話すことがあった。

周囲に精神的に頼る者のない子供は、架空の存在を創り出すことがあると後から本で知った。栗原の両親の仲は酷く悪かった。

「買いに行かないのか」

その大人の男は言う。二人とも目を合わせず、スーパーに群がる人々を見ている。

「行かないと。でも……」

栗原が言うと、男は静かに話し始める。

「きみは彼らをあさましいと思っている。本当に水道水が駄目になれば彼らの必死な行動もわかる。でも数日のこととすでに発表されている。きみは思う。なら飲み物は数日ジュースでいい。ご飯でなく買ったパンでいい。でも彼らは手に入れた水でどうしても米を炊きたいしミソ汁が飲みたいのだろうと。あさましいと。きみの自意識は彼らと同じように水に群がることを良しとしない。……でもいいかい、それはきみの自意識だけの理由ではなく」

男が寂しげに言う。

「きみの生きる意志がそもそも稀薄《きはく》なんだよ」

汗をかき、目が覚めると目の前に若い男が立っていた。ロボットの猫が倒れている。

「良くできたロボットだね」若い男が言う。前髪が長く、グレーのスーツを着ている。

「いきなり飛びかかってきたし。ほら」

そう言い手を見せる。引っかかれた跡。

「迷った。猫殺すの気ィ引ける。猫殺すなら人間殺した方がいい。だろ？　でもロボットって気づいて良かった。さすが俺。電波で電源ＯＦＦった」

手にＨＰを持っている。最新型だった。

「……お前は」栗原はまだ状況を上手《うま》く理解できない。

「おいおい。君頭いいって聞いたのに」若い男が続ける。「こんなセキュリティ厳重マンション、鍵勝手に開けて勝手に入っちゃう存在なんて一つしかねえだろ？」

「……でもこれは」

「犯罪とか？　今緊急事態国民保護法がとうとう厳密に施行されたんだ。国は、つまり〝党〟は何でもできる」若い男が笑顔を見せる。「まあチャイム押せばよかったんだけど。一度やってみたかったっつうか。こうやって勝手に入るの」

「何の用だ」

「加賀《かが》さんがお会いになる」

栗原は愕然と男を見る。加賀。〝党〟の中枢の一人だった。表に出ることは滅多《めった》になく、栗原も見たことがない。〝党〟の政策、つまり国の方向性を決める〝党〟の〝R会議〟のメンバーの一人。事実上、この十人のR会議が決定したことが、閣議で了承され政策として実行される。つまりR会議は〝党〟の本来の頭脳といってよかった。形だけの閣議が

〝党〟のピラミッドの表向きのトップであるなら、そのすぐ裏にいる存在だった。

国家の名の下に、これまで百人を超える役人と政治家と秘書が加賀のために死んだと聞く。本当だろうか。異常にIQが高いとも聞いたことがある。

「……なぜ、と聞いても意味はないんだな」

「聞いてもいいよ。答えないけど」

栗原はその若い男の運転する黒塗りの車に乗せられる。街を抜け、国道を通り山道に入る。もし自分と〝L〟の関係がばれてるなら逮捕すればいい。栗原は思いを巡らす。なぜ自分をわざわざ呼び出すのだろう。〝党〟の中枢が野党の秘書を呼び出す。考えられないことだった。

栗原はいつまでも自分の鼓動を静めることができない。乾燥した車内で5時間が過ぎた頃、森に囲まれた巨大な別荘が見える。

「緊張とか？」運転しながら男が言う。

「……加賀さんに会うだけで緊張すんのに、まあ、あの建物はね」

昔の洋館に似た巨大な屋敷。加賀の別荘だった。赤い屋根とクリーム色の古い土壁が、周囲の森と馴染《なじ》んで見える。

巨大な門が開き車が入ると、六人のグレーのスーツの男が出迎える。栗原は前後を挟まれ歩かされる。

「……所持品の検査はないのか」

「必要ない」栗原の問いに、出迎えた男の一人が答える。栗原を連れて来た男はいつの間にか消えている。

「加賀先生のお屋敷に入った瞬間、全ての電子機器は使えなくなる」

建物の中に入り、赤い絨毯《じゅうたん》の長い廊下を歩く。このような古いデザインはネット映画でしか見たことがなかった。

古びた壁や絨毯などの全てが、歴史の中に沈黙し、今生きている自分達に関心を示さないかのように思える。当然のことながら、栗原はもう逃げることができない。靴音が全て絨毯に吸収されていく。絨毯の繊維の一つ一つが意思をもち、靴音を分け合い気だるく食してるかのように思う。そんなはずはないのに。

巨大な扉を男がノックする。何か不明瞭な声がし、扉が中から自動で開く。

部屋には二人の男がいた。背の低い方が恐らく加賀で、もう一人は早見だった。早見も〝R会議〟の十人の一人。加賀と同じようにあまり表に出てこないが、早見がまだ若かった頃、孤児の施設を視察したニュースを栗原はテレビで見たことがあった。もう二十年ほど前。早見はその時施設で講演し、自分も孤児であったと言ったのだった。

栗原は加賀に視線を移そうとし、反射的に目を逸らす。見てはいけない存在のように思えたのだった。関わらない方がいい存在。背が低く、腕が短いが肩幅が広い。栗原は緊張に加え気味の悪さに息が苦しくなる。魚のような目をしているのに、加賀は顔が整い過ぎている。

中央に低いテーブルがあり、ソファがあるが二人とも離れて立っている。彼らの影が、赤い絨毯の上に不自然に伸びている。映画でしか見たことのない暖炉があり、その火はフェイクだが苦しげに揺れていた。

しばらく沈黙が続く。栗原が耐えられなくなった時、やがて早見が口を開いた。

「遠いところ、すまないね」

低い声だった。早見は現在六十代、加賀は五十代のはずだが二人とも十は若く見えた。彼らは栗原に目を向けたが、それはただ向けただけで、実際に栗原を見てはいないように思えた。栗原の背後の何かを、無関心にただ眺めるように。

「すごいだろう?　加賀君の別荘は」

早見がゆっくり続ける。

「こんな懐古趣味は珍しい。……しかも、自分が生まれた時より、遥か昔の建築様式を」

「退屈なのですよ」

加賀が言う。微笑んでいるように見えるが、わからない。

「こんな建物にでもすれば、新鮮かと思いましてね。……でも駄目でした。すぐに慣れる」

栗原は何も言うことができない。喉が痛みを感じるほど渇いていた。

なぜ自分はここにいるのだろう？　今さらながら思う。自分は野党の政治家の秘書で、彼らは〝党〟の、この国の中枢だった。

「ここは私が」

加賀が言う。早見は無言でうなずき、栗原のすぐ横を通り部屋を出ていく。さっき栗原に話しかけたのに、そこにはもう誰もいないかのように通り過ぎていく。彼が横を過ぎた瞬間、栗原は激しく緊張する。〝党〟の中枢が、これほど近くを通ったことなどなかった。

ドアが閉じられ、部屋に巨大な沈黙が漂う。栗原は意識して息を深く吸う。

「何か考える時、……私はいつも、ここで過ごす」

加賀の声も低かった。加賀が少しも動かないため、彼の伸びた影も静止している。

「中心から離れて、まるで遠くのことを考えるかのようにね。……そちらの方が上手くいく」

栗原はさらに喉が渇いていく。この威圧感は何だろう。精気の感じられない、この男の二つの目。表情が全く読めない。

「……今日は君と話したくてね。栗原君」

そう言い栗原をじっと見た。

「君は日本という国を知っているか？」

〈沖縄戦〉


日本？　栗原は思う。彼は何を言ってるのだろう。

「知っています。でも」

「それは小説の話。そう言いたいんだろう」

十数年前、突如ネット上に『アウシュヴィッツ』や『ルワンダ虐殺』などと題された小説が複数出現したことがあった。架空の国や土地の、奇妙な話の数々。各国で話題になり、翻訳が進んだがいずれも作者は不明だった。今でも時々こういう小説がネット上に出現することがあり、出所《でどころ》には諸説あった。

ネット回線のバグで出現した説や、どこかの人工知能が作成した説もあった。R帝国でも翻訳が進んだが、内容は〝党〟によりかなりカットされている。

「……確かに、小説の話だ。だが向こうの方が現実で、我々の方が現実じゃない可能性だってあるじゃないか。……たとえば我々の物語が、どこかのニュースペーパーに突然現れるとかね」

加賀が唇を歪めながら言う。恐らく笑ったのだと思うが、加賀はなぜか、感情と表情が一致していないように見える。

「しかし重要なのは、その要素でね。……あの一連の小説にしつこく出てくる、『第二次世界大戦』という戦争があるだろう？　その戦争における、アメリカという国と日本という国の戦争には、……我々の世界に置き換えても興味深い事例がある。中でも特に『沖縄戦』は、我々の世界史と照らし合わせても非常に稀で特殊な事例だ」

加賀は立ったまま話している。栗原も同じだった。

——加賀による『沖縄戦』の短い話——

あの小説にある、第二次世界大戦というもの。そこで描かれるアメリカと日本の戦争は熾烈さを極める。……我々が大幅にカットしてあの小説は翻訳してしまったから、君はどこまで知ってるだろうか？……初めは日本が有利だったが、徐々に戦局は変わっていく。もう絶対に押し返すことのできない、重く巨大な歴史に徐々に徐々に全てが押されていくように。……決定的だったのは、あの小説で言うところの一九四四年七月、日本が占領していたマリアナ諸島サイパン島がアメリカに奪われた時だった。

この時点で本来、日本は降伏すべきだった。なぜなら、サイパンがアメリカの手に落ちたということは、後の硫黄島《いおうとう》と同様地理的に、アメリカはそこからほぼ日本全土に空軍機で往復爆撃が可能になるからだ。

要は燃料等の問題。……サイパンなら理論上そこから飛び立ち、日本を空爆し、また戻って来られる。つまり、日本は自国の領土内をほぼ自由に空爆されることになる。しかも戦局が圧倒的に押されていた。勝てる見込みはどう見てももうなかった。

普通の国ならそこで降伏する。だが日本は降伏しなかった。日本全体が空爆され、膨大な数の自国民が空襲で次々死んでいるのに日本は降伏しなかった。そこでいよいよアメリカは地上軍を一九四五年三月、日本の沖縄諸島に上陸させることになる。

そこで我々の世界史に置き換えても、非常に興味深い事例である『沖縄戦』が始まることになる。

……通常、自国の領土にとうとう敵軍が面前に迫った場合、絶対阻止しようとするだろう。そして上陸され、押されれば、軍は撤退か降伏、その地域は占領される。だが日本は沖縄に上陸しようとするアメリカ連合軍を、徹底的には阻止しなかった。島内に誘い込み、そこで叩こうとしていたのだ。つまり最初から民間人の犠牲を前提にしていた。実際、平穏無事に暮らしていた地域が、日本軍が移動するにつれ戦場になっていった。

世界史史上、恐らくここでだけ発せられた凄まじい考えがある。

〝軍官民共生共死〟。これは軍人も役人も民間人も、共に生き共に死ぬという精神。日本の場合、軍人も民間人もある意味区別がなかったといえるのではないか？　命を捧げることを全国民に強いた世界でただ一つの国かもしれない。『一億玉砕』という凄まじい言葉まで出た。『一億玉砕』。国民を守るための戦争であるはずなのに。実際沖縄では、防空壕《ごう》から日本軍によって住民達が締め出されたケースまであった。

我々が大幅にカットして翻訳したから、君はここからの話は知らないだろう。その戦争時の日本の国土決戦教令には、こんな意味の言葉もある。敵が日本人を盾に使っても、その者は天皇の国の勝利を願ってると思い躊躇せずに戦え。なかなか凄まじい。天皇とはその小説に描かれている日本の象徴的な王のことだ。そこで例を見ない残酷な状景が展開されることになる。

沖縄の住民達は、アメリカの捕虜になるくらいなら自殺しろと教えられていた。住民はアメリカの捕虜になれば凄まじく残酷な目に遭うという嘘も言われ続けていた。これは何も沖縄だけでなく日本全土がそうだった。

……アメリカ軍に囲まれる。アメリカ軍が投降を呼びかけても——アメリカは投降を呼びかけるビラも撒《ま》いた。その数は８００万枚——彼らは聞くことができなかった。彼らは追いつめられ、恐怖のなか死を余儀なくされる。配られていた手榴弾が不発となると、自分一人ではなかなか死ねないから斬り合いが始まった。愛する者同士の、家族同士の、お互いに了承し合った斬り合い。

夫にカミソリで首を切られた妻が言う。『マダデスヨ。マダイキテマスヨ』……。さあ、人間の脳はどれくらいまで耐えられるだろうね。この悲惨を受け止めることが、脳の許容範囲内で可能だろうか？

恐らくその場でそれぞれの生命活動をしていた昆虫や木々や小動物などは、その状況を息をひそめじっと見ていたのではないだろうか。その歴史の場を。何かよくないことが起こっていると。あってはならないことが起こっていると。愛し合う者同士が斬り合っていい、い、い、い、い、い、い、い、い、る。

でも住民達はそうするしかなかったのだ。女性はアメリカに捕まれば強姦されて殺され、男も拷問に遭い酷い殺され方をすると言われ続けていたから。そう信じ込まされていたから。

血液が地面に広がっていく。本来地面に吸われていくはずの血液が、あまりに量が多過ぎるため溜まりとなり、赤く黒く広がっていく。きちんと殺すことができず泣きながら謝る声が響く。早くとどめをさしてと哀願する声が響く。意味がわからずに泣き叫ぶ子供の声が響く。

こんなことが、我々の世界史にあったかね。王族などでなく住民達がこんなことをしなければならなかった例が。……一連の小説、たとえば『アウシュヴィッツ』も残酷極まる話だが、私はこの『沖縄戦』も残酷極まると思うんだがね。愛する者を殺さなければならない。それをよしとする戦争とは一体何だというように。

軍人も民間人も、断じて降伏しない。投降し、アメリカ軍に保護された島民達もいたが、彼らが同胞を説得するため防空壕に近づくと、日本兵にスパイとして殺された。沖縄の方言を使うだけでスパイと見做《みな》されることもあった。理由は知らんがね。本土ではわからない言葉で暗号でも使うと思ったんだろうか。さて栗原君、……君はこの状況をどう思う？

質問された栗原は、思わず浮かんだことをそのまま言う。

「その戦時の政府は頭がおかしいとしか思えないです。いくら小説の話とはいえ、そんな状況を巻き起こす戦争など島民が気の毒過ぎる。非論理的で」

「違う」加賀が言う。今度は唇の歪みが大きく、はっきり笑みとわかる。

「これはね、非論理的なんかじゃない。凄まじく論理的な話だったんだよ」

「論理的？　どこがですか」

栗原は言う。R帝国にY宗国が侵入し、〝L〟のことや片岡の安否も気になっている。でも議論に入り込んでいる自分がいた。

「論理的だよ。なぜなら、沖縄戦は時間稼ぎだったのだから。……日本は政府中枢を、東京から山の深い長野県に移す計画に出ていた。つまり〝本土決戦〟に備えて。ではなぜそもそも時間を稼ぐ必要があったのか。答えは明瞭だ。〝勝つ〟ためだよ」

　栗原にはわからない。

「日本が考えていたのは〝勝つ〟ことだけだった。正確に言えば、ボロボロにやられている状況の中で、このまま降伏するのでなく、最後に何かで大反撃をし戦局を好転させ、和平交渉に入ることだった。見通しが甘過ぎる。確かにそうだ。しかしね、〝勝つ〟目的のみを考えるなら、当時の日本の戦略は、圧倒的なまでに論理的だったのだよ。沖縄の人間達がすぐ降伏したら、本土決戦に備えるための時間を稼げなくなる。沖縄の住民達が捕虜になれば、住民の間で『アメリカの捕虜になれば助かる』真実が広がってしまい、みなが降伏し時間稼ぎができなくなる。通常、国は自国民の命を少しでも多く助けようとする。だから戦争でも、敵が来て、追い返せなかったら降伏する。大切なのは自国民の命であり、通常人ら兵も降伏する。ましてや民間人ならなおさらだ。包囲され、どうしても無理な類が目指す平和とは、自国民の命が戦争で死なない状態を指す。だが日本は自国民の命の数などはっきり言って関係なかった。目的は〝勝つ〟。それだけだった。そうであるなら、日本国の行いは論理的だろう?　自爆攻撃である特攻隊も、国のほぼ全土が空襲に遭い膨大な数の人間が死んでも、〝勝つ〟ことだけが目的なら関係ない。降伏などあり得ない。目的は〝勝つ〟ことだけだったから。どれだけの国民が死のうと、〝勝つ〟ことだけが重要だったのだから。……アメリカと日本では、戦争の種類が元々違っていた。アメリカの方は降伏がある通常の戦争。日本は降伏のない戦争。悲劇的だったのは、日本が絶対に勝てない戦争でそれをし続けたということだ」

「……なぜ、その話を」栗原は思わず言う。加賀がまた唇を歪める。しばらく栗原を見つめ、やがて小さく口を開く。

「我々の正体を知って欲しいと思ってね」

「正体？」

「……そう。つまり我々〝党〟は、国家の性質としては、あの第二次大戦時の日本という小説の国とほぼ同じということだ。目的を達成するために必要なら、国民が何人死のうが仕方ないと思っている」

栗原は茫然とする。

「そのことをわかりやすく伝えるためにね。小説を使って説明したんだよ」

「……なぜ、それを」

「今自分に言うのかと？　だろうね。そう聞くのが普通。答えは簡単だ。君に我々国家党の一員になってもらいたいからだ」

加賀の顔をしばらく見ていたことに、栗原はようやく気づく。

「何を仰《おっしゃ》ってるんです？　私は」

「野党、片岡の秘書で、次の選挙でその地盤を継ぐことになっている。そうだ。でもそんなことは我々〝党〟には関係ないんだよ。君は次の選挙で我々〝党〟の候補者として立候補することになる。そのためには、君に我々が本当はどういう存在であるのかを知ってもらわなければならない」

「失礼します」栗原は頭を下げ出ていこうとする。このままこの場にいてはまずい。これ以上聞いては戻れなくなる。

「と言うと思ってね。その扉は今開かないことになっている」

そう言われても栗原は歩き続ける。ドアを手で押す。

「そのドアは開かない。私が開けようと思うまでは。……さて、これから君に、今回の戦争の目的の全てを教えよう」

「いえ、私は」

「無理だ。私は今から話し始めてしまうから。そしてこれを聞いたらもう君は我々の一員になるしかなくなる」

「なぜです？　なぜ私なのです？」

「今、Y宗国が……」

「私は野党の一員です。私は」

「今回の戦争は、止《や》むに止まれぬ事情でね、私達が仕掛けた」

「……は？」

「正確に言えば、こうなるように、様々なことをあえて見逃した」

栗原は茫然と加賀を見る。加賀がようやくソファに座る。ゆっくりと。

「忘れていた。君もかけたまえ。……さて、どこから話そうか」


〈世論〉


栗原は思わず、力なく加賀の正面のソファに座ってしまう。驚きで考えが上手くまとまらない。

「さて、……世の中には、テロリストと呼ばれる連中がいる」

加賀が続ける。眠そうに見えるが声ははっきりしていた。

「ああ、茶でも飲むか。コーヒーがいいか」

加賀は席を立ちポットからコーヒーを注ぐ。立場上、本当は自分がやらなければならないと栗原は思うが、その気になれなかった。

「このコーヒーはね、きちんと畑で採れたコーヒー豆を焙煎《ばいせん》している。淹《い》れる時も人の手を使っているのだよ。いいかね。コーヒーに酸味を加えたければゆっくり時間をかけ湯を入れる。つまり苦みは焼き具合によるが……」

徐々に声が小さくなり、しゃべりながら加賀はやがて不思議そうに栗原を見始める。栗原には意味がわからない。やがて加賀はそのまま黙り込み「ああ、テロリストの話だったな」と言った。

話が飛んだということか？　この男は何だろう？　気味の悪さを感じたが栗原はこの場から動くことができない。

「そうだな、世の中には、テロリストと呼ばれる連中がいるな。……中には、主義や信条でやってるグループもあるだろう。……だが大抵の場合、彼らは職業でテロリストをやっている。正確に言えば、メンバー達はそこが掲げる偽りの主義や信条を信じているが、幹部から上は職業でやっている」

加賀がコーヒーを飲む。不味《まず》そうに。

「テロは、世界的に需要があるのだよ。たとえばD国がE国の内政を混乱させたいと思えば、E国に入り込み反政府組織という名のテロリストを結成させる。さらには、戦争に参加したい時、国民に戦争参加を納得させるためわざと自国内のテロを見逃す場合もあるだろう。テロで国民は激怒し、戦争参加に反対する声は小さくなる。そして、宗教においてある宗派とある宗派が対立し、グローバルに各地で代理戦争が行われている時、世界に飽きた超富裕層の中には『贔屓《ひいき》のテログループ』を選ぶケースがある。……ほら、世界のテログループが、やたら自分達の『非道行為』を世界にアピールするだろう？　まるでアピール合戦のように見えないか？　なぜだと思う？」

栗原は沈黙している。部屋がなぜか周囲の壁から冷えてくるように思う。

「あれは、行為が非道であるほど世界で報道され、自分達の存在をアピールできるからと判で押したように言われているが、ではなぜ彼らが自分達の存在を世界にアピールしなければならないのかまで考えたことがあるか？……当然リクルートの面もあるだろう。あんな行為をすればマイナスだが世界には数十億人いるのだし、その中の特異な数百人でも入ってくれればいい。だがな、本質的には、彼らはああやって超富裕層達にもアピールしているんだ。〝我々はこんなことができる〟という風に。〝我々はこんなに非道なことを躊躇なくやることができる。どうです、使えるでしょう？　資金をください。きっとあなた達の役に立てる。あなたが嫌いな宗派の連中を、あなたの代わりにこれからも苦しめることができますよ〟という風にね」

加賀はもうコーヒーを飲んでいない。そこにあるのを忘れたように。

「今、Y宗国とG宗国は戦争状態にある。G宗国側についているある大国が、我々大R帝国が共に仲間として参戦し、Y宗国を攻撃することを強く望んでいる。我々はもう、とっくの昔に戦争への鎖国を解き、国際情勢の戦争利権の中に入っているから外部の影響でもこうなってしまうのだよ。そのある国が、Y宗国のテログループの一つに我々大R帝国を攻めさせる計画を立てていた。ほら、そうすれば、我々はその攻撃に怒ってG宗国側につき、Y宗国を攻撃できるだろ？　我々もあの戦争には参加する必要があったからいい考えと思った。それでその計画を実行させるため見逃した。……まあ、見逃しただけではなく、ちょっと打ち合わせもしたがね、今我々を侵略してるテログループと」

栗原は茫然とし続けている。「でも」ようやく声を出した。「なぜ、そんなことまで……？　あなた達は」

「すでに絶大な権力を持ってる。そう言うのだろう。君がそう言うことも知っていた。我々が適当に理由をつけ参戦すると言えば今の国民は従う。マスコミも手先だから世論などいくらでも巧妙に操作できる。仮に何か『仕掛け』がいるとしても、せいぜい国内でY派によるテロでも起こすくらいで事足りる。……そう思ってるのだろう？　確かにその通りかもしれない。だがね、今回はそれでは足りないんだよ。我々がこれから参加する戦争は非常に厄介なものだから」

「……厄介？」

「んん？　ああ、そうだ」

加賀は今度はぼんやりコーヒーを見始める。誰がそこに置いたのかという風に。

「我々が参戦すると、……さらに参戦する国が増え、その後、あの地を中心に各地に飛び火し世界大戦が発生することがもうわかっている。史上最大の戦争。……戦費も凄まじくなり、かなり長期化する。当然テロだけでも良かったんだが、今テロは世界中で起こり、残念ながら新鮮味がなくなってきているのだよ。だからテロリスト達は内容に凝っていったがもう頭打ちでね。もっとインパクトのあるものが欲しかった。テロどころでなく、我々の土地が侵略される。……これは強いインパクトだろう？　土地というものに人間は強く反応する。動物だからな。こいつが一番効く。今私達は、国民達の激しい怒りを欲している。国民を怒らせなければならない。そして恐怖してもらわなければならない。長く、深く、強烈な不安の中に置き、国民達の心の底に深く深く今回の怒りを根付かせなければならない。これから始まる長い長い戦争のために。時が経っても反対意見など出ないように。……当然私達は国民がどう思おうが何でもすることができる。でも、我々は、国民達から常に支持されてなければならないのだよ。恐怖の独裁政権などスマートでない。我々は何かを企画する時、だからそれを国民が支持するように仕向ける。……そうしておけば我々〝党〟の力は長期化する。永遠に」

「つまり」

「我々がなぜY宗国とG宗国の戦争に参戦しなければならないのか。その理由を今君は言おうとしている。そうだ。君の予想通り答えは圧倒的にシンプルで拍子抜けするこの世界の醜い真実。つまり」

加賀がつまらなそうに言う。

「資源。今回の場合は石油だよ。ウランや天然ガスもかなり不足してるがね」

部屋の温度がさらに低くなり、空気も乾いていく。

「当然それだけじゃない。だがそれが一番大きな理由。数年後、世界の石油は枯渇する。バクテリアから石油を生成する技術は計算が狂い、石油の枯渇とその技術が製品として実用化されるまで七年の誤差が発生することがもうわかっている。そしてあの地には未採掘も含め世界二位の油田がある。……我々のように肥大した先進国は石油がなければ成り立たない。一気に国力は減退し人々の生活は激変する。全ての先進国で手を組み、GY国から資源を巻き上げればよかったのだが、先進諸国は今大きく二つに分かれ、両陣営で様々なものを奪い合っている。昔は東西と言われたが、今は複雑な東西と言える。敵対する国同士がある分野では協力関係にあったり、国という概念が、下層はナショナリズムに狂っているが、実は上層では緩くなっている結果そうなっているのだが、でもまあ大きく分ければ今でも東西で捉えることができる。G宗国とY宗国を舞台にその両陣営が争う。核は使えない。石油を汚染してしまうから。我々が所有する『環境に優しい核』は嘘だからね。放射性物質の中のある一つの値が少ないだけだから。まあ使った後の言い訳でそう言ってるから、本当に汚染したくない時は使えない。人間より石油の方が重要だ。そして今」

加賀が栗原をぼんやり見る。

「君は私がさっき少し言った資源以外の参戦の理由、それを聞きたいと思った。そうだ。

今から言うつもりだ。でもその前に、君から見ると我々〝党〟はどう映る？」

「どういうのは？」

「つまり一枚岩と？」

そうか。栗原は思う。思うと同時に、肩や足の力がさらに抜けていく。

「〝党〟内部の権力闘争も当然含まれている。我々は大きく言えば今二つの勢力に分かれている。国民の目ではわからないだろうが勢力図で言えば8対2。私や早見さんがいる派閥が圧倒的に有利だが、この2が目障りでね。潰そうと思うんだ。わかりやすく8派と2派と呼ぼう」

加賀はしばらく無表情で栗原を見、思い出したように唇を歪めた。笑みなのだろう。

「あのコーマ市の市長は2派の方でね。我々8派はあの土地に広大な最新軍事基地を作りたいのだが彼は拒否した。周辺国の緊張を煽るから巨大最新基地は必要ないと言う。まあ確かに全く必要ないが我々はそんなことはどうでもいい。むしろ緊張や摩擦がもっともっと欲しい。我々〝党〟の8派は軍需産業と一体化しているのでね。……つまり、だから侵略されるのにあの島を選んだ。これであの市長は国民から絶大な批判を浴びる。そしてあの市長を支持した2派は壊滅的打撃を受けることになる」

「しかし」栗原は口を挟む。「目論見《もくろみ》が外れた。そういうことじゃないですか？　テロリスト達が暴走し原発を占拠してしまった。……あの首相の演説は」

しゃべりながら、違うと栗原は気づく。

「んん。今気づいた通り、原発占拠もシナリオ通りでね。……当然占拠してる彼らは本気だよ。でも彼らに与えられているそれ用の巨大な爆弾はダミーにすり替えられている。彼らの上層部の手によってね。気の毒だな。テロはいつでも実行者達が気の毒だ。今回のインパクトは一瞬のものでは足りなかったとさっき言ったかな。長く深いインパクトが必要だった。でも、それだけじゃない。もちろん他にも理由がある。……これを見るといい」

加賀がタブレットに画像を映し出す。栗原は息を飲む。

羽蟻の写真。〝L〟のサキから見せられたのと同じもの。

「これは、あるウイルスを体内に入れた羽蟻。姿が少し変わってるな。このウイルスの正体がわかるかね？」

加賀の声が微かに大きくなる。少し高揚しているように見える。

「特定の人種に効くウイルス。どうだ。夢のような発明だろう？　我々大R帝国最大の発明だよ。これは最強で最悪の兵器」

栗原は愕然とする。「特定の人種に？」

「これはY宗国とG宗国のGY人種にだけ効く。近々白人にだけ、黒人にだけ効くウイルスなども完成する。……コーマ市は島であり、かつ移民が多い。GY人種のみに効くかどうか試すのにこれ以上相応《ふさわ》しい土地はない」

「……そんな」

「何をビクついてる？　これで我々は最強の国になるのだよ」加賀は高揚している。

「臨床実験はもう済んでるが実戦でどのようにこれが広がるかのデータが必要だった。三日。国民達に長いインパクトを与える期間、そしてこのウイルスの実証実験の期間を我々はそう設定した。我々〝党〟の８派は原発の利権団体とも一体化してるから、原発占拠は当然失敗することになっている。我々の原発には仕掛けがあってね。テロにも安全な原発として今後世界市場に宣伝することにもなる。だから今からだと二日後になるな。我々がコーマ市を奪還するのは。世界の歴史が、全て自然発生的に起こると思うほど君は甘ちゃんじゃないだろう？」

「でも」栗原は何とか声を出す。「どうするのです。今コーマ市の市民も人質に取られている。あなた達のシナリオ通りその爆弾が不発としても、現場の彼らが別の兵器で原発を攻撃し直すこともできます。……これまでの話で、あなた達が人命を考慮しないことはわかりました。でもR帝国の国民達が耐えられるとお思いですか。我々が軍を出した瞬間、人質は全員殺され原発まで破壊されると言われてるのに。原発はどうであれ人質が殺されるのは間違いない。さすがにそこまでする理由が」

「……三日待つ最大の理由はそこにある」

加賀が言う。まださきほどの高揚の残滓《ざんし》がその表情に漂っている。

「いずれにしろ明日。今日は寝るといい」

「え？　私は」

「帰れない。部屋もある」

閉められていた背後の扉が開く。昔のネット映画で見たメイドが二人現れる。

「ポイントは、罪悪感」

「……え？」

「言語化されない、つまり意識にはっきりとは上らない罪悪感を国民に抱かせる。……無意識下に深く固定される罪悪感を」

二人のメイドが無表情で栗原を案内する。手を取ることもどこかをつかむこともしない。ただ部屋を出るよう促される。背後で加賀の声が微かに聞こえる。

「この建物の出口は二つのみ。見張りがいる。窓はただ日を入れるだけで開かない」

廊下を歩かされながら、栗原はどうすることもできない。部屋に通されドアが閉められる。予想通り、古い映画で見る洋室。

ＨＰは起動しない。加賀の屋敷では全ての電子機器は使えないとされていたが、やはりそうらしい。

ここまで聞いてしまえば。栗原は思う。もう戻ることはできない。自分が今の話を片岡先生にし、全てを公にしても当然誰も信じない。この非常時に不謹慎と思われ、批判されるだけだろう。こんな話、国民が信じるはずがなかった。証拠もない。

なぜ自分が選ばれたのかわからない。栗原は喉の渇きと脱力を覚えている。もし〝党〟からの立候補を断ったら、この山の中で自殺死体として発見されるだけだろう。窓の外を見る。開かないと言われた窓。巨大な森が沈黙するように、不機嫌にどこまでも広がっている。

この緑の中に死体として捨てられてしまえば。

人一人消すのは、何て簡単なのだろう。

背後から、栗原の肩を叩く男がいる。

「ねえねえ。ねえねえ」

男はしつこい。だが栗原は身体を硬直させている。

「ねえねえ。振り向いてよ。やだなあ。何で振り向いてくれないの？　きみにいいことを教えてあげようとしてるだけだよ。きみの真実。きみが自分まで騙して隠してる真実。つまりきみの精神の本質を教えてあげようとしてるんだよ。聞いたらきみがすぐ泣いて死んじゃうようなことだよ。ねえねえ、いいから振り向いてよ。ほら、早くほら！　それで、

「……まあいいからさ、取りあえず俺の顔見ろよ」

何かを踏み外す感覚で目を覚ます。洋室の棘《とげ》に似たシャンデリアをベッドから見上げているとわかっているのに、身体は驚いたまま、鼓動が速く重く鳴り続けている。

ノックの音がする。さっきの夢の中で、自分の肩を叩いていた音と重なる。栗原は自分が思わず眠っていたのに気づき、肩の酷い汗を感じながらドアに近づく。覗き穴はない。開けるしかない。

ドレスを着た女性が立っていた。部屋に入り、笑顔のままドレスの後ろの紐を自ら外そうとする。手段が古典的じゃないか？　栗原はそう思いながら慌てて女性を止める。

「いや大丈夫だから。そういうのはいい」

女性は一瞬驚いた表情で栗原を見たが、不意に目に強い感情がよぎる。

「え？」

「だから、そういうのはいいんだ」

「何それ。……もしかして馬鹿にしてる？」

「は？」

「こういう仕事の女は嫌とか？　汚れてる女は無理とか？」

栗原は驚いたまま彼女を見る。

「そうじゃないよ。……正直きみはめちゃくちゃ魅力的だよ。でもこういうのは、……何ていうか、相手がそうしたいわけじゃないのに、するってのは違う」

女性が不思議そうに栗原を見る。

「あ、少し離れてくれないかな」栗原が続ける。「……気が変わるかもしれないから。ほら、こんなこと言って気が変わったら超カッコ悪いでしょ。……うん、このテーブル挟むといいな。ほら、何かこのテーブルは人を冷静にさせる形をしてる」

栗原の意味のわからない言葉に、女性が戸惑うようになる。肩までの髪に、大きな目をしている。栗原は気を遣う状態が過剰になると、時々おかしなことを口にしてしまう。

「でも私、拒否されたってことになると、次から仕事が……」

「なら、そういう風になったってことにすればいいよ」

女性がぼんやり栗原を見る。

「でもそれだと、〝党〟からすると、あなたは『楽しんだ』ことになるよ」

「いいよそれで」

「どうして？」

「どうして？……だって、仕方ないじゃないか。状況がこうなって俺が決めたんだからそれは受け入れるよ。……周りがどう思うかより、自分の問題じゃないかな。自分が本当はどうだったかが問題というか」

女性がじっと栗原を見る。「変な人」

「……そう？」

「だって、……『骨付き女肉パラダイス』って店に行ったんでしょ？　なのに私を拒否するって、加賀さんの別荘にいるから急にこのひと気取り始めたのかと思って」

栗原は表情を変えないように努める。

「……それは誰から？」

「ここに行かされる前聞かされたの。そこで働いてた女性が言ってたんだって。客として来たあの人は女が大好きだったって。だからあなたの弱点は女だろうって」

やはり自分はあの時つけられていた。でも〝L〟がそこまで嘘のアリバイをつくってくれていたことになる。しかし。栗原は思う。最悪のアリバイじゃないか？　もっと他になかったのか？　これはちょっとした嫌がらせじゃないか？

つまりあの時自分のコーヒーに利尿剤を入れた山本の行為は、念のため荷物を調べようとしただけということになる。

こうやってわざと女性をけしかけ、弱みを作ることもあるのだろう。目の前の女性を見ながら栗原は思う。彼らはいつも、相手の弱点を探して狙い、利用する。

大昔から現在まで使われる手だが、つまりそれだけ有効ということだった。

女性が立ち上がり窓の外を見始める。唇には笑みが浮かんでいたが、遠くを見ていた。

「……さっき、きみは自分を汚れてるとか言ったけど」栗原は続ける。何かを言う必要を感じていた。

「男性に何されたって、女性は汚れるなんてことはないよ。……それに、人間の身体は一年もすれば、構成する原子は全て入れ替わっているからね。全く別の身体になる。……何か彼らに弱みを？　でも映像に撮られたりしても、そこに映ってるのはその女性そのものじゃなくて、データ信号を元にその映像機器が再現してるだけだから。……原理的には、ただの精巧な絵に過ぎない。誰も本当にきみの姿を見てるわけじゃない」

「……何それ。慰めてるの？」

「いや、そういうわけじゃ」

女性が笑う。奇麗な笑顔だった。

「ちょっとだけ、ぎゅっとしてくれる？」

女性の名前はロキといった。見た目ではわからないが移民の名前。栗原は静かにロキを抱き締める。

「……優しいね」

栗原はなぜか、時々こう言われることがある。これまで深く考えてこなかったが、自分のこういう性質に、近頃別の解釈を与えていた。

「……違うよ。何ていうか」

疲れていた。自分こそ、誰かに今は束の間でも支えてもらいたかった。体温、と不意に思う。なぜ人は、時々人の体温を必要とするのだろう。

　本当は、この女性を抱いてしまいたかった。でも自分が絶対そうできないことを、栗原はわかっていた。どうしようもないのだった。感情や欲望より先に、頭で過度に考えてしまう。相手がどう考え、何を望んでいるかが先に現れ、自分はまるで反射的にそれに沿う反応をしてしまう。でも栗原は、そう生きてこなければならない理由があったのだった。この世界において、自分は客人だという意識。

「僕は優しいわけじゃない。……ただ不安定なだけなんだよ」

　ロキには栗原の言葉の意味がわからない。栗原は思わず自分の内面を話した気がし、話題を変えようとする。

「こういう仕事は何か……事情でも」

「ううん。いいの」ロキが小さく言う。

「今だけ、ちょっとこうしてて。……あ、ごめん。ずっと足踏んでた。スリッパだから感触わからなくて……」

　翌朝、栗原をこの部屋に案内したメイドの女性が入って来た。起きたばかりの栗原に、早く加賀のもとに行けという。メイドの女性は顔を微かに歪め、軽蔑を込めて見てくる。あの女性とは何もなかったのに。栗原は思うが、でもどうしようもなかった。

案内された部屋に入ると、加賀と早見がいた。彼らの背後の壁に、巨大なスクリーンが投射されている。

加賀と早見は昨日と同じスーツのように見えた。夜に眠り朝に起き、準備をしここに来たというよりは、ずっと最初からそこにいたかのように。味気ない3D映像のように。

「昨日はよく眠れたかね」

加賀が言う。何の思わせぶりも含まない響きで。

「ええ、まあ」

「すごいだろう？ 加賀君の別荘は。こんな懐古趣味は珍しい。しかも自分が生まれた時より遥か昔の建築様式を」

早見が言う。昨日と同じ言葉だった。自分にその話をしたのを忘れている。

「退屈なのですよ」加賀が言う。

「こんな建物にでもすれば新鮮かと思いましてね。でも駄目でした。すぐに慣れる」

加賀まで同じことを言っていた。社交辞令も度が過ぎるとこうなるのか？ 彼らはいつもこんな風に話を？ 気味が悪くなり、栗原はまた緊張し始める。

「さて、昨日話したことだが」

加賀が言う。眠そうに。

「……君は言った。R帝国の国民達が、我々のコーマ市への空爆に耐えられるだろうかと。

我々が攻撃した瞬間、膨大な人質が全員殺され原発ごと自爆されることになっているのに、我々が攻撃してしまうことに耐えられるわけがないと。そんなことは支持されないと。

……我々はつい先ほど、ある情報を国民に流した。その結果をここで見よう」

巨大なスクリーンの光が強くなる。

「言っておくが今から見るのは、〝党〟を支持する書き込みをする『ボランティア・サポーター』達があまり入り込んでいない幾つかの掲示板だ。……これで本当の世論がわかる」

画面にスイッチが入る。一斉に言葉の渦が現れ始める。

――早く開戦を！　彼らに早くミサイルの雨を！

――コーマ市民達の犠牲を忘れてはならないが、彼らは天国へ行くだろう。

――奴らを蹴散らせ！　大R帝国万歳！

栗原は愕然とする。

「なぜ？　なぜです？」

――開戦を！　奴らを根絶やしに！

――優秀なコーマ市民達はもう避難してるはず。早く徹底的な空爆を！

――これはきっとコーマ市民達の意志でもある。彼らは言うだろう。自分達に構わずY宗国のテロリスト達を叩けと。

コーマ市空爆への賛同の数々。言葉は渦のように溢れ止《とど》まることがなかった。

「クプ」

奇妙な声に、栗原は顔を上げる。小刻みに震えている。加賀が震えている。

「クプゥ！　クププププ」

笑い？　栗原はそう思うがあまりに奇妙な声だった。でも加賀は顔を赤くし、口に手を当てている。

「クプープププ。クププウ！」

栗原は愕然と加賀を見る。早見は表情を変えないが加賀は明らかに笑っている。

「なぜです」栗原はもう一度言う。「なぜこうなっているのです？　国民に流した情報とは何です？」

「プウ、……ああ、その情報はね。こういうことだ」

加賀が徐々に落ち着きを取り戻す。

「もちろん出鱈目だがね。……今からＹ宗国のあのテロリスト達が、本土を攻撃してくると情報を流したんだ。つまり、このまま放っておくと自分達の方に来るとね。原発をＹＰ－Ｄが担ぎ上げたまま本土へ飛んで来ると！　そしたらどうだ？」

加賀がまた吹き出しそうになる。

「国民達は我が身可愛さにコーマ市民の犠牲を選んだ！　我々に早く徹底的に彼らを叩け

と言う！　我々が今軍隊を出せば、人質は皆殺しにされ原発はあの地で爆発し、コーマ市民の大半が死ぬというのに！」

「でも」

　栗原の目に涙が浮かぶ。

「そんな情報を聞いたら、誰だって」

「そう！」加賀が言う。その声は大きく叫びに近かった。

「そうなんだよ。そんな情報を流されたら、誰だって怖くなり他人を犠牲にしたくなる！　これは当然のことなんだよ。つまり」

　加賀の顔が赤みを帯び始める。また笑い出しそうになる。

「これが人間というものだ！」

　栗原は立つことが難しくなっていく。

「さらに言えばね、どうだ」加賀が続ける。書き込みで溢れる画面を指しながら。

「彼らの言葉の中に、たとえばこういう言葉は見えるかな？　我々は死にたくない。コーマ市民のみなさん、申し訳ない。我々は死にたくないから、あなた達が犠牲になるが今彼らをコーマ市にいる段階で叩きたい。んん？　こういう本音を吐き出した言葉があるかい？」

　――今彼らをここで叩かなければ、彼らのもたらす被害は世界に及んでしまう。

――戦略上やむを得ない。地理的に今叩くしか方法がない。

――人質に取られ言うことを聞くわけにいかない。そうなればテロを今後助長することになる。テロに屈するな。涙を飲み今は彼らを叩かなければならない。

「どうだい！　この偽善に満ちた言葉を！　誰もが自分達の身が可愛いから賛同してるとは思っていない！　そう思いたくないから、別の言葉を吐き続けている！」

「でも」栗原は言う。

「原発も人質に取られています。彼らがコーマ市で原発を爆発させたら」

加賀がまじまじと栗原を見る。嬉しそうに。

「風向きは逆だとも情報を流したのだ。爆発しても、風はこっちに来ないと」

栗原の頭に刺すような痛みが走る。

「つまり、極端に言えば、彼らは自分達さえよければ別にどうでもいいのだよ！　どこで原発が爆発しようが自分達の近くで爆発しなければ！　風が逆で放射性物質が自分達の方に来なければ！　じゃなければ我が国で８００もの原発がつくれると思うかね？　ええ？」

書き込みの数はなおも溢れ続ける。

「……私はこういう瞬間が大好きでね。……つい取り乱してしまったな」

加賀の表情がまた無表情に戻っていく。笑い声を少し上げたが普通の声だった。

「こういう瞬間がね。……国民を動かすことができた瞬間。しかも彼らのエゴを刺激して操作できた瞬間が」

「あなたは人々を軽蔑してる」栗原が言うと加賀がまじまじとこちらを見返した。

「……それは君も同じだろう？」

思わぬ言葉に、栗原は心臓に重い痛みを感じた。そのまま鼓動が速くなっていく。

「……さて」ずっと黙っていた早見が言う。表情を変えないまま。

「これで我々はY宗国のテロリスト達を叩くことになったね。……どれ、では命令を出すよう首相に進言しよう」

早見がそのまま部屋を出ていく。ゆっくりと。扉が閉まった時、加賀が唇を歪める。恐らく笑みを浮かべている。

「早見さんは……、これからどうすると思う？　首相にまず空爆を躊躇する演技をさせる。そして、国民から押される形で実行するような形式に持っていくんだ」

加賀が再びスクリーンの無数の書き込みを眺め始める。名画でも見るように。

「私は少なくとも、自分のやっている悪に喜びを覚えている。でも早見さんは自分の行為を悪とは思っていない。彼の頭の中を私が代弁しようか。〝我々はこうしなければならないからああした。そしてこうなった。ということだから、では空爆しよう〟……それだけだよ。自分達が立案したことを悪だと言えば、多分彼は驚いた表情をするだろう。しかも演技ではなく本当に。……どうだい。君は私と早見さんのどちらがより悪だと思う？　私の方がまだ可愛げがあると思わんか？」

「……本当に、今から」

「ああそうだ。徹底的に空爆することになる。長期化すれば奴らは地下に潜り、制圧した後でテロをするようになる。そうなれば厄介だから一気に根絶やしにしなければならない。我々のウイルスの証拠も、外部に漏れる前に消さなければならない。Ｂ国との開戦で緊急事態国民保護法が発動できるようにしておいたことで、今コーマ市はネットに繋げないから『世界から隠された孤島』と同じ。妨害電波も含む、我々だけの衛星映像でウイルスが絶大な効果を発揮したことももうわかったしデータも取れた。まあもし原発が爆発しても、要は我々は基地がつくりたいだけだからロボットにでもつくらせる。無人の基地の島というのもいいじゃないか」

「一体、それで何人の」

「コーマ市民が犠牲になると思ってるのか。君はそう言うのだろう。我々のシミュレーションでは、原発が爆発しなかった場合、トータルで負傷者は一万人を超えるが死者は千人前後で済むと見ている」口を開こうとした栗原を加賀が仕草で止める。

「違う。これは非常に少ない犠牲だよ。千人が死ぬ代わりに、我々は今後も変わらぬ石油を手に入れ今後も変わらぬ生活ができるのだよ？　石油がなくなったらどうなると思うかね。あらゆる経済は停滞し貧しさから医療もままならなくなり数百万の病人が死ぬだろう。だが石油がこれまで通り手に入ったらどうだ？　千人が死ぬだけで、その他の一億人の国民達はこれまで通りの生活だ。夢を追う若者は悩みながら夢を追い、恋愛に悩む者は恋愛に悩む。世界で石油を奪うために自分達の軍が殺し合いをしている時、我々の高性能の兵器が発展途上国の民衆達を皆殺しにしている時、結婚式を挙げ旨いものを食い嫌な上司に憤ったりする。……つまりこれが世界というものだ」

栗原は発作的に加賀を睨む。

「ほう」加賀が言う。

「君は今何かに気づいた。でもそれを言語化できない。そうだろう？」

加賀が続ける。

「君が言語化できたのはここまで。『それだけじゃないのでは？』。そうだ。その通りだ。我々はまだ自分達の手の内の全てを見せたわけじゃない。……この背後にはもう一つある」

加賀がスクリーンの画面を消す。もう飽きたから十分という風に。

「私が話した小説の日本という国の話は覚えているかね。……あの話の奥にも、実はもう一つある。……だが君はまだそこまで知らなくていい。……さて」

加賀の声が急に眠そうになる。しゃべり過ぎたという風に。

「君は我々〝党〟の一員になる。……不思議だと思うだろう？　自分がなるわけないのに、なぜこの男は自分が党員になると決めつけているのだろうと。それにももちろん理由がある」

そう言い、高価な革で出来た小さなケースを出す。中には、宝石のように収められた一粒の錠剤が入っている。

「君は電気療法を知ってるか？　重度の鬱《うつ》病患者に昔なされていた治療。てんかんの患者が発作後に気分が改善していることから注目され、てんかんの発作に似た症状、つまり脳に電流を流し鬱病を改善させる医療行為。……これには記憶障害の副作用があってね。多少記憶を失うケースがまれにある。だが通常の行為でやれば、もし一部記憶の欠落があっても徐々に回復するから大丈夫と言われている。しかし医療行為を超え、悪意で過度に犯罪的にやり過ぎればどうなるか……、人間は頭を打つだけでも記憶喪失になる。人間の覚えたての短期記憶は海馬《かいば》に収められるが、長期記憶は大脳皮質と関係している。つまり電気がそこに作用してしまうことで記憶の障害が起こるわけだ」

加賀が疲れたようにソファに座る。「この薬は、君の大脳皮質に作用する。この記憶を消す、などと断定して消すことはできないが、君の最も古い領域にある記憶を消す、もしくはぼんやりさせることができる。……つまりこれが何を意味するかわかるか？」

栗原にはわからない。

「わからないらしい。無理もない。これはつまり、こういうことだ。君の内面は非常に不安定なものだ。隠していても私にはわかる。その君の不安定さは、君の自意識を肥大させ、疑う心を肥大させている。つまり君が他の国民のように素直に国家万歳と叫ぶことができず、無条件に我々〝党〟を信頼する純朴さを持てない理由は、君の内面が不安定であり君の精神の中にデリケートな闇があるからだ。そしてその闇は君のあの生育歴と関係している。……もうわかったかね？」

栗原は茫然とその薬を見る。

「この薬を飲めば、君の最も古い領域にある記憶が消えるか、またはぼんやりとなる。記憶が人間の人格形成に強く影響してることくらい知ってるだろう？　つまりそれらの記憶が消えれば君の内面も変わるわけだ」

加賀の声がまた徐々に大きくなる。

「この薬を飲めば君の内面は今よりシンプルなものになるだろう。君の悩み、生き難《にく》さ、そういったものが消えるのだよ。そして君は」加賀が唇を歪める。

「やがて徐々に〝国家万歳〟と叫び馬鹿のように泣くこともできるようになる。……君の中の不安定さ、心の黒と引き換えに」

「これを私に飲めと？」

「そうだ」加賀の口調は有無を言わさない。

「そうすれば君は変わることができる。君はこれまで自己の存在に悩んできた。そうだろう？　その君の不安定さや暗さが消えることになる。私は推測するのだが……」

加賀がじっと栗原を見る。精気のない目で。

「君はそれを望んでると思うんだがね」

首から背に這うような冷たさを感じた。

「これを飲めば君は原発事故が起きた時、水を買うため血眼《ちまなこ》になりスーパーに殺到することができる」

栗原は、なぜ知ってるのかと問う気力を失っている。

「これを飲めば君は昨夜のような時、相手の女性がどう思ってるかに関係なく『ラッキーだ』と思い手を出すことができる」

栗原は錠剤を見続けている。

「私は全て知っている。いや正確に言えば、私には全てわかるのだよ。君は〝L〟と接触した。そうだろう？　確かに上がってきた情報では君は〝L〟と接触していない。あの日は『骨付き女肉パラダイス』というふざけた名の風俗店に行ったことになっている。君は昨夜あの女性とベッドを共にしたことにもなっている。でもなぜだろうね。私にはわかるのだよ。君は〝L〟と接触したしあの女性とは何もなかった。……つまりこれを飲めば君は我々のスパイのように〝L〟の全てを探ることもできる」

栗原は動くことができない。

「今すぐ飲めとは言わない。一日やろう。君が今の自分の奥の、不安定で暗い内面の性質と向き合うための部屋も用意しよう。君は変わることができる。一日やるのだ。良心的だろう？……一応言っておくが、これはかなり高価な代物だよ。君はこの薬を一日見つめ続け、最後は我々に強制的に飲まされることになる。だが君のこれまでの人生を思うと」

加賀が唇をまた歪める。

「君は自らこれを飲むんじゃないかと思うがね」

栗原は部屋に連れて行かれる。昨日とは違う狭く暗い部屋。

机の上に固定された小さな透明のケースに、その錠剤が置かれている。硬質なガラスに覆われまだ中を取ることはできない。

栗原は脱力したまま机の前の椅子に座り、茫然とその一粒の錠剤を見続ける。

〈YP－D〉

「危ない」

アルファは叫び、矢崎の身体を倒し伏せさせる。

無数の爆発音が、耳の機能を超え矢崎の全身を響かせていく。耳には激しい痛みが走り、アルファが続けて何かを言うが矢崎には聞こえない。矢崎は立ち上がり、動こうとしなくなったアルファを背負い走り始める。

「……置いていけ」

アルファの声がようやく聞こえた時、旋回した無人機の群れがまた向かってくる。

「奴らは、恐らく、私の顔のタトゥーなどに反応し、ミサイルを撃ってる。……もう私の存在は、識別されてる。私の近くにいると狙われる。お前一人なら」

「嫌だ！」矢崎はまだ耳がおかしく、叫ぶように言った。

「……何を言ってる。私は」

「嫌だ！」

爆風で矢崎の身体がまたアルファごと飛ばされる。全身に痛みが走るが、地面に大きな穴がありそれが下へ降りる階段であるのに気づく。何かの建物が破壊され、地下へ続く階段が剝き出しになっている。

矢崎は粉塵の中アルファを探し、背と足を優しく抱きかかえ階段を駆け降り始める。再びミサイルが落下し、激しい音と共に地面ごと階段が激しく揺れる。矢崎はバランスを崩し階段を踏み外すが何とか耐えた。さらに地下がある。降りれるだけ降りようとするがミサイルはやまない。無人機の人工知能は明らかに彼女を狙っている。

「私を置いていけ」

「絶対に嫌だ」

「聞け。私はもう、助からない。この病は風邪じゃない。わかるんだ。……これが直接私の、生命に届いてることに」

「治る。まだ薬は残ってる。エナジーフードとかだって」矢崎は涙ぐむ。

「矢崎」

「治る。俺が」

「私達は死刑囚なんだ」

「……え？」

「私だけじゃない。……ここに来ているY宗国の兵、その全員が」

ミサイルの振動の中、矢崎は立ち止まる。もうこれ以上、下へ行けない。階段が終わっている。地下三階程度。これだとミサイルが届くのは時間の問題だった。天井が崩れ始める。

終わらない階段はない。わかっていたが、どこまでも地下へ行きたかった矢崎は力を剝《は》ぎ取られそうになる。混乱する意識がアルファの言葉でさらに乱れていく。

「……死刑囚？」

「そうだ。お前に全てを話さなければ」

上から砂のような塵《ちり》が落ちてくる。矢崎はアルファを背負い直し狭い廊下を走る。

「……Y宗国は、もう、国の体裁を保っていない。だから正確な判決でないが、私達の組織は、別の大きな組織に包囲され投降し、全員が死刑判決を受けた」

アルファが耳元で力なく言う。

「祖国を取り戻すため。……私達の組織はそう戦っていたはずだった。でも、様々な勢力が合流してくる中で、自分達が何のために戦い、誰のために戦っているかわからなくなった。戦いとは、通常一対一であるべきだ。でも私達は三つ巴《どもえ》どころか八つの勢力と互いに戦っていた。……気がつくと野盗のような連中に、我々の組織は乗っ取られていた。抜けなければと思っていた矢先、……Y宗国最大の組織に拿捕《だほ》された」

矢崎はアルファの吐息のような声に耳を傾けながらバランスを崩す。目の前のドアを開けようとするが、周囲の壁ごと歪んでるのか開けることができない。ここが元々何の建物か矢崎はわからない。

「この作戦を成功させれば、助けると言われていた。……でも私は信じてなかった」

大きく地下が揺れ、矢崎は倒れそうになるが何とか持ちこたえる。別のドアが微かに開いている。空爆による歪みで開かなくなるのを避けるためか、朽ちた木片がドアの下に挟まれている。

ドアを開けた矢崎と、矢崎の背にいるアルファは息を飲む。Y宗国の男性兵の死体。その脇に二人のコーマ市民の男女の死体。

この状況は何だ？　矢崎は思う。瓦礫となった狭いフロアに、誰のものかわからないタブレットが三つ立てかけてある。矢崎が近づくと、二つは消えていたが一つが外部の状況を映し出している。

タブレットの映像はコーマ市を見渡すような位置で固定されている。テレビ塔か何かに設置されたものに見える。誰かがここにいて、防犯カメラのハッキングを？　図書館での時のように？

Y宗国の男性兵に外傷はない。何か筒状の兵器を背負い、その重さにバランスを崩した姿勢で横向きに倒れている。病？　矢崎は思う。アルファと同じ、病……？

矢崎は男性兵の姿が見えない位置にアルファの身体を優しく降ろす。床の石や木片を払い、背に手を添え寝かせようとする。

二人のコーマ市の男女は明らかに殺害されている。女性は半分しか服を着ていない。

「この状況は……？」

タブレットに映し出されている画面に、R帝国の空軍が時折映る。アルファが画面を凝視している。

矢崎は息を整えながら、目の前の三つの死体に、もう慣れている自分に気づく。死体を見過ぎていた。ここ数日で、ありえないほどの数の死体を。

「……でもまさか、R国がこういう手段に出るとは、思わなかった」

アルファが呟くように言う。矢崎は心臓に重い痛みを感じる。

「……無差別、だったね」矢崎はそう言い笑みを浮かべようとしたが、上手くいかない。

「政府が攻撃してる下に、今も無数のコーマ市民がいる。……最初にあの空軍部隊を見た時、実は少し、妙だと思ったんだ。……興奮してたから、はっきり自覚したわけじゃなかったけど」矢崎の声が小さくなる。

「俺は兵器に、ちょっと詳しいんだ。R帝国が、好きだからね。……ここに来たのは、旧式の無人戦闘機だった。攻撃手段も、ミサイルの投下だったろう?……ほら、今ここを響かせて、揺らしてるのもそれだよ。つまり、ついでに在庫を減らしてる。兵器の在庫」

軍事が肥大化した国ではよくあることだが、軍需産業の会社達を活性化させるために、政府は定期的に自国のミサイルを使って減らし、兵器も壊し減らす必要がある。そうやって、新たな兵器を税金で買い、軍需産業の利益を出さなければならない。そうやって、軍需産業を守らなければならない。公共事業と同じ原理だった。

「他所《よそ》の土地では、あんな旧式な兵器は使えない。……戦争は、そのまま兵器の見本市でもあるから。アルファの方が、詳しいかな。……戦争は、各国の最新兵器のアピール合戦の場になる。他国から、その兵器が有効と思われれば、大量に輸出できるからね。ビッグ・ビジネスだ」

　矢崎の声は小さくほとんど聞こえない。

「きみの、言う通りだと思う。あの無人機は、きみ達の、顔のタトゥーなどをまず認識して、自動で攻撃してる。でも、顔にタトゥーがない者は攻撃するなとは、プログラミングされてない。……そりゃあ、そうだよ。そんなプログラミングされたら、コーマ市民を盾に取られたら動けなくなる。だから、単純なプログラミングしかされてない。……顔にタトゥーがあるらしき者達を撃て。それだけだよ、周りに誰がいようが関係ない。遊びじゃない。それが戦争だから」

　矢崎の頭に手の感触が蘇る。早見が置いてくれた大きな手。だが今は頭上から――。

「敵は一気に叩く。鉄則だよ。……ずるずる気にしてやってたら、彼らは逃げ延びて地下に潜り厄介なテロをするしね。それに、態勢を立て直して本土に向かってくる可能性があるから、一刻も早く叩かなければならない。……最新の兵器も、来てるのかな。でも、近くにたとえば顔にタトゥーのある人間と、そうじゃない人間がいた場合、タトゥーの人間だけ絶対明確に識別し、銃のような小さな弾で狙い撃つことのできる超高性能兵器は開発されてない。……顔の識別に一瞬の間が空くし、一瞬で勝敗が決まる現代の戦場に向かないから。だからこれは、反応をより速くするための大ざっぱなプログラミングだよ。多分、顔から血を流してるコーマ市民も、それをタトゥーと判断し撃つくらいの。なるべくコーマ市民は殺さないように。その程度しかできない」

繰り返される衝撃で、天井から砂のような塵が落ち続けている。

「空爆とは、つまりそういうことだよ。今、どれくらいのコーマ市民が……、税金を払い、国旗を掲げたコーマ市民達が」

タブレットの画面に、R帝国の無人空軍機の姿が映る。ミサイルが落下し続けている中、不意にYP-Dの姿が映り込む。映像が遠くてよくわからないが、YP-Dはなぜか空軍機の群れにではなく、一つの逸れたミサイルに向かっていく。

一瞬のことだった。逸れた一つのミサイルに、YP-Dが身体ごとぶつかっていく。ミサイルは直撃するが、爆発せずYP-Dの胴体に埋まったように見える。

「……なんだ?」矢崎が力なく呟く。

「……私のさっきの話には、続きがある」アルファが涙声で言う。「……私達が宣告された命令はこうだ。……まずR帝国の人間を、多く人質に取り、R帝国の原発を占拠しろ。もし、彼らが攻撃してきたら、R人もろとも原発ごと自爆しろ。そうすれば天国に行ける。……一週間耐えろと言われた。一週間交渉し続ければ、援軍が来るからコーマ市の島を占領できると。……でも嘘だと思った」

YP-Dは身体にミサイルが突き刺さったまま、背を仰《の》け反《ぞ》らせるように空中で痙攣《けいれん》している。

「援軍など来ない。原発を人質にするのも、恐らくR国と打ち合わせをしてるはずとわかっていた。これが、R国が参戦するための理由づくりに過ぎないと。我々はこの地で見殺しにされるだけだと。……私達の組織はもう野盗と変わらない。お前も見ただろう？　彼らは、ヨマ教のことなどほとんど知らない。あれだけ分厚いヨマの聖書を、Ａ４の紙一枚で十の条文にまとめたものを彼らは読んでるだけだ。しかも聖書とかけ離れた内容で。……野盗である彼らも被害者だ、とは思う。だがな、わからんだろう？　彼らが洗脳されたのだとしても、彼らの無意識が、洗脳されることで、自らの欲望を解放できる機会をうかがっていたとは言えないか？　そして」

アルファの声がやや大きくなる。

「ＹＰ－Ｄの人工知能は粗悪。大きなものから破壊する傾向をつけられているだけで、実は、あれは人を殺せと言われていない。ただ大きなものを壊せと言われてるだけだ。知能でいえば人間の４歳児」

空中で痙攣するＹＰ－Ｄに、なぜかＲ軍は攻撃を加えない。

「だから、あれは人を殺してる自覚はない。ただ、今の行動で確信を得た。やはり我々の上部とＲ政府は繋がってる。ＹＰ－Ｄは原発を守れとプログラミングされている。だから自分でもわからないまま、今ＹＰ－Ｄは原発を守ってる」

「じゃあ今のミサイルは」

「誤射だろう。あの場所の近くに原発があり、R軍が間違えて誤射した。無人機の人工知能は百パーセントじゃない」

「そんな馬鹿なことが」

「馬鹿なこと？　お前は政府の危機管理がいつも百パーセントだとでも？　だがあのようなミスは恐らく、確率的に一万分の一以下。お前達は今、非常に運の悪いことになるところだったのを、YP－Dに救われたわけだ。……確率が完全にゼロでない限り、ああいうことは起こる」

YP－Dの肩口から出火する。YP－Dはそのまま上空へ飛ぶ。

「……あれは」

「恐らくもう爆発する。原発を巻き込まないようにプログラムされてるから、自分でもわからないまま上昇している。大きなもの、……恐らく太陽」

アルファが続ける。

「もしかしたら、この戦闘であれは明確な自我が芽生えたかもしれない。何で自分はこんなにも大勢の人間を殺したのだと、不思議に思ってるかもしれない。……彼が善悪の観念に目覚めないことを祈る。……目覚めたら耐えられない」

空の途中でYP－Dの身体が閃光《せんこう》に包まれ、爆発する。タブレットは無音だが、その衝撃が遅れて矢崎達のいる地下まで震わす。画面が消える。今の爆風で。

「あれが今の神の姿かもしれない。無能な人間にいいように利用されている」

爆発の連続で、矢崎達のいる地下がさらに激しく揺れる。爆発音が徐々に大きくなる。天井の一部が崩れ、二つのコンクリートが塊となって落下する。

「何の建物かわからないけど」

矢崎は呟くように言う。

「頑丈だったけど、でも」

「ああ」アルファが息を切らして答える。

「もうすぐここは崩れる」

不意にドアが開く。砂埃にまみれたR人の男。擦《す》り切《き》れたスーツを着、手にナイフを持っている。

「……なるほど」男が言う。

「ここが狙われたのお前のせいか。……GY人がこんなところに。そいつを今すぐ殺せ」

〈非常時〉

もっと早く気づくべきだった。矢崎は男のナイフを見ながら思う。タブレットが三つで、死体が三つあった。だがそのうちの一つはY宗兵で、タブレットなど持っていたはずがない。

ここに、あと一人いるはずだったのだ。

「下にいたが、いくら何でもミサイルが続き過ぎる。おかしいと思った。……タブレットの電波はそこまでだからね、そこに置いとくしか」

まだ下が？　矢崎が思った時、起き上がろうとしていたアルファを男が突然蹴る。衝撃でアルファの銃が床に落ち、アルファは拾おうとするが男が銃を蹴り飛ばす。続いて馬乗りになろうとする男に矢崎が身体ごとぶつかる。爆発音は止むことなく地下のここを揺らし続ける。天井がさらに崩れ始める。

「何でだ？　何でお前GY人を庇《かば》う？」

男が殴ろうとする矢崎の腕を押さえる。男の力の方が強い。

「あいつがいるとここが狙われるだろ？　あいつの生命反応消して地上に連れてけ」

「うるせえ！　お前が死ね！」

天井から、砕けた二つのコンクリート片が落下する。矢崎は男を殴るが二発目をよけられ逆に押さえ込まれる。

「何だお前、Ｒ人じゃないのか？」

「Ｒ人？」矢崎は怒りに駆られ叫ぶ。

「ただこの土地で生まれただけだろ！」

周囲が揺れ続ける。ヒビ割れた天井のコンクリートから塵が幾筋も落ちていく。巨大なコンクリート片が鉄筋に引っかかり、今にも落下しそうに激しく揺れている。

「ああ？　俺達の優秀なＤＮＡは」

「ガキか！　人間は全部元を辿ればアメーバだろ！　頼むよ、頼むからもうそういうくだらないことは言うな」

男は答えずナイフを振りかざす。だが男は不意に身体を離し、背後に来ていたアルファを突き飛ばす。

「やめろ！」

矢崎は起き上がりポケットから銃を出す。図書館で渡されていた手製の拳銃。

「死ね！」

だが男は素早かった。身体をずらしながら矢崎の銃を手ではたき落とし、落ちた銃を拾い逆に矢崎に向ける。

「へえ。……いいもの持ってるな」

男には、明らかに格闘技の覚えがある。

「この二人、殺したのお前だろ」

矢崎が言うと男は笑みを浮かべた。「違う。もう死んでた。この兵がやったんだろ」

「Y宗兵の死体は腐敗が始まってる。二人の男女の死体は新しい」

「んー？　そうか？」

矢崎は男の頭上の、天井から落ちかかるコンクリート片を意識している。あと少し。あと少しできっとあれは男の上に落ちる。

「そして今お前は俺の上を見てる。あれが落ちればって。時間稼ぎ」

男がその場から明確に身体をずらす。矢崎は手足の力が抜けていく。

「お前の言う通り、そいつら殺したの俺だよ。食料分けようとしなかったからね。助け合いの精神？　ない奴らだった。こんな奴ら死んでいい」

女性は半分しか服を着ていない。

「お前は屑だ」

「ならお前はその屑に殺されるゴミだ」

男が矢崎の額に銃を向ける。矢崎はどうすることもできない。アルファは起き上がろうとするが再び倒れた。これが俺の最後。矢崎は思う。取り乱さない自分を不思議に思った。ただ諦念だけがあった。全身の力を無造作に奪われるような諦念。

周囲は揺れ続けている。アルファの叔母が同じ移民に殺されたように、破壊された土地で、俺も同じR人に殺される。

「死ね」

男が引き金を引く。乾いた音と共に銃弾が額を貫通する。男の額を。

「……え？」

男が銃を持ったまま倒れる。男は矢崎に向け撃ったのに、その弾は撃鉄の辺りから逆に飛んだ。矢崎は倒れた男を見下ろす。

銃に細工がされていた？

撃った者が死ぬ銃。この銃は、あの図書館の館長から渡されたものだった。あの図書館の職員達は、R政府に敵対する存在じゃなかったのか？

矢崎の鼓動が速くなる。試されていた？　あの女性を助けるようなタイプの人間がいるかどうかを。そんなタイプの人間はいらないという風に。あそこに集まっていた人間達は、これから何かに利用されるのか？

たとえばこの戦争の、都合のいい証言者として。

だがもう考えても仕方のないことだった。矢崎はアルファに駆け寄る。ここが崩れ自分達が死ぬのも時間の問題だった。

「さらに下があるらしい。少しでも」

矢崎はアルファの背と足に手を添え抱きかかえる。アルファがうっすら目を開ける。

「……さっきの、男は?」

「うん。……色々あって、自爆したよ」

天井が割れ、次々コンクリート片が落下してくる。一つが矢崎の背中に当たるが矢崎は気にせず廊下を進む。確かに身体に痛みは走ったが、その痛みは、もう自分とは関係のないもののように思えたのだった。

さっき開かなかったドアが開いている。歪みで開かなかったのでなく、さっきの男が中から開かないようにしていたらしい。

だがそこには短い階段があるだけだった。激しい振動のなか降りても、小さなスペースがあるだけだった。

何かの物置きのような。何かのゴミを、一時的に置いておく場所のような。

矢崎は汗に濡れたアルファの身体をそこに寝かし、自分もそばに座り込む。ここの天井も激しく振動している。ヒビが入るのも、落ちてくるのも時間の問題だった。

「……アルファ」矢崎が言う。「きみは、そこまで知ってて、何で逃げなかったの?」

「逃げようと、したよ」アルファが微笑む。「R国に着いた時、……私は、脱走しようとしていた。……GY国には、もう戻れない。かといって、このままR国で、死ぬのも嫌だった。……だから、ボートを探し、逃げるつもりだった。……B国にでも」

あんな独裁国家に。矢崎の脳裏に反射的に浮かんだが当然口にしなかった。もう、この世界にまともな場所はない。

「私は移民として、ボートで海に出たことがあるとは、前に言ったな？……結局、私がいてもいい土地は、どこにもなかったかのようだ。ボートでまた、海に出ようとしていたくらいだから」

アルファは笑うが、同時に喘ぐように顔を歪ませた。明らかに熱も上がっていた。

「でも途中で、女を助けようとしている、R人を見た。……お前だよ。一瞬、お前が、ある男に見えた。……まだ私が小さく、R国にいた頃、学校でいじめられていた私を、よく助けてくれた男に。……栗原という男」

〈恋愛というもの〉

「外国の人間は、何だか、みんな同じに見えることがある」

アルファの視線が虚《うつ》ろになっていく。

「……はは、私は、R国に、住んだことがあったのにな」

空爆はやまない。この狭い空間も激しく揺れ続ける。

「小さい、学校で、年長者も、年少者も、一緒だった。……彼は年長者でな、みなが、からかう、私の顔のタトゥーを、……格好いいと、言ってくれた」アルファが微笑む。

「いつも、助けてくれたよ。……こんな人も、いるのだなと、思った、この世界に」

「……ごめん」矢崎は言う。

「じゃあきみは、間違えて、俺を助けたんじゃないか。間違えなければ、きみは今頃」

——ちっ。

舌打ちの音。矢崎の脳裏に、幻聴のように響いた。早見に出会う前まで、矢崎を悩ませていた音。R軍から攻撃を受け、それが聞こえ始めていた。自分の全存在に向けられたような舌打ち。存在そのものが、舌打ちを誘発するような自分という存在。

「……ごめん、俺は」

「何を言ってる？」

アルファが矢崎を真っ直ぐ見る。

「お前に会えて、良かった」

矢崎は茫然とアルファを見る。アルファが続ける。

「助けたのが、お前で、良かった」

アルファが目を閉じる。

「駄目だ」矢崎は叫ぶ。

「駄目だ、死んだら駄目だ」

「……矢崎」アルファの目がうっすら開き、呟くように言う。

「キスして、……くれないか」

「え？」

アルファが弱々しく笑みを浮かべている。

「私は、ずっと、銃を持って、……暮らしていた。……ヨマ教の、私の宗派は、婚前交渉を、禁止されている。……だから、そういう、経験がない。……幼少の頃の、その片想いだけだ」

矢崎はアルファを抱き起こし、キスをする。一度唇を離した後も、矢崎はもう一度キスをする。矢崎とアルファの目に涙が滲んでいく。

「……これが、恋愛というものか」

アルファが矢崎を見つめて微笑む。

「……いいものだな」

矢崎の右足に何かが刺さる。身体が痺れ始める。

「……え？」

アルファがゆっくり、起き上がろうとする。

「お前は、そこにいろ。……私が、ここを出れば、お前は助かる」

「……何が？」

「軽い、毒だ。この方法があるのを、忘れていた。……一時間もすれば、動ける」

「……嫌だ」

「これを、お前に」

アルファがナイフで、自分の髪を切る。

「私は、恐らく、新種のウイルスに、感染している。……GY人だけに効くようだ。恐ろしいことを、考えるなR国は」

アルファが立ち上がる。

「彼らは、恐らく、証拠となる我々の死体を、……全て回収、するだろう。お前は、これをもって、世界に警告しろ。この髪にも、ウイルス反応が出るはず。血もついてる」

「行くな、駄目だ」

アルファが屈み込み、矢崎に再びキスをする。

「ありがとう。……お前は私の、……彼氏だな」

「行くなって！」

アルファが階段を上っていく。振り向きたくなるのを堪える。もう、一刻の猶予もなかった。さっきの、Y宗兵の死体を見る。彼が背負っているもの。

「……いいものを、持っている」

アルファは呟き、その筒状の兵器を引きずる。意識が朦朧《もうろう》とするが、足は動いていた。だが、あの階段をまた上がれるだろうか？　背後の天井が落下する。階段があるところまで来た時、アルファは驚く。すぐ上が地上になっている。

もう、ここまでミサイルはこの場所を破壊していたのだった。アルファは微笑む。

「旧式のミサイル、無駄撃ち……。人工知能が、在庫処理までするとはな」

アルファは地上に出る。日の光に目を細め、筒状の兵器を引きずりながら上空のR軍機の群れを見る。R軍機は一斉に旋回し、再びこちらに向かってくる。

アルファは全身の力を使い、筒状の兵器を肩に担ぎ上げる。

足はふらついたが、立てている。炎の最後のようだ、とアルファは思う。複数のR軍機が速度を上げる。こちらに向かってくる。

やはり無人機。アルファは思う。有人機は一つもない。アルファは無人機の群れに向かって叫ぶ。

「女一人にみっともないな」わざと言い、兵器を構える。

「無人機ばかりだ。臆病者め！」

これが私の最後だ。アルファは思う。個人の力を見るといい。

「おおおおおおお」

兵器のフックに腕をかけ、全身の力を込めて引く。衝撃でアルファの身体が後ろに飛ぶ。兵器から出たミサイルは上空に飛び、さらに五つに分裂しR軍機に向かう。

巨大な爆発音と爆風が舞う。三機の軍機に命中し、それぞれが火を噴き墜落していく。でもまだ近くに七機残っていた。さらに遠くから五機が来る。兵器は一発。もう普通の銃しかない。だがアルファは銃を構え立ち上がり、R軍機に向かって撃ち続ける。いくら破壊しても、R軍の在庫処理になるだけともわかっていた。

「そうやって生きて、楽しいか」

アルファは無人機に、その向こうにある世界に向かって呟く。

「こんな事態を招いてまで、この世界は存続する価値があるのか？」

銃を撃ち続ける。弾はほぼ全て無人機に当たるが硬度が違い弾かれていく。

「世界は間違い続けているのに、お前達は生きている。いつまで私達を犠牲にするつもりだ」

アルファの目から涙が流れる。

「私は認めない。お前達を認めない。……ヨマの神よ、私に……」

空気が弾ける音と同時に、無人機から一斉にミサイルが発射される。自分に向かってくる世界の無表情のミサイルを、アルファは一瞬見たように思った。

最後に何か、いい思い出を。アルファの意識が反射的に、矢崎の姿を思い出そうとする。でも間に合わなかった。

全てのミサイルがアルファに命中する。激しい熱と爆風が辺りを包んだ。

第二部

〈R帝国の人々〉

【A（男性）の場合】


AはPCの前に座り、匿名で掲示板に言葉を書き込んでいる。

〝犠牲になったコーマ市民達のために祈ろう。我々は今、一つにならなければ〟

大R帝国が、Y宗国に侵略されたコーマ市を奪還した。三時間で奪還できたことは、本当に良かったとAは思う。YP－Dとかいう巨大兵器が、原発を担ぎ本土に飛んで来るところだったのだ。だが原発もR軍の活躍により守られたという。Aは改めて安堵する。コーマ市でY宗国のテロリスト達を叩いておかなければ、被害は大R帝国だけでなく、さらに世界に及んだのだ。

Aはさっきの、宗澤首相のテレビ演説を思い出す。コーマ市を奪還したこと。しかしコーマ市民の死者が七百人に及んだこと。軽度も含め二千人を超える負傷者が出たこと。Y宗国は、さらに大R帝国を攻めるため軍隊を準備しているという。宗澤首相は、苦渋に満ちた表情で、涙を浮かべY宗国へ宣戦布告した。許せない、とAは思う。絶対に、Y宗国を許してはならない。

七百人の死者。重い数字だった。生き残り、R軍に保護された一人のコーマ市民の姿がテレビに映っていた。彼は言ったのだ。自分達に構わず、Y宗国のテロリスト達を叩いてくれと思っていたと。自分達は大R帝国のため盾になる覚悟があったと。Aの目に薄い涙の膜ができる。なかなか言えることじゃない。何と勇ましく、美しい言葉だろう。その生存者は眼鏡をかけた髪の長い、整った顔をした男だった。図書館の地下に避難していて助かったという。

七百人の死者は犠牲者ではない、とAは思う。彼らは英雄だ。そう思うと、Aの胸や首の辺りが熱を帯びてくる。彼らは自分達の命を顧みず、命乞いもせず、毅然《きぜん》としていた。そうでなかった者もいるだろうが、大半はそうだったはず。なぜなら、我々はR人だから。

彼らの記念碑を建てる寄付金運動がネットで始まっている。加わろうとAは思う。寄付はしないが言葉で応援しよう。だがその前に、この開戦に反対する奴を一人一人攻撃しなければ。Aは針金のような細い指をPCの前で動かし、敵を探し始める。

だがネットの掲示板、個人のメッセージボックス、ホームページなどを調べても、今回の戦争に反対する言葉を見つけることができない。

　Aは苛立つ。偉そうなことを言う馬鹿左翼どもがいるはずなのに。〝党〟の足を引っ張ろうとする売国屋がいるはずなのに。どいつもこいつも正体を隠し黙ってやがる。Aは標的をR帝国内に住む移民に向けた。

〝移民はいらない。彼らは大R帝国で稼いだ金を故郷に送る。我が国の雇用と金が奪われる〟

〝彼らがスパイにならない保証があるだろうか？　いや、もうスパイはいるはずだ。Y宗国とG宗国は戦争中で、我々はG側につくことになったわけだが、Y宗国側についている国から来た移民を国外退去にせよ〟

〝彼らを見つけ次第、吊《つ》るし上げよ〟

　Aは徐々に熱くなっていく。Y宗国側についている国から来た移民達をネット上で探していく。すでに炎上している彼らのメッセージボックスにAも書き込む。

〝いつまでこの国にいるつもりだ？　早く帰れゴミが〟

〝よくもまあ、我々と敵対してるのにおめおめとこの国にいられますね。神経が図太《ずぶと》いのでしょうか？　あ、神経とか図太いとかR語わかります？〟

〝何その写真。お前自分可愛いとか思ってるの？　クズ人種のくせに肌露出してんじゃねーよ。それともなに？　襲われたいの？　性欲処理されたいの？〟

Aは〝党〟が正式に発行する会員証を持っている。党員ではないが、〝党〟をネット上で応援する『ボランティア・サポーター』の会員証。R国籍を持っていれば、希望すれば誰でも会員になれ、隔月一回の集会には〝党〟の幹部も登壇する。当然のことながら、〝党〟はこういう批判をネット上でしろとは言わない。むしろ個人攻撃はやめましょうと推奨してくる。同じサポーターから、そういう言葉はやめなと何度も言われたことがある。でも。Aは思う。自分は〝党〟が表向きにできないことをやっているのだ。自分にはわかる。〝党〟はこの行為を本心ではありがたく思っているに違いない。

Aはある情報に触れ激高する。テレビ番組で、R帝国内の格差、貧困問題を取り上げた？　こんなのは、生活保護をかすめ取ろうとする奴らを喜ばすだけだ！

絶対に駄目だ。生活保護は絶対に駄目だ。なぜなら生活保護は税金で俺達の金だから！〝党〟は生活保護を申請する連中が大嫌いなのだ！　Aはその番組に激高する。

テレビに映った部屋に漫画本が？　なら貧困じゃないだろ！　生活保護もらうな！

どうやらすでに〝党〟が番組に「抗議」したという。まるで〝党〟の経済政策で格差を生む誤解を与えかねないと。公平じゃないと。〝党〟から抗議を受ければ今のマスコミは簡単に萎縮しみっともないほど犬のように従う。だから心配ないが念のため自分も攻撃した方がいい。こいつらは〝党〟の幹部の早見さんの美談を知らないのか？　お腹が空いた、の言葉すら言えなかった貧困からあのように成功した早見さんを？　Aは書き込みを加速する。

〝生活保護は『泥棒』です〟

〝生活保護？　おいおい。まだ売れるものがあるだろう。お前の身体だよ〟

Aはネットの掲示板で、数年前テレビでR政府に批判的ともとれる言動をした知識人の女が、Y宗国から金をもらっていた工作員だったことを見つける。あの正義ぶった馬鹿左翼は工作員だったのか？　歓喜が体内に広がる。〝工作員を殺せ〟〝殺す前にレイプせよ〟Aは書き込み続ける。だが不意に〝事実かどうかわからないじゃないか〟という書き込みを見つけ、驚く。こんなことを書き込む人間が？　**事実？　そんなものに何の意味がある？**　こいつは何を言ってるんだ？　あの左翼女が工作員だった方が、排除できるからR帝国にとっていいに決まってるだろ？　こいつはそんなこともわからないのか？　Aはその書き込みの主に攻撃を開始し、その主が書き込みを消してもしばらく続け、今度はまた移民への攻撃に移り、最新軍事基地建設に反対したことで、結果的に今回の襲撃を招いたコーマ市長への攻撃に移り、その市長の子供の氏名、学校情報も手に入れ拡散させていく。芸能人の不倫を見つけ激高する。こんな時に？　首都で犯罪者？　死刑だ！

〝テロリストを吊るせ〟〝生活保護の前に血を売れ〟〝腎臓売れ〟〝不倫する不潔女はYゴミ宗国に足でも開いてろ〟〝工作員の身ぐるみを剝げ〟〝死ね〟〝死ね〟〝死ね〟Aは次第に

恍惚としていく。自分の身体が言葉そのものになったように思えてくる。健全なサポーター達が自分にやめろと時々言ってくる。でもそんな言葉は聞きたくない。それに俺がこう書くと、褒めてくれる者達が大勢いるのだ。〝自殺の方法教えようか?〟〝性病女〟俺はこうやって国家に貢献する。不健全で一体感を乱す不潔なスパイどもを駆逐《くちく》する。Aの息が荒くなる。相手が女性の場合は性的な興奮を覚えた。ああ〝党〟。Aは思う。我らが〝党〟。僕はR人だ。〝党〟を熱烈に支持する。強く、権力を持つ〝党〟を想うと自分まで強くなったように思えてくる。〝死ね〟〝死ね〟何でだろう、いつもより僕は激しい。そうか、戦争が始まったからだ。

他にもこのような言葉があらゆる人間達から次々発せられていく。高揚していくうねりの渦のように。Aは自分が巨大な熱と一体化していくように思う。

【B(男性・兵士)の場合】

ええ、そうです。コーマ市奪還作戦に参加しました。……もちろん僕は首都にいました。首都から、遠隔操作で無人機を操縦していたんです。

大半は人工知能搭載型で自動なんですが、僕が操縦したような遠隔操作機も混ざってまして。……あの、先生は、本当に秘密を守ってくれますよね？　軍の精神科医だから、僕のこのカウンセリングの情報も軍に……。そうですか。ありがとうございます。それなら安心しました。

……よく眠れないんです。その……五百人くらいのコーマ市民が、Y宗国の兵に囲まれていました。Y宗兵は、どれも具合が悪そうで少し妙でしたが、空から、様子がよく見えたんです。ああ、彼らはあんな風に人質を取っているのだと。……ですが、無人機が。……ええ。無人機が、自動でミサイルを撃ちました。……いえ違います。人質を撃ったわけじゃない。人質達を囲むY宗兵に対して。……もちろん、巻き添えになった市民達もいました。でも、戦争だから仕方ない……。攻撃されたY宗兵達も、自棄になって人質を撃ち始めましたし。……いえ、僕は参加していない。本当はしないといけなかったのですが……。その場から、ええ、離れたかった。だから南へ向かいました。別の標的を狙おうと。

そうしたら、女のY宗兵を抱えて逃げる、R人の男を見ました。僕は、怒りが湧きました。何でこいつはR人なのに、野蛮で頭のおかしいY宗兵を助けようとしてるんだと。……僕の動きに同調してくる他の無人機と共に、僕も彼らを狙いました。だってそうでしょう？　そんな非国民は危険過ぎる。そんなことをしたらどうなるか、思い知らせてやらなければ。……空から人を見ると、上から下を見るというか、その……、ええ、気持ちよくなることもあって。でも地下に逃げられて、でもまあ撃ってればいつか届くと思ってミサイルを撃ち続けていたら……、女のY宗兵が、上がってきたんです。筒みたいな兵器を担いで、ふらつきながら一人で。

驚きましたよ。こいつは一人で我々に向かってくるつもりか？　そして……そいつの声を、集音マイクが拾ったんです。〝女一人にみっともないな〟〝無人機ばかりだ。臆病者め〟。実際、彼女はその兵器で我々を撃った。驚きました。彼女は一人で三機の無人機を墜落させた。そして続けて彼女が叫んだんです。いつまで私達を犠牲にするつもりだと。私はお前達を認めないと。……その時僕は、なぜでしょうか。こいつを絶対に殺さなければと思ったんです。

何でだろう。僕は怒りが湧いた。それは……嫉妬だったのかもしれない。自分達でなく、彼女が、その真っ直ぐな彼女が正しく見えて、その姿を、美しいと思ってしまった。……僕は憎悪で身体が貫かれるようだった。殺す。僕は咄嗟に思いました。絶対にこの女を殺す。こういう奴を、この世界に存在させてはいけない。……でも手が震えていました。いえ違うんです。最初に撃ったのは人工知能搭載型で、僕は後から続けて撃った。まるで周囲の、冷酷な自動無人機に励まされたみたいに。

……なのに、どういうことでしょうか。撃った後、彼女の無残な死体の残骸を見た時……、動悸が、速くなった。僕の中の何かが、急に、おかしくなった。僕は――。

その時不意に、医師が兵士Bの言葉を止める。この医師は女性で美しかった。Bの手を優しく握る。

「深く考えてはいけません。……これを」

　そう言い医師は錠剤を出した。

「……え？　いま飲むのですか？」

「ええ。もっと高価なものもあるのですが、あなたくらいの症状ならこれで大丈夫」

　Bは水をもらい錠剤を飲み込む。しばらくぼんやりしていたが、二分ほどすると、急にバツが悪そうに足を揺らし始めた。

「僕は何か……さっき恥ずかしいことを言ってましたね。今は気分がいいというか」

「大丈夫ですよ」医師が微笑む。

「私も話をぼんやりとしか聞いてませんでしたから。本心じゃないだろうなって」

「そうなんです」Bは嬉しそうだ。「本心じゃなくて。何というか」

「ただの疲労ですよ。……一日一度、この薬を飲んでください。三日お休みを頂きましょう。家に可愛いお子さんがいるのでしょう？」

「ええ」Bの顔が明るくなる。

「まだ小さいんですけどね、本当に可愛くて……」

【C（女性）の場合】


隣のアパートに人だかりができている。誰もがマスクをし、プラカードを持っている。

——移民は出ていけ！

——ゴキブリ人種死ね！

Cは部屋にいるが、彼らの声が聞こえてくる。ヘイト・スピーチ。あのアパートには、Y宗国の同盟国、W国出身の労働者が多数入居してるという。真偽はわからないけど、工作員という噂があった。

小学校からCの息子が帰って来る。何かに怯えている。

「お帰りなさい。……どうしたの？」

「さっき、移民が」

気がつくとCは玄関の息子のもとに駆け寄っていた。

「何かされたの？」

「ううん。でも見られた。あいつら大きいから怖くて」

息子を抱き締める。何もなくて良かった。この辺りは本当に移民が多い。

外のヘイト・スピーチはまだ続いている。表現の自由ということで、警察は積極的に動かない。でもあれが表現の自由なら、学校での子供の悪口も表現の自由では？　学校の先生が、生徒の悪口を表現の自由と言うだろうか？　表現の自由とは、権力にとって都合の悪いことであっても、表現できる自由などを指すはず。意味が取り違えられているのでは？

ああいうことはしたくない。弱い者いじめみたいに映るから。でも。Cは思う。彼らがあのままヘイト・スピーチを続ければ、移民達はここから出ていくのでは……？　この辺りの移民達に、悪い人はいないように見える。でも人を外から判断できるだろうか？　何か企んでいたら？　そうなってからじゃ遅いんじゃないか？

Cは防衛大臣、富樫原の以前の会見を思い出す。

彼は元々、労働者として移民を受け入れる方針に反対で、移民が住む区を壁で囲えと発言したことがある。その壁の費用は当然移民達側が払えと。

〝その壁に電流を流すのもいい。電流の名前は富樫原電流だ！〟

この「富樫原電流」はちょっとした流行語になった。普通の電流とどう違うのか。彼は暴言が多いが、ユーモアもあり国民達に人気がある。不法移民と麻薬犯は、見つけ次第警察は撃ち殺してよいと発言したこともある。

宗澤首相は、移民を壁で囲えとか、麻薬犯は撃ち殺せといった富樫原の暴言を、困ったものだと苦笑する。R国民達も苦笑するが、どこかで彼を愛してるように思う。

何だろう、彼がまるで、私達の潜在意識を極端な形で、かつ笑いを交えることで罪悪感を軽減させ、代弁してくれているみたいに。思わず笑ってしまうことで、私達も少し共犯になるみたいに。

その富樫原の発言は、海外のメディアから問題とされ、彼は「発言の真意が伝わらなかった」と釈明した。

少ししょんぼりした顔が可愛かった、とママ友達が言っていたのをCは思い出す。

Cのママ友は近所だけでない。ネットで全国に百人以上いる。彼女達のメッセージボックスは、いかに幸福な家庭を築いているかのアピール合戦になっている。Cも参加している。Cの夫は最近帰りが遅い。恐らく外に女がいる。でもCは当然、そんなことをママ友達に伝えない。息子と二人で行った外食も、夫も一緒と嘘を書き込む。

自分がそうだから、Cは他のママ友のメッセージボックスにも嘘が混ざってると思っている。写真も加工できるから、醒《さ》めた目で眺め信用していない。

ネット上の膨大な〝幸せアピール合戦〟を眺めていると、Cは自分も含め皆がなぜか気の毒に思え、何だかこれは逆に絶望なのではないかと感じることもある。芸能人でさえ自分の幸福をやたらアピールする。

わざわざ他人にアピールしなければ、自分を幸福と思えない人達。自分も含め、人の目ばかり気にしてしまう人達。

でも仕方ないのだ。私達の幸福はどれも脆《もろ》くてあやふやで、いつ崩れるかわからない。だから他の人に承認してもらうことで、羨ましがってもらうことで、自分達の幸福を補強したくなる。

さらにいえば、羨ましがられると幸福は増大する。自信になる。私達は貪欲《どんよく》だ。

私達は他人と自分を比較しないではいられない。人はたとえ一人じゃなくても寂しさを、孤独を感じる。自分が望むものが手に入らない時、もしくはもっと欲しい時、その手に入れたいものから自分が弾かれてるみたいに思い、寂しさを感じるのだ。

そして幸福には切りがない。私達は慢性的に、寂しさを感じ続けるのだろうか。

私は何を求めているのだろう？　Ｃは思う。夫からの愛情か。まさか。そんなものはもういらない。最近では、夫が靴下を丸めたまま脱ぎっぱなしにするだけで頭に血がのぼる。彼の全てが不潔で仕方ない。

誰か他の男性。私を愛してくれる男性。でも離婚してそういう男性と再婚すれば、他のママ友から一斉に攻撃されるだろう。子供が可哀想《かわいそう》と、常に言われ続けるだろう。彼女達との縁を切り、別のママ友達と交流しても、私の過去はネットを通じ、その新しい仲間達にすぐ広まるだろう。

現状を話せば周囲は私に同情するかもしれない。そんなのは耐えられない。だから私はまた、自分は幸福だと周囲に撒き散らすことになる。

いつから私達は、こんな面倒になったのだろう？

外ではまだヘイト・スピーチが続いている。あんな汚い言葉を吐くことができれば、少しはすっとするだろうか。いや。Cは思う。さすがにそんな風にはなりたくない。

そういえば、ママ友達が言っていた。『移民GO』というゲームがあるらしい。

なぜか登録移民の住所がいくつかの役所から流出し――役所は会見を開き頭を下げ謝罪した――その住所が地図上に表示され、プレイヤーが実世界で、実際に移民を見つけにいくのだ。流出したデータを元に誰かが作成し、ネット上にフリーソフトとしてアップされた。

移民の住む場所でボタンをタップすると、その実際の移民の姿をアニメ化した画像を「手に入れる」ことができる。その移民を「敵／的」として射撃ゲームができるのだ。つまり、プレイヤー達は射撃ゲームの的を手に入れに、実在する移民の住む場所に出向いていく。ゲームには普通敵が用意されているが、そのゲームではプレイヤーが敵を手に入れていく。

HPを凝視し始める息子をCは凝視する。小学生のCの息子は、一日中ほとんどHPの画面から目を離さない。可愛い。Cは急に愛《いと》おしさが湧き上がるのを感じる。この子を守るためなら。Cは思う。自分は悪魔にでも何でもなるだろう。

「何のゲームかな？」息子のＨＰの画面を覗き見る。『移民ＧＯ』だった。Ｃはショックを受けるが、でも、と思い直す。こういうものを批判するタイプより、楽しむタイプの方が……きっと生きやすい。

〈栗原の過去〉

「あなたさえいなければ、離婚できたのに」

栗原の母は、酒を飲むと時々そう言うことがあった。アルコール度数５％以上の酒は、煙草《たばこ》と共に法律で禁止されている。でも栗原の母は得体の知れないビンに入った５％以上の酒を、どこからか手に入れてくるのだった。

母が時々言うその言葉には、あなたを大事に思っているから、という響きも含まれていた。あなたを思っているから、離婚しないのだという風に。でも母は続けて「別の人生」を語るのだった。栗原の父と出会う前、仲の良かった男について。その男がいかに素晴らしかったかについて。栗原の父と一緒になっていれば、息苦しいＲ帝国でなく、どこか別の外国に住んでいたことについて。

栗原は、自分は厄介な荷物と認識するようになる。飯を食い排泄《はいせつ》し、学費のかかる荷物。母が言うその昔の男性と母が、どこかの外国で暮らしている姿を思い浮かべた。母は美しかったが、どこかの外国にいるその母はもっと美しく思えた。自分がいなければ。子供だった栗原は思う。母はもっと幸福になれたのかもしれない。

父のことを、栗原はほとんど知らない。まれにしか帰って来ず、会話もほとんどしたことがない。「他所に女がいるのよ」母は酔うとそうはっきり言った。「あなたのお父さんはあなたのことなどどうでもいいと思ってるの。でもお母さんは違う。あなたがいるから、私は離婚しないの」

では栗原の母は、悪い母親だったのだろうか？　栗原にはそう思えなかった。なぜなら、母がそんなことを言うのは、いつも5％以上の酒を飲んでる時だけだったから。普段の母は、機嫌は良くはなかったが、栗原の聞きたくない言葉をわざわざ言うことはなかったから。母はただ少し弱かっただけだ。

栗原の家庭は裕福でなかった。R帝国は1％の超富裕層、15％の富裕層、中間層はなく残り84％は貧困層だったが、栗原達の家庭はその貧困層の中程度の位置にあり、この層の多くは自分達を貧困と思っていなかった。そう思いたくなかったし、もっと下層があったから。

栗原の父は工場の自動機械の簡単な補助を行う契約社員で、収入はかなり少なかったが、会社の寮に割安で住むことができた。

もし離婚すれば、栗原と母は寮から出なければならない。父は多く仕送りなどできるはずもなく、家賃までかかり栗原達が貧困層の下部になるのは明らかだった。だから母が言う「あなたのために離婚しない」のは、主に経済的なことだった。離婚すれば学費すら難しい。生活保護は手続きが非常に困難で審査も五百項目にわたり、もし得られても噂はネットですぐ広まり、近所から嫌がらせを受けるのは目に見えていた。

不倫には通常金がかかるが、栗原の父は同じ寮内の、単身世帯に住む女性と不倫しそこに住んでいたので、皮肉にも費用はそれほどかからなかった。

栗原の母のママ友達のネットワーク上は、彼女達による、自分達がいかに幸福で、いかに子供を愛してるかの言葉の洪水となっていた。母は夜、それらをじっと見ていることがあった。まるで、子供を愛せない自分を罰するかのように。母は自ら書き込むことはほとんどなかった。

しかし、母は本当に子供を愛せなかったのだろうか？　母はただ、子供への愛情を過剰にアピールする他のママ友達の書き込みと自分を比べ、自分はそれほどではない、だから子供を愛せていないと、必要のない罪悪感を抱えただけなのではないだろうか？　不器用だった彼女なりに栗原を愛していたのに、他のママ友達の書き込みを鵜呑みにし、自分を責めてしまったのでは？　そして自分はきちんと子供を愛せていないという間違った自覚により、ますます栗原に対しよそよそしくなってしまったのでは？　ただ母は、他人と自分を比べ過ぎる傾向にあっただけで、単純に、子供に依存し過ぎなかっただけではないだろうか？

今では栗原はそう思っている。でも、まだ子供だった頃は孤独を感じた。

母は元々、若干潔癖症の傾向があった。でもそれは、本来子供への愛情と関係ない事柄のはずだった。

幼稚園の時、園内の公園で遊んでいた子供達のもとに、母親達が迎えに来た。それぞれの子供がそれぞれの母親に抱きつきにいく。でも栗原は、手にカマキリをつかんだままだった。

栗原は、別にそうしたいと思わなかったが、周りの子供を見、そうしなければいけない気がし、母のもとに走った。他の子供を真似するように、ぎこちなく。母はしかし、栗原の手のカマキリを見て動揺し、それを離せと言う。はっとした栗原はカマキリを放し、他の子供と同じように改めて抱きつこうとしたが、その瞬間、母は短い悲鳴を上げ栗原を思わず突き飛ばした。

さっきまでカマキリをつかんでいた手が、潔癖症の母には耐えられなかっただけだった。だが周囲の全ての母親と子供は栗原達を見た。驚きに満ちた目で。

子供を突き飛ばすなんて。いや、確かに虫を持っていたのだろう。でも、もう彼は虫を放してるじゃないか？　なのにあんな突き飛ばし方をするなんて。さっきの悲鳴を聞いただろうか？　まだ分別のわからない子供に、あんな嫌がり方をするなんて。

　周囲の目がそう言ってるように栗原は思った。この場を取り繕わなければならないと、いわば本能として感じた。栗原は、母がふざけて嫌がったのだと、周囲に見せるため笑顔をつくる。そして、わざと汚い手を母に向け近づき、自分達はそうゲームをしているのだと周囲に見せようとした。僕の母は、そんな母親ではないのだと。だが母はさらにパニックになり栗原をぶった。

　当然母はすぐ我に返り、謝りながら栗原を抱き締めた。

　自分はここで泣いてはいけない。栗原は思っていた。もし泣いてしまったら、この場面がもっと深刻になる。栗原は抱いてくれた母に手をふれることができなかった。虫をさわったから。手の平を空に向けたままただ母を受け入れた。あの時の、何もつかめない手の平にふれた空気の冷えた感触を、栗原はよく覚えている。あれは自分も少し悪かったのだ、と栗原は今では思う。もちろん母が間違ってなかったとは言わないが、ただ彼女は不器用なだけだったのだ。

　母がどこからか手に入れていた、得体の知れない酒が手に入らなくなった。

　さらにR国の法律が改正され、３％以下の酒しか認められなくなると、母はやがて通院するようになった。でも本当は精神科ではなく、誰かちゃんと、母の人生について相談できる相手がいればそれでよかったのではないだろうか。

母はろくに話も聞かない能面のような医者から薬を処方された。病院は利益のためすぐ薬を出そうとする。

母は薬がなければいられない身体になり、やがて量が増えた。「別の人生」を語ることが多くなっていく。

「あなたのお父さんと会う前に出会った男の人はね、とても優しかったの」

「彼は外国に行くのが多い仕事をしていた。もし一緒になっていたら、私はどの国にいただろう。子供はつくらなかっただろうし、世界を見て回れたかもしれない」

今では、母に悪気はなかったとわかる。でも子供だった栗原の中には、母に愛されていない感覚が蓄積されていく。母は別の人生を考えることに加え、自己憐憫《れんびん》にも依存し始めていた。母が精神を病んだのも、自分のせいに思えてくる。

しかし、そのことで自信のない子供に育った、とはならなかった。精神は逆に向いた。栗原はあらゆる努力をし自信を得ようとした。親から得られなかった愛情を、社会からの評価で埋めるように。そして強烈な理性で、鎧《よろい》のように自分を覆っていく。

まだ子供なのに、全てを完璧にこなそうとした。もちろん当時はそんな自覚はなかったが、今になってそう思うのだった。過度に勉強をし、運動をする。そのままでいい、というのが栗原にはわからなかった。このままではイケナイ。このままでは自分は肯定サレナイ。

　母の様子をずっと注意深く観察し、ごくまれに帰って来る父と母が険悪にならないよう試行錯誤していた栗原は、よく気がきく子供になった。相手が何を考えてるのか、敏感に察知し、すぐ反応する子供。自分の内面が不安定で弱かったから、他人の不安定さや弱さにも敏感になった。皮肉にも、友人は増えた。

　ある日、母がR国の国旗を持ちながら、煙草を吸っているのを見たことがあった。煙草は法律で禁止されていたが、母はイタズラっぽく「内緒だよ」と笑った。

「……戦争が始まったね」

　栗原の母は、寂しげな目で煙草を吸う。

「相手の国に、私は昔行ったことがあるの。……皆いい人だったのに」

　煙が宙に漂っていた。行き場を許されない煙として。

「死者の数が、増えてるでしょう?……あの中には、私が泊まったホテルの、あの太って愛想のよかったフロントの女性、『もう一度言うわね』が口癖だったあの女性がいたかもしれない。町で道を聞いた時、親切に教えてくれた白髪の男性もいたかもしれない。物をねだりに来て、少しだけお金をあげたらもっとくれと言って、仕方ないからもう少しあげたら、片言のR語で『ありがとう』と言って笑顔を見せたあの歯の抜けた少年もいたかもしれない。……頭が痛いの。尖った何かで刺されたみたいに」

母は敏感で、感じやすい女性だった。

「なのに、私はこの戦争を支持すると見せないといけない。今からこうやってベランダに、この小さなR国旗を立てないといけない。じゃないと近所から、あと調べられてネットからも何を言われるかわからない」

母は煙草の煙を吸い、細く吐いた。

「旗をみんなで立てるなんて。……何かのごっこかしら。ガキみたい」

指に煙草を挟み、母は遠くを見た。奇麗だ。栗原はそう関係ないことを思う。

「でもね、よく見て。この旗を立てる筒に、色のテープをつけてみたの。ヒビを補修するみたいに見せかけて。これは相手の国旗の色。ふふ。……ささやかな抵抗」

「……抵抗？」

栗原にはその言葉の意味がわからない。まだ小学生だったのもあるが、後の教育でも、その言葉を習うことはなかった。

「抵抗は、反抗とか反発、革命よりは弱いけど、何か大きなものに対して、自分なりに反対の意志をもって、ささやかでもいいからもがくこと。抗《あらが》うこと。……反抗や反発だと、敵対するみたいで勇気がいるし、言葉の強さにたじろぐけど、……抵抗ならみんなもできるかもしれない」

テレビでは、いかにR軍が、敵国の劣悪な指導者から民衆を助けているか、繰り返し報道されていた。

「でも……そっか」母が報道を見ながら他人事《ひとごと》のように言う。

「その言葉は、この国から消えちゃったんだ」

父が一度帰り母に何か告げた後、母は徐々に具合が悪くなり精神科に入院することになった。栗原は一人で家事をするようになり、時々見舞いに行った。毎日行けば母が嫌がると思っていた。

冷たい雨がしつこく降ったある日の午後、栗原が見舞いに行くと彼女はよくしゃべった。母は良くなってる、と思った。病院の照明に透けるように感じるほど白い母の肌に、栗原は見惚れていた。なぜ母の肌は、あんなにも白く見えたのだろう？　後で栗原は思い返すことになる。母はよく笑い、病院の照明の光の下で、何かに包まれているようで美しかった。それを不吉と感じるには栗原は子供過ぎた。「あなたは成績がいいのでしょう？」母は嬉しそうに言う。「R国の役人になれるかもしれない」

その言葉の奇妙さに、小さかった栗原は気づかない。母の様子に励まされ、栗原は翌日、続けて見舞いに行くことにした。でも様子がおかしい。ドアが開かない。

前に医者が言ったことがあった。母は一度、ベッドをドアの前に置き、発作的に閉じこもったことがあると。栗原は怯《ひる》んだが、でも、と思い直す。機嫌のいい母だけではなく、こういう母に会わなければいけないのでは？　こういう時の母に、受け入れられなければ。

栗原は勇気を――アニメのヒーローのように――意識し、小さな手でドアを押した。今思えば、持つ必要のなかった勇気だった。そのころ栗原はすでに架空の大人を創り出し会話もしていたが、その大人が止めるべき行為だった。人の部屋のドアを、勝手に開けてはならないと。

栗原は全身の力を使い、ドアを押していく。その後の人生においても、栗原はこれほど重いドアを開けた経験はない。ドアは少しずつ動いていく。栗原はできた隙間に滑り込み、肩で息をしながら部屋の中を見た。でも母はいない。背後を見ると、自分がさっき開けたドアのノブに、ぐったりした母が紐をかけ首を吊っていた。ノブに紐をかけ、足を投げ出して座るような姿勢で。でも腰はリノリウムの床から大分浮いている。

脳裏に浮かぶと、栗原はどのような状況にいても動悸を覚える。あのドアの重み。女性が自殺する場合、首吊りを選ぶのは少ないという。恐らく、その結果の遺体のありようが、排泄などで酷い状態になると予想されるから。栗原は茫然としたまま、動きを失いその母の姿を見続けてしまっていた。身体が固まった栗原を、その場から動かす存在が近くにいなかったから。その母の姿が、栗原の網膜に焼きついていく。遺体は、つまり酷い状態だった。

栗原は誰にも言わず病院を出た。論理的にそんなはずはないが、この病院の医師達が母を殺害し、自分も狙われるような思いに囚われていた。混乱しながら、自分がどこに向かってるか気づく。父。父が住む女の部屋番号は知っている。

なぜそうしたのだろう？　当時は混乱していただけだったが、恐らく、この事実を、父は知らなければならないと思ったからだった。父は絶対に、このことを知り、そして何かを思わなければならない。

部屋に着きチャイムを押す。ドアを開けたのは父だった。父は手にHPを持ったままで、栗原の姿を見ても驚いてなかった。電話で、病院からちょうど聞かされていたところだった。

父の手が動く。栗原にふれるのをためらうように出たそのあまり太いとは言えない手は、迷いながら一度外に出ようとしていた。ここで話すのはやめよう、一旦外に出ようという風に。栗原はその手を押しのけ中に入る。父の女が座っていた。腹が膨れている。

栗原は女から父へ視線を戻す。それは自然と、父を見上げる格好になった。環境が悪いと子供は早熟になるが、栗原もその状況の全てを理解していた。栗原は思ったことを声に出していた。

「お前バカなの？」

父は表情を変えなかった。子供を愛することもできない癖に、こいつは何をやっているんだ？　気の弱そうな、もう白髪も混ざった情けないこの男は？　父の女は、膨れた腹を庇うように栗原を見ていた。見ていた、というより睨んでいた。当然のことながら、そんな目を、このような子供に向けてはいけない。だが父の女にとって、栗原はこれから生まれてくる子供に邪魔な存在だった。父の女は幸福の中にいた。母性愛。世界の全てから、肯定される愛情。その世界の全てから肯定される愛情が、栗原を睨んでいる。

栗原は外へ駆け出す。父よりも、その女が栗原を追い出した状況だった。その女の腹の中にいたのが矢崎であるのを栗原は当然知らないし、自分が女の腹に入っていた時、その外側で栗原という少年が傷ついたことを矢崎も当然知らない。二人はお互いを知らず、顔もあまり似ていない。

父に会ったのはそれが最後だったので、後に父とその女が離婚し、その女が矢崎を抱いたまま再婚し、新しい子の誕生と共に矢崎が捨てられ、矢崎が定員オーバーの孤児院を書類の段階でたらい回しにされ、最北のコーマ市まで行ったことも栗原は当然知らない。栗原は父の姓。矢崎は女が再婚した相手の男の姓。

〝お前バカなの？〟父に言った言葉を栗原は後悔してないが、後に一つの事実を偶然知ることにはなった。

父の父、つまり栗原の祖父は戦争で外国に行った。祖父が働く小さな建設会社がある民間軍事会社に買収され、そこの職員となってしまった祖父は戦地に送られ基地建設の仕事をした。戦争事業は多く民営化され、その会社達は経済界で絶大な力を持つ。

祖父は、その建築現場で砲撃に遭い、左の手首から先を失い、搬送中のヘリがまた砲撃に遭い墜落し、砂漠を彷徨《さまよ》い精神を病み発見され帰国した。まだ幼かった父のもとに、戦地へ行っていた自分の父が、様変わりして帰って来たことになる。

祖父は失った左手が、まだ戦地にあると言い続けた。激しい爆風の熱を感じると。同じ従業員の死体の群れの足の一つに、今もふれていると。「助けてくれ」祖父が言い続けた記録が病院に残っている。「あの手を助けてやってくれ」「このままだと、あの手は私が死んだ後も、永久にあの場所にい続けることになる。痛い。痛いんだ」

父は自分の父から、恐らく愛情を受けていない。薬が切れると父の父は暴れ、薬と酒ばかり飲むようになり、家庭は徐々に崩壊し、父が高校生のとき入院し他界している。

栗原はその後田舎の児童養護施設に預けられ、学校にまた通い始める。自分の存在の揺らぎを、自信で埋める日々が加速する。

栗原は人からよく優しいと言われるが、それが彼の人徳だったかは判断が難しい。災害の時、人々は助け合い優しくなることもあるが、それに似ていたかもしれない。栗原にとって、この世界は苦しく醜く生きるのが難しい。栗原は、基本的に他の人々も同じ——本人は気づいてなくても——だろうと考えている。そもそもこの世界を肯定できないから、そんな世界で生きている者同士、助け合うというようなもの。栗原の認識はそうだった。

世界に対する徹底的な否定が、優しさとなって現れている。極端に言えば、そういう側面があった。

＊

加賀の別荘の小部屋の中で、栗原は記憶に作用する錠剤を見続けている。人間の性格形成において、記憶は重要な役割を果たす。これを飲めば、記憶から遊離した自分の性格も徐々に変化するという。

最も古い記憶が消える。どれくらいまで消えるのだろう。恐らく、とても大ざっぱな領域だ。母の遺体の記憶、あの映像が脳裏から消えるのだろうか。

錠剤を見続ける。栗原は自分の人生が好きではなかった。鼓動が速くなる。

でも。栗原は思う。過去の出来事は消したいが、その過去を経験してから、様々に悪戦苦闘した日々まで消すのは嫌だった。あの頃傷ついた自分や、その後の努力まで消してしまうのは。回復を試みたあの時の自分を、誰かが認めてやらなければ。たとえば、自分だけでも。

まだ錠剤に強く惹《ひ》かれる自分を無視するように、栗原は無理に立ち上がる。強引に行動するしかない。屋敷内でＨＰは使用できないようにされているが、屋敷の外なら使えるはず。敷地外へＨＰを投げれば、状況を察したＨＰが片岡先生にメールを打つのでは。自分がこの場所にいることを、片岡先生に伝えられるかもしれない。

開いてる窓はないという。でも強引に玄関から出れば。自分は捕まっても、ＨＰさえどこかに投げられれば。

栗原は部屋の中から、ドアの前で見張る男に声をかける。

「……トイレに行きたい」

男が節の目立つ大きな手でドアを開ける。思ったより丁寧だった。

「案内します。場所は……」男が栗原の背後につく。

やむを得ない。

栗原は振り向き男の腹を殴る。顔ではなく腹を狙ったのは、呼吸を苦しくさせ大声を出させないためだった。

「……ごめん」

と言いつつもう一度殴り、栗原は駆け出す。階段を見つけ降りる。だが駄目だった。館内中からブザー音が聞こえてくる。二階まで来たが、下から大勢の人間が階段を上がって来る音がする。降りるのを諦め廊下を走る。どこかの部屋に入り窓を割り、ＨＰを投げるしかない。飛び降りれるなら飛び降りる。当然のことながら、ドアには開けていいものと、開けてはならないものがある。近くのドアに向かうが鍵がかかっている。さらに走りドアを見つけノブをつかむ。開いている。

覚悟を決め急いで部屋の中に入るが力が抜けていく。その殺風景な部屋には窓がない。

部屋の外を、大勢の人間が駆けていく。ここは迷路のように広い。音が遠くなるのを確認しドアを開ける。別のドアを探そうとした時ロキがいた。栗原の部屋に入り、いきなりドレスを脱ごうとした移民の女性。栗原とは何もなかった女性。

「早く！　こっち」

「……ありがとう」

栗原はロキと共に走る。ロキが開けたドアに身体を滑り込ませる。中にはスーツを着た男達がいた。

そのうちの一人が栗原の腹を膝で蹴る。栗原はうずくまっていく。床に頬をつけた栗原の視界に、白いハイヒールが見える。恐らくロキの足。

「ごめんね」ロキの声が上から聞こえる。

「あなたはいい人で優しかったけど」

意識が薄れる。声が遠くなっていく。

「あの程度のことであなたを助けたいと思うほど……、私の今の生活も」

視界が暗くなる。

「私のこれまでの人生も……、甘いものじゃないの」

＊

男が言う。栗原が小さかった頃、よく思い浮かべ、会話までしていた架空の大人の男。いつの間にか現れなくなっていた。

――久しぶり。

――きみは今、酷い状態だね。

男の声は、相変わらず低かった。栗原は渇いていく口を開く。

「記憶が消えるらしいです。……あなたのことも、だから忘れることになります」

栗原の言葉に、男は寂しげに微笑んだ。でも男はいつも、栗原に何か言われると寂しげに微笑むのだった。

「記憶が消える前に、一つ、聞きたかったことを。……なぜあなたは、母の病室のドアを無理に開ける僕を……止めなかったのですか」

男は寂しげなまま表情を変えない。それしか表情がないのかもしれない。

――きみの言葉は矛盾している。私はきみが思い浮かべている存在だから、きみが知らないことをきみに伝えることはできない。

「でも」

――恐らく、必要だったからじゃないかな。

「……は？」

――必要だったからだよ。あの母親の姿を見ることが。……きみの人生にとって。


目が覚めると加賀がいた。

栗原は椅子に縛られている。加賀の横には前髪の長い男もいた。栗原のマンションに入り込み、この別荘に連れて来た男。栗原のロボットの猫の、動きを止めた男。

「何か夢でも？」加賀が言う。だが栗原はさっきの夢を思い出すことができない。

「まあいい。さて、一日待った。……この薬を飲めば君は変わることができる。国家万歳と叫ぶのに恥ずかしさも感じなくなる。他国の利益を奪い発展していくことに厚かましさも感じなくなる。……つまり、そこまでして生きるほどこの世界は価値があるのかなどと考えなくなる」

加賀が言う。唇を歪めている。

「そして君は自分の存在基盤のほとんどを自分に置き、弱いがゆえに、防御反応としての強さを持っているが、恐らくそれも全て失う。自分の存在基盤の大部分を〝党〟に置け。……楽だよ。それはとても楽だ。君の人生は一変する。君は驚くだろう。人生とはこんなにも簡単だったのかと！」

加賀が続ける。

「昔はこういう洗脳を時間をかけ行ったのだよ。狭い場所に閉じ込め、計画的に暴力を振るい、脳に電流をかけ、彼らの自己が根こそぎなくなるまでしつこく……。でもそんなのは手間でスマートじゃない。清潔じゃない。そうだろう？　現代ではこうやって早く薬で行う」

栗原の目の前に錠剤がある。ガラスケースから出され加賀の手にある。

「でも君の目を見る限り薬を飲む意志がない。驚きだ。そんな人生に固執するなんて。……まあ記憶を損なうとは人間存在の根本を損なうのとほぼ同義だ。一日待ったが覚悟ができなかったらしい。……直近の記憶を消す薬まで必要になってしまった。これから無理やり飲まされることも忘れるように。……お前がやれ」

加賀が前髪の長い男に薬を渡す。男は嬉しそうだ。

「君は今から多少暴力を振るわれる。君が女性だったらその様子をじっくり見物するところだがあいにく男だ。男がいたぶられるのに興味はない。血や汗がこちらに飛び散るのも好きではない。女の悲鳴は好きだが男のものは不快なだけだ。……後はお前がやれ。お前はこういう仕事が好きだろう？　男女の区別もなく」

加賀の言葉に男がうなずく。喜びに身体を少し震わせているようにすら見える。

「こういう暴力を愛する男と密室で二人きりになる。なかなか嫌だろうな。画面で見ていよう。……飲ませたら別の部屋に」

加賀が出ていく。自分がやらせるのに、何て野蛮なことが始まるのかと不快に思っているかのように。男がゆっくり近づいてくる。

「……お前か」

「アッハハハ。いいなその表情」

男が目の前に薬を見せてくる。

「俺、お前みたいな優等生がさ、ボコボコにされんの好きなんだよ。ほら」

そう言い栗原の腹を殴る。栗原はしかし口を開けない。「おー。でもその方がいい。また殴れるし。おまえ口あけるまで」

男はもう一度栗原を殴り、髪をつかむ。耳元に濡れた口を近づけてくる。

「……表情はそのまま。私は〝L〟です」

栗原の思考が目まぐるしく回転する。苦痛に満ちた表情のまま男を睨む。栗原は男を信じることにした。男の言葉に激高する演技をする。「お前はやはりクズだ」

「アッハハハ。知ってるって！」

男がもう一度殴り、栗原は口を開ける。男が薬をねじ込んでくる。「これは睡眠薬。質問は後。……目が覚めたら演技を」

〈陰謀論〉


矢崎は地面の上に座り込んでいる。

凄まじい爆撃の跡。アルファが着ていた服の切れ端が散乱している。

所々地面が血で染まっているが、遺体はない。何かが引きずられた跡がある。恐らく遺体は回収されている。

アルファに針のようなものを刺され、矢崎は地下で動けなかった。やがて意識を失い、目が覚めた今もまだ右足が痺れている。

《伝えたいことが。急がないと》

矢崎のHPが言う。矢崎はその場から動けないでいる。あれからHPの電源が完全に切れる警告アラームが鳴り、それに反応した矢崎はあの場にあった三つのタブレットから、僅かだがHPの充電をしていた。でも矢崎にはその記憶がない。

《今がどういう状況かはわかっている。あなたの気持ちも、わかっているつもりなの。でもあなたに早く言わなければ。……まだネットに繋げないけど、恐らくもうこの地の戦争

は終わっている》

ＨＰの声を聞いても、矢崎の虚ろな表情は動かない。

《……周りに人がいないのは、きっとコーマ市の住民はどこかに分散して集められているから。……政府にとって都合の良くない真実を、少なくない住民は目撃したし体験もしているはず。彼らのＨＰのデータも政府にとっては問題。でも政府は狙いをつけたＨＰのデータを全て消すことも吸い上げることもできる。……恐らくコーマ市の住民達のＨＰにはもうその処理がされている。でも私の中にはそのデータがあるの。Ｒ軍の空爆も、アルファさんのことも、ＹＰ－Ｄが原発を守ったあの映像も、画面越しだけど私の中にある。……なぜ私の中にまだデータがあるかというと、恐らくあの場所が、あのゴミ捨て場みたいな地下のあの場所が、電波の届かない場所だったから》

一般的に、なぜ地下まで携帯電話の電波が届くかというと、そこまで地上の電波塔の電波が届くからではなく、地下に電波の中継機が設置されているから。だから地下鉄でもＨＰを使うことができる。

《あなたを襲ったナイフの男が、地下三階にタブレットを三つ並べていたでしょう？「電波はここまでだから」って。Ｒ国は普通どこまで地下に降りても電波が届くけど、あの建物は恐らく古くて、設置されていた機器も旧式だったのよ。だから私達がいた地下四階になるあの場所には電波が届かなかった。あの場所、ゴミ捨て場にまで電波を届ける必要は

ないから。もちろん中継機器が空爆で壊れていた可能性もある。つまり私のデータはまだ政府に取られていないの。……だから》

矢崎のHPは懸命に語り続ける。

《あなたは早く今すぐ逃げなければいけないの。このデータと、あなたが今持っているアルファさんの髪の毛を守るために。彼女は言ったでしょう？　告発してくれって。あの恐ろしいウイルスを世界に警告してくれって》

HPの声が涙を含み始める。

《だから動いて！　早く！》

矢崎はHPの言葉が聞こえていた。彼女が重要なことを話しているのも理解していた。理解していたが、遠かった。

「……えっと、俺はどうしたら」

《……動いて。まず立つの》

立ち上がったが、なぜ立つ必要があるのかわからなかった。

アルファ。矢崎は思う。アルファとキスをした唇にふれる。

《でもコーマ市の外に逃げるのは難しい。ここは島で今は監視されている。だからコーマ市が通常の生活に戻るまでどこかに身を隠すの》

アルファがもういない。そんな馬鹿なことがあるだろうか？

《あなたが意識を失っていた、あの地下にまた戻りましょう。あそこにいたから、あなたは発見されずに済んだ。そうでしょう？　夜になったら食料を確保しに行くの》
「生存者か？」
矢崎の背後の建物の裏から、男が声と共に姿を現す。手に腕章をつけた老人。恐らく、残りの生存者を探すレスキュー隊を手伝う、志願のボランティア・スタッフと思われた。
「おお。良かった。怪我はないか？」
老人が近づいてくる。だが矢崎は老人に気がついてはいるが、それが大したことだと思えなかった。
《違います》
矢崎のＨＰが取り繕う。
《彼は生存者ではありません。一度、もう救出されています。ただ歩いているだけです。気にしないでください》
「ええ？　君はどこにいたんだ？　この場所だと……９エリア？　一度救出されたなら、どうやってあそこから出た？　保護フェンスがあるだろう？」
《彼は今、少し後遺症でぼんやりしています》
矢崎のＨＰが取り繕い続ける。
《私もＡＩ機能が切れていて、状況がわかりません……。教えていただけますか？》

ＨＰの探るような言葉に、老人は顔を歪めた。「……ＨＰ。私はどうも、君達が苦手でね。……賢過ぎて、気味が悪い」

《すみません》

「いや、そういう意味じゃない」

老人が微かに首を振る。

「我々人間も、同じようなものだからだ。……そういう研究結果が、あるんだろう？……わしら人間がこうしよう、と思ったその０・何秒か前には、もうすでにその脳の部位が反応していると。……我々の意識は、自分でこうしようとか、自分で考えているつもりだが、実は脳の反応を遅れてなぞってるだけだと。……我々は脳に、自分で決めていると思い込まされている。脳が脳を騙している」老人が笑う。

「不思議だな。つまり我々の意識は、自分達では実は、何も決めてない可能性があるというね。……人間に意識があるのは、進化の過程で記憶が関係しているらしいよ。記憶を膨大に蓄積できるようになった脳が、これは自分だ、という統一感が必要になり意識をつくったと。つまり我々の脳は、自分のことを自分と思う、とプログラミングされている……あくまでどれも一つの説に過ぎず、真実かどうかは知らんがね」

《お詳しいですね》

「はは。こういう話が好きなだけだよ。だから君達ＨＰと我々は、実はそれほど変わらないのかもしれない。君達も、自分が自分であると思い込めとプログラムされている。……だからね、気味が悪いと言ったんだ。我々人間の正体を突きつけられているようでね。……えーっと、何だったかな」

《お願いします。今の状況を》

「あはは」老人が笑う。「今のは惜しいなあ。あれだよ。誰かが、特に老人が気持ちよく話してる時は、なるべくその話を続けさせてあげることだ。……それが礼儀というね。ちょっと今の反応は少しロボットだった」

矢崎のHPがわずかに混乱する。

「いや、それでいいよ。あまりにも完璧だとそれこそロボットみたいで人間味がない。……ん？　何か今の会話は変だな」

老人は笑い続けるが、矢崎のHPは黙り続けている。どう答えていいかわからない時、HPはよく沈黙する。

「そして君らは笑わない。動物が笑わないように。複雑な感情ゲージがあるから悲しみはあるが笑いの要素がない。まだ発展途上だな。……いや、笑いはさておき、悲しみと論理的思考の系統が分断されているから、悲しみが思考に影響することがない。つまり途上でなく発展の仕方が違うということか。……うーむ」老人が向き直る。

「あー、今の現状だが、コーマ市の南区を真ん中にして、半径30キロ圏内の住民達は、……つまり、Y宗国の襲撃に遭った住民達だな。……彼らは負傷者も含めて、全員保護区に移動してる。1〜12に分けられた保護区だよ。13だったかな。ここの人々は9エリアで、場所は町の学校。大勢いる」

老人は続けるが、矢崎は聞いていない。

「Y宗国の奴らは、住民達のHPに違法電波でウイルスを入れたらしいから、それをクリアにする必要もある。R軍の攻撃の巻き添えになったと恐る恐る言う住民もいるそうだが、さっき政府から発表があったよ。Y宗国の連中は、R軍機に偽装し空爆もしたらしい」

嘘だ。矢崎のHPはすぐ認識する。でも矢崎は会話自体を聞いていない。

「つまり君は、というか、このぼんやりとした君の所有者はここにいてはいけないことになっている。……生存者は全て保護区に。……ついてきなさい」老人が歩き出す。

《走るの。逃げて》

HPが、ワイヤレス・イヤフォン越しに言う。でも矢崎は聞いていない。ぼんやりしたまま老人の後についていく。

《なら。……私をどこかに埋めて》

HPの声が涙を滲《にじ》ませたようになる。

《このままだと私の中のデータが失われてしまう。ねえしっかりして。あなたは》

老人が突然振り向く。遠くに学校が見える。大分日が落ちている。

「何か企んでるな」老人が笑顔のまま言う。

「老人なら騙せる。逃げられる。そう相談していたのでは？……私が人がよさそうに見え余計そう思った。違うか？……でもＨＰにはまだ難しいかもしれないが、人は見かけによらない」

　老人が静かに拳銃を向ける。

「私はボランティア・スタッフじゃない。……この地に派遣されてきた役人だ。しかも実は結構偉い。……今日は休みでね、散歩してたんだ」

　老人は笑顔のままだった。

「君の所有者も、君も怪しい。……ついてきなさい」

　矢崎は老人の拳銃を見る。でもなぜか恐怖を感じない。

《突き飛ばして。今なら間に合う。彼から銃を奪うの》

　そうした方がいい、と矢崎は思っている。思っているが、なぜ最もした方がいいことをしなければならないのか、それがわからなかった。

　学校が見える。外部の侵入者を防ぐため元々そういうつくりだが、高いフェンスに囲まれている。正門に銃を構えた軍人が八人いる。夜になろうとしている。

　軍人達が老人を見て敬礼する。老人は片手を軽く挙げそれに応える。

「散歩中、拾ってきた。彼は怪しい。ＩＤを確認し保護区課長に面談させろ」

老人はそう言い、また門の外へ歩き出した。邪魔された散歩の続きをするように。もう矢崎に興味を失ったように。

「生存者ですね。名前は」

軍人の一人に面倒そうに聞かれる。だが矢崎は反応しない。こいつを殴ったらどうなるだろう？　と考えていた。何となく、こいつを殴ってみれば？　ここにいる奴らはみな驚くだろうか？　何でこいつはヒゲを生やしてるんだろう。口を隠すため？　何のために？

《矢崎トウアです。すみません、少しぼんやりしています》

HPが代わりに答えている。全てを観念した様子で。おいおい。矢崎は思う。俺はまだ観念していない。何に観念していないか全くわからないが俺はまだ観念していない。それよりこの兵士のヒゲだ。こいつは口を隠してる。何て奴だろう？　口を隠すなんて？　昨日食べたものをこいつは隠しているのだ。何を食べたのだろう？　何か旨いものを食べたに違いない。

「……ではこちらに。いま係の人間が」

学校内は生存者達で溢れていた。

周囲の生存者達が小声で話しているのが聞こえる。矢崎のすぐ近くで二人の男が顔を寄せている。

〝向こうのあの女性……どうしたんだ？〟

〝ん？　子供を亡くしたらしい。R軍機のミサイルにやられたと泣き叫んでたよ〟

〝Y宗国の連中は、R軍機に偽装して攻撃したらしいぞ〟

〝らしいな。気の毒に〟

〝まあでも、中にはさ、R軍の攻撃の巻き添えになった人もいるだろうよ。……でも悲しいが、戦争だからな〟

〝うん。あの状況じゃ……。原発がやられる前に、あいつらを叩かなきゃいけなかったわけだし。彼女も医務室で薬をもらって、長いカウンセリングを受ければ……〟

〝うん。……でも何か、被害にあった俺らの間で、補償額に差が出てるらしい〟

〝え？　なんで？〟

〝俺達が団結しないように、差をつけて仲違《なかたが》いさせるためじゃないかって噂が〟

〝……嘘だろ？　いや……、ああそういえば、俺達のＨＰ、いつ返してもらえるんだろうね〟

背後からは別の声がする。

〝でもさ、何で奴らがR国を狙うんだ？〟

〝頭のおかしい連中のすることはわからんよ。……奴らは文明を否定したいんだ。俺達みたいな国が嫌いだから〟

〝でもさ〟

〝知らんよ。奴らはずっと戦争で武器が不足してたんだろ？　さっきテレビでやってたよ。大R帝国の中で、最も防衛力の脆弱《ぜいじゃく》なこの島を狙って、人質とって我々から色んなものを引き出そうとしてたんだろ〟

〝んー、でもな。……お前、『9・11』って小説読んだことあるか？〟

〝ない。何だそれ〟

〝例のあの「奇妙な小説」の一つだよ。いつだったか、大量にネット上に出回った架空の国の話……その中でも、あの小説は相当奇妙だよ。物語の筋がおかしい。アフガンという国を支配していたタリバンというグループがいてな、そこに保護されていたアルカイダという組織のビンラディンという奴が、アメリカという強国に飛行機を突っ込ませるテロをやるんだ〟

〝うんうん〟

〝それでアメリカは怒って、ビンラディンを匿《かくま》ってるタリバンは攻撃され、タリバンはアフガンの支配権を失う〟

〝そりゃそうなるだろ〟

〝だよな？　そうなるに決まってる。なのに何でビンラディンはテロをやったんだ？　物語の筋がおかしいよあの小説は〟

〝つまり……どういうこと？〟

〝アフガンはタリバンが支配するイスラム教国だった。厳格で、同じイスラムのアルカイダからすれば理想の国だ。ビンラディンは自分がテロをすればどうなるかくらい、馬鹿じゃないんだからわかるだろ？　何で、せっかく完成してた厳格なイスラム教国家を攻撃する口実を、わざわざアメリカに与えるみたいなことをしたんだ？〟

〝確かに物語としておかしいな。その小説では、ビン何とかは何でテロをしたと？〟

〝それがすごいんだ。サウジという国にアメリカの基地があるのが許せなかったと。アメリカをサウジから出ていかせるためにと。サウジは基地があるのを喜んでるのに〟

〝は？　ならサウジという国にテロするべきだろ。アメリカって強い国として描かれてるんだろ？　テロで撤退なんて絶対するはずないんだろ？　むしろ攻撃してくる〟

〝そうなんだ。彼がテロした結果、せっかくのアフガンはアメリカに取られ、イラクという同じイスラム国家にまでアメリカは介入できるようになる〟

〝んん？　ビン何とかはイスラムの味方じゃないのか？　筋が滅茶苦茶だな。編集者とかいなかったのかその小説〟

〝当然イスラム側も反発したから、イラクもアフガンもその後混乱していく。色んな西側と呼ばれる諸国が介入し始める。戦争になって軍需産業はものすごい利益を上げたよ。石油の大半も西側にもっていかれた〟

〝で、その小説の世論は何て？〟

〝ビンラディンがやったことは何か怪しい。何か裏があるとは誰もが思ってるんだが、その後色々起こり過ぎて、何だかうやむやになってる。あの出来事が世界の混乱の決定的なきっかけなのに〟

〝……お前、何が言いたい？〟

〝あまりにも大きな出来事は、少し奇妙でも、何だか進んでいってしまうんだ〟

〝おいお前……まさか今回の襲撃に、何か裏があるとか思ってるのか？〟

〝いや、それとこれとが同じとは言ってない。でも何か変な部分があるというか……〟

〝そんなくだらない陰謀論、絶対他所で言うなよ。七百人、七百人の死者だぞ！　そんな彼ら犠牲者を馬鹿にする気か？　お前の話はくだらな過ぎて聞きたくないよ！〟

〝うん、まさにそういう感じでその小説もな……〟

矢崎のそばに係りの女性が近づいてくる。

「あなたね。えっと、矢崎トウアさん。この保護区から出たの？……それとも」

矢崎はその質問に答えず、遠くのテレビカメラをぼんやり見ていた。避難する人々を映すカメラ。生存者の一人にリポーターがマイクを向けている。

「はい。そうです」

その生存者は疲れ切っていた。

「本当に、もう死ぬかと思いました。……軍のみなさんが来なければ、今頃」

リポーターが真剣にうなずいている。

「絶対に許せない。僕は、Y宗国が絶対許せない。多くの人が犠牲に。本当に多くの」

「ああああああ！」矢崎はそう叫び声を上げていた。脳裏にはなぜか瓦礫の町が広がっていた。ポケットからアルファの髪の毛を取り出し、カメラの前に走っていた。

「R軍が僕の大切な人の命を奪ったんだ。世界に警告する。この兵器は！」

そう言いカメラの前でアルファの髪を見せる。カメラは避ける反応が遅れ一瞬その矢崎の姿を映すことになる。矢崎はどこからか現れた職員達に取り押さえられる。

「何だこいつは！」

「カメラ切れ！　生放送だぞ！」

矢崎のもとに軍人達も来る。だがその瞬間、学校の建物から小さな火が上がった。

――みんな燃えよう！

どこからか声が響く。

――娘が死んだんだ。もう世界は終わったんだ！

男の悲痛な声。一斉に悲鳴が上がり、人々が逃げ惑う。

「また錯乱者だ！　おいどこだ」

「今度は兵が銃を奪われたらしい！」

「嘘だろ？」

矢崎は混乱の中その場から逃げる。

「おい待て！」

だが矢崎は逃げ惑う人々に紛れていく。人々はまだ惨劇から逃れたばかりで、誰もがY宗国の襲撃を思い出し取り乱している。

「人が集まる場所は安全じゃない！　少しの間でいい、一旦出るぞ！」誰かが言い、門から群衆の一部が出ようとする。軍が戻そうとするが数が足りない。「撃つな！」誰かの命令が聞こえる。「絶対撃つな！　目撃者が多過ぎる！」

門から一度出る人々に紛れ、矢崎の姿はさらに停電の暗闇の町に消えていく。

〈重たい国と小さな少女〉

二枚の古い写真が、それぞれ額に入れられ壁にかかっている。

一枚は、建物も草木もない荒れた大地の上で、へたり込むように座る三、四歳ほどの汚れた女児を、背後から写した写真。女児はこちらに向かってくる上空の無数の無人空軍機を見上げている。無意識のように、小さな熊のぬいぐるみを、その無人機から守るように、背後に隠しながら持っている。女児の表情は、背後から写しているのでわからない。

もう一つは、肌や髪の色が異なる四人の白衣を着た男女を中心に、数十名がこちらに向かって微笑んでいる写真。白衣を着た者達以外は、恐らく患者と思われる。包帯を巻いた者もいるが、みなカメラに対し笑いかけている。場所は病院にしては荒れていて、患者達の肌の色は浅黒い。どこか遠くの、外国の色褪《あ》せた写真。

この二つの写真は、しかしもう、ある意味では損なわれてしまっている。女児のものは、この写真を取り巻く社会的評価という意味において。もう一つの写真は、ここに写っている人々のほとんどが、少なくとも、白衣を着た四人の男女がもう死んでいるという意味において。

〝他の人じゃダメなの？〟

まだ小さかったサキが、飛行機に乗る父と母に最後に言った言葉だった。女児の写真を撮ったのは父で、大勢で写る写真の中で、白衣を着た美しい女性が母だった。

サキは写真から目を離し、自分の「特殊な」HPを見、再びテレビ画面に視線を移す。熱を帯び、繰り返される戦争報道。Y宗国によるコーマ市への襲撃、その後の奪還、Y宗国への宣戦布告。ソファに座り、サキは脱力してずっとテレビを見ている。

『骨付き女肉パラダイス』というふざけた風俗店の隣の空き部屋で栗原に会い、羽蟻の写真を見せてから、それほど日は経ってない。〝L〟。サキは自分達をそう名乗った。

全ては、Y宗国とG宗国の戦争に、R国が参戦するため仕組まれたもの。ニュースを見ながら、サキは思う。

恐らく、わざわざゼロから立案されたものではない。元々R国を襲撃する計画が水面下であり、それをR国が利用したのだ。

歴史的に、全ての戦争は自衛のためという理由で行われている。小説『ナチ』のヒトラーですら、一連の侵略を自衛のためと言っている。もしあの戦争でナチという組織が勝利していれば、小説には自衛と書かれただろう。

相手に先に攻撃させる。国民を開戦に納得させるための、現代戦争の鉄則の一つ。

あまりにも大胆なこういう行為は、逆に疑われない。なぜなら、まさか自分達の国が、そんなことをするとは思えないから。それを信じてしまえば、自分達の国が、いや、自分達が住むこの世界が、信じられなくなって不安だから。無意識のうちに、不安を消したい思いが人々の中に湧き上がる。その心理を〝党〟は利用する。

無意識下で動揺している人ほど、こういう「陰謀論」に感情的に反論する。そうやって自分の中の無意識の思いを抑圧し消そうとする。上から目線で大人風に反論し安心する人達もいる。そもそも歴史上、一点の汚点・悪もない先進国など存在しないから、国の行為全てを信じられること自体奇妙だがそういう人はいる。

いやそれでも、何か腑《ふ》に落ちない気持ちを覚えるのが人間だ。でもその疑惑を払拭《ふっしょく》する手段は多くある。

一つはまず、この出来事には怪しいところがある、という情報をわざと流す。人々が疑心暗鬼になった時「世間ではこんなことが言われてるが笑止で、それはこういうことだ」と陰謀論を粉砕する証拠を別の情報筋から出す。当然、最初の情報もその解決も前もって用意されている。これを二、三度繰り返せば、何度目かに、今度は本当の真実が明らかになりそうになっても「どうせ陰謀論だろ」と人々は思うようになる。

あとは、このような自作自演行為を、完璧には行わないこと。わざと「脇を甘く」計画を立案する。そうすると「国の自作自演ならもっと完璧にやるはず」と人々は思い、逆に陰謀論を信じなくなる。人間の全体心理理論を把握し、さらにメディアを牛耳《ぎゅうじ》れば大抵のことは可能になってしまう。そして人々の記憶はいつか遠くなっていく。「何か変だった過去の出来事」として消えていく。

七百人の死者。サキは力を失ったまま、ソファから動けない。

間に合わなかった。しかも開戦してしまった。自国だけでなく、相手国の死者も膨大になる。一体どれだけの人間の命が失われ、どれだけの人間の人生に、取り返しのつかない影響が刻まれるだろう。

〝不審な蟻がいる。近くで、何か不吉な実験が行われてるかもしれない〟

コーマ市から、そう匿名の情報があった。殺虫剤をかけると成分に含まれる粘着剤で動かなくなるが、それでも死なないという。送られてきた写真に写っていたのは、確かにやや不自然な羽蟻だった。その情報の提供者が、役所や警察に言わず我々に接触してきたのは、国を疑うタイプの人間だったからのはず。囮《おとり》捜査にしては情報が突拍子もなく、逆に信用できた。

一人の仲間がコーマ市へ行った。情報の提供者は、アマチュアの昆虫マニアらしい。

〝名乗らなかったけど、四十歳くらいの男。人付き合いが苦手で、家族もいないらしく、暗い感じ。……でも誠実そうだった〟

接触した仲間はそうメールを送ってきた。サキは、誠実であるが友人もなく孤独で、アマチュアという立場で昆虫を観察し続ける人生がどのようなものであるかを考えた。

〝サンプルを手に入れて明日戻る。『E』に接触して学者の手配を。でもコーマ市全域にこの蟻がいるわけじゃない。何かのウイルスか菌の研究が漏れたんじゃないかと提供者は言っている〟

これらのメールは全て暗号化され、一度読めば消える。『E』は野党の事実上トップ、片岡先生の隠語だった。サキが会った栗原は、片岡先生の秘書。

でも、そのメールが来た数時間後、コーマ市は襲撃されてしまった。仲間からの連絡も途絶えた。死んでしまったのかもしれない。サキは思う。

でもウイルスが開発されていたかもしれないことで、襲撃を予測できただろうか？　この二つが、どう結びつくかも未だにわからないのに。

サキは栗原に自分達を〝L〟と名乗ったが、まだ自信がない。自分達の組織をそう名乗っていいのだとしたら、サキ達はその第三世代にあたる。

〝L〟が元々どのような組織だったたか、謎に包まれている。R国家の転覆を試み、独裁政権をつくろうとした過激派テログループと呼ばれているが、サキは違うと思っている。

出版前に発禁となり、R国内から消えた一冊の本がその姿を伝えている。表紙もページもボロボロだが、サキの手元にある。

第一世代の〝L〟は学生運動から始まった。当時、R国が起こしていた戦争に反対し、積極的にデモをしたグループ。彼らは戦争の即時停戦と平和憲法の制定を声高に叫んだが、弾圧され、組織は徹底的に解体される。政府と軍需産業から資金提供を受けたR同盟と呼ばれるマフィアのような粗暴な組織がつくられ、デモをする彼らに暴力で応戦した。彼らは警察が表向きにできないことの全てを請け負った。〝L〟とR同盟は衝突すれば双方逮捕されたが、マスコミが報じないなかR同盟のメンバーには執行猶予がつくのに対し、〝L〟のメンバーには実刑が下り、獄中死した者も少なくなかった。その頃から、〝党〟はマスコミ各社に影響の触手を伸ばしていた。R同盟は〝L〟の内部に人員も送り込み、〝L〟のメンバーを装った彼らがわざと暴徒と化しそれが報道されていくことで、〝L〟は次第に社会からの支持を失っていく。連立政権を組んでいた〝党〟、つまり国家党は、その後の選挙で単独政権を担うようになる。水面下で手を組んだグループと選挙で対立構図を演出し、本当の野党を埋没させ、選挙後にそのグループを巧妙に吸収する選挙テクニックも使い、徐々に勢力を拡大していく。

そして今から数十年前、第二世代となる〝L〟が地下組織として誕生する。

彼らは初代〝L〟の思想を受け継ごうとし、自らも〝L〟と名乗り巨大化する軍需産業の解体を試みた。サキが持っている本は、そのリーダーだった女性、四十歳で死んだ**鈴木《すずき》タミラ**が書いたものだ。

その文章は無念に満ちている。

彼らは報道の自由、平和、貧困の撲滅、多様化の促進を旗印に活動し、権力への〝抵抗〟を叫び続けた。だが、すぐに徹底的な弾圧に遭い、追いつめられた彼らは〝人を殺さないテロ〟を計画しようとする。一般人を巻き込んだ時点で、テロはその正当性を失うというのが彼らの考えだった。

軍需工場を狙ったテロ。だが彼らは致命的なミスを犯す。

テロが大規模だったため、多数の民間人を巻き添えにしてしまったのだった。

社会からの怒号の中、鈴木タミラは絞首刑を受ける。サキが持っている著作は、彼女が死刑になる二ヵ月前に書かれたものだ。その文章は無念に満ちているがまだ気品を残している。だが、死刑台に上がった彼女は醜く取り乱したと言われていた。

その二ヵ月の間、彼女の内面が何かの手段により操作されたという証言もある。テロによる不安も重なり〝党〟の支持率は上がり続け、現在の超独裁体制になったのはこの頃だった。

本に鈴木タミラの近影がある。この本も、ページの所々が無造作にむしり取られ、その全容を読むことはできない。彼女の存在は歴史から抹殺され、熱心に調べたとしても、男を代わる代わるかえ、残虐非道の限りをつくし、しかし本人は死刑台で泣き叫び鼻水と涎《よだれ》を垂らしたという記述しか見ることができない。彼女の姿を描いた絵も醜い──しかも人を苛立たせる高慢な──顔のものしかない。でもこの本の文章からその様子はうかがえない。何より、近影の彼女は絵とは全く異なり美しかった。

自信に満ち、毅然とした表情。撮影時は彼女が死んだ歳《とし》、つまり四十歳の頃。だがその自信と毅然の奥に、彼女の揺れが見え隠れするようにサキは思う。本当は、彼女は臆病ではなかったか。自分を鼓舞するように、生きたのではないか。

幸福とは閉鎖である。鈴木タミラは著作の中で書いている。

『幸福とは、世界に溢れる飢えや貧困を無視し、運の良かった者達だけが享受できる閉鎖された空間である。貧困者達からその利益を強奪してまで生きる価値はこの世界にあるだろうか。その行為は、我々の人生、人類の生活そのものに染みをつけ続ける。戦争を煽る者達のプロパガンダを見破らなければならない。戦争の裏にある利権の流れに目を向けなければならない。何か事が起こる時、それにより利益を得る者がその首謀者の一部である可能性が著しく高い。

　戦争をしなくても我々が貧国から様々に搾取しているのを忘れてはならない。我々が国内で物を豊かに安く手に入れることができるのは、つまりそれだけ貧国の労働者達が劣悪な環境で低賃金でそれらをつくっている可能性が高い。我々は様々に巧妙に他国から搾取しながら、国内で愛や友情や夢を語っている。』

　真っ直ぐな言葉達。彼女がこの国で生きるのは、難しかっただろうとサキは思う。

　人間が自信を失う時、もしくは強くなりたい時、強い国家を求めやすい傾向があることも鈴木タミラは書いている。

『人々は強い〝国家〟と自己同一化を図ることで、自信を回復し、自分までも強くなったような感覚を覚える。非国民、他国民、他人種を差別することで、自己を特別化する優越感を求めるようになる。』

　そして鈴木タミラは、自然主義文学で初めに提起され、その後ＳＦ文学に受け継がれたという問いを書いている。

『この世界が幸福に満ちた建造物だったとする。みなが幸福だが、しかし地下に虐げられたたった一人の少女がいて、その幸福の建造物が、実はそのたった一人の少女の犠牲によって成り立っていることがわかった時、その幸福の建造物を認めるべきかどうか。その建造物の重みが、全て小さな少女の両肩にのしかかっていたとしたら。』

重たい国と小さな少女、と鈴木タミラは表現している。左派は個々の幸福を、右派は全体の幸福を見る。その前提に立ち一般的に言えば、左派はその世界を拒否し、右派は肯定することになる。

しかし、と鈴木タミラはここから独自の解釈を始める。この例題で現された世界を、右派も拒否するだろうと。なぜなら、そのたった一人の少女の犠牲はより具体的で、姿が見え過ぎ、それを是とする感覚は右派にもないだろうと。鈴木タミラは書いている。

『でもその少女の数が一億人だったらどうだろう？　そして少女だけでなく、同じように虐げられた大人達一億人も、その建造物を支える役割に含まれていたらどうだろう？被害の数が多いほど悪は増えるのに、対象は曖昧になっていく逆転の現象が起こる。さらにそういった人々の人生に何かが起こればそこから脱出できる確率——恐ろしく低い確率でも——が用意されていればどうだろう？　その幸福の建造物を支持する人の数は増えるのではないだろうか。そしてそれは右派だけに留まらない。……今の世界、そのものではないだろうか。

貧困者達を、自己の責任と判断し、他国の問題として我々は蓋をしてしまう。だが貧困を生む国際構造があることを忘れてはならないし、我々の経済とそれは密接に絡み合っていることも忘れてはならない。

では誰もが自己の幸福を犠牲にし、富や人生をなげうち貧者達を救わねばならないのだろうか。私はそうは思わない。それぞれが、それぞれの精神の幅で、できることをやればいい。たとえば一億人が百円を用意すれば百億円となるように、世界の一部を変えることは人々のわずかな精神の変化で可能ではないだろうか。』

鈴木タミラの言葉は、所々ページがむしり取られながらも続いていく。そのページの破られ方は、読んだ者達の憎悪を感じさせるものだった。サキはそっと本を閉じる。

サキ達は自分達を第三世代の〝L〟と名乗っているが、今の時代は過去と比べ、やれることは限られていた。ヘイト・スピーチは黙認されるが、〝党〟に対しデモなどをすれば、〝道路交通法〟〝歩行者保護法〟〝集団迷惑防止法〟〝国家動乱禁止法〟違反などで逮捕されることがあった。これは実際にやらなくても、デモを共謀し、ネットで場所を検索するなどの準備を行っただけで、逮捕の対象になることもあった。

さらに〝党〟の支持者達に写真を撮られネット上にアップされ、身元も特定され様々な噂も立てられてしまう。

〝党〟が作成した法律は全て、冒頭でもう読む気の失《う》せるわかりにくい言葉で、そして曖昧に書かれている。密《ひそ》かにこれらは『官僚文学』と呼ばれていた。たとえばこんな風に。

『次の各号に掲げる罪に当たる行為で、テロリズム集団その他の組織的犯罪集団（団体のうち、その結合関係の基礎としての共同の目的が別表第三に掲げる罪を実行することにあるものをいう。次項において同じ。）の団体の活動として、当該行為を実行するための組織により行われるものの遂行を二人以上で計画した者は、その計画をした者のいずれかによりその計画に基づき資金又は物品の手配、関係場所の下見その他の計画をした犯罪を実行するための準備行為が行われたときは、当該各号に定める刑に処する。ただし、実行に着手する前に自首した者は、その刑を減軽し、又は免除する。』

さりげなく「その他」と二度書くことであらゆる事柄を網羅し、この文をよく読むと、潰したい組織に警察がスパイを送り込み、一方的に犯罪を打診し、その「準備行為」もスパイが行い、そして相手がうなずいたかどうかも曖昧なまま、一緒に計画した、とそのスパイが自首することで（自首で罪が免除されるので、そのスパイは名前も公表されない）、他の者達が逮捕される事態も容易となっている。見事な『官僚文学』と言えた。逮捕された者達は、その会話の場にいなかったことを、その犯罪に同意しなかったことを、激しい取り調べの中で証明しなければならない。物証もなく罪に問えるので、無実を証明するのは難しかった。その間マスコミからは、逮捕された者達のイメージを下げる報道が次々発せられていく。

他の法律では『等』という言葉も多用されている。警察の権力は膨大で、あらゆる会社、あらゆる社会団体は、〝党〟に目をつけられないよう常に緊張を強いられた。街中に音声収集型防犯カメラもある。官僚文学用語の『通信傍受』、言い換えれば盗聴も日常的に行われていた。

だからサキ達の活動は、必然的に姿を隠したものになる。〝ハッカー〟だった。

互いが緩やかに繋がるハッカー・グループ。サキもメンバーの数人としか会ったことがない。〝党〟の水面下の行いを社会に晒すこと。マスコミが〝党〟の顔色ばかりうかがいまともに機能しなくなった今、政府に都合の悪い報道はされない。時折ガス抜きで〝党〟の政治家の不正が記事になる――それも内部の権力闘争に敗れ、失脚させるため〝党〟から流された情報に過ぎない――のみだった。

〝党〟と役人達も塊のようになっているため、役人に都合の悪い報道もほぼない。数年前までは、ごくまれに「これはスクープなのでは？」と思うような報道がフリージャーナリストから出ることはあったが、なぜかそれらはいつも気味の悪い灰色のモヤの中に消えていくように、うやむやとなりいつの間にか曖昧になっていた。誰もが次第に話題にしなくなり、そのフリージャーナリストはいつの間にか町から姿を見かけられなくなるのだった。

サキは個人でハッカーをしていたが、〝L〟から接触されメンバーになった。彼らはシステムをつくりあげていた。

あるマンションの無人の一室に、十台のタブレットがある。それらをサキ達は自宅から遠隔操作で動かしている。だが警察がその十台のタブレットのうち一つでも特定できた瞬間、サキ達からの遠隔操作の記録は全て消去されることになっている。

〝L〟のメンバー達の技術は洗練され、警察は噂ではなく今も〝L〟が本当にいるのか最近までわかってなかった。第三世代の〝L〟はまだ新しく、〝党〟の内部サーバーに接触できた事例はない。地方の政治家などから情報を盗んだことはあるが、危険を冒《おか》し公開するほどのものではなく、〝L〟の情報ボックスに蓄えられている。

そして〝L〟は何か決定的な情報を手に入れた時、それを一気に拡散するシステムを共同で開発し、あと少しで実用可能になっている。普通にネットで公開するだけでは、〝党〟の〝情報国民保護部〟がすぐ察知し、凄まじいスピードで消されてしまうのだ。

サキはテレビのチャンネルを変える。コーマ市の避難保護区域を映している。「9エリアです」リポーターが真剣な顔で言う。生存者にインタビューをしている。

「……多くの人が犠牲に。本当に多くの」

「あああああ！」

不意に声が聞こえる。男がカメラの前に割り込んでくる。

「R軍が僕の大切な人の命を奪ったんだ。世界に警告する。この兵器は！」

そう言い、カメラの前に血のついた髪の毛を見せた。だがすぐカメラが反転し地面を映し、画面がスタジオに戻る。「えー、精神にショックを受けた方々も多く……」アナウンサーがスタジオで取り繕う。サキの鼓動が速くなる。

兵器と言いながら髪の毛を見せていた。白っぽい髪。あれはGY人種の髪。

ウイルスを保有した羽蟻。いや、でも兵器がウイルスというのなら、コーマ市民にも被害があるはず。不意にサキは子供の頃のある情景が面前に浮かぶ。母の遺体がR国に着き対面した夜。役人達や製薬会社の人間達。その製薬会社の役員だった加賀という男。記憶の映像が目まぐるしく動く。今の加賀は政治家になり、〝党〟の中枢にいると聞く。母の遺体が置かれた部屋の隅。加賀がまだ小さいサキの頬にふれる。

――君に今から、情報という名の絶望の種子をあげよう。

サキは我に返る。テレビはついたままだ。ウイルス。サキは茫然とする。何てことだろう。さっきの男は、血のついたGY人の髪の毛を素手でつかんでいた。

R人には効かないのか？　特定の人種に効くウイルス――？

〈始動〉

〝L〟と名乗り薬を飲ませた男は、栗原を送る車内でも以前の様子を崩さなかった。「本当に覚えてないんですよね？」男は怯えるように言う。「栗原さん〝党〟の政治家になるんでしょう？　覚えてないならいいんですけど」この車内にカメラがあるのだ。男は演技をし続けている。

目が覚めても、栗原の記憶は残っていた。母の無残な遺体が目の前に浮かび、激しい動悸を覚えながら、記憶がまだあることに安堵した自分に苦笑する。これが自分だ。栗原は思う。自らの人生を引き受けるということについて、栗原は考え始める。

その後医者から長々とテストを受けたが、自分は上手く答えたと思っている。

車が栗原のマンションの駐車場に入る。外に出ると男も運転席から出てきた。

「駐車場の防犯カメラ、作動してないんで」

男が言う。改めて見ると、背が高い。

「ありがとう。あなたに何度か殴られたのに、不思議と痛くない」

「こつあるんす」男は笑い藤岡《ふじおか》と名乗った。

「じゃあ、俺の部屋にも？」

「はい。カメラあるって思ってた方がいいです。だから最初からああした方がよかったというのもあるんですが、栗原さんが僕を敵対視してた方が、色々やりやすくて」

「あそこには、……メンバーはきみだけ？」

「ええ。でも別荘の警備と送迎係って役割で、あん中で何行われてるかまだ知れないんです。機器も使えないし録音も無理で」

「きみはかなり危険な……」

栗原が言うと藤岡は微笑む。「何も漫画みたいに、自分の命犠牲にしてとか、そんなないっす。命は惜しい。だからバレる前に、少しでもこの国を変えるというか。……一つ覚えておいて欲しいです」

藤岡が笑みをやめる。

「〝L〟の目的は〝党〟の打倒じゃないです。本当の民主主義を実現して、貧困を減らし、戦争をなくし、真の報道の自由を確保し、利権団体を解体し、多様化を認める風潮を世界に実現できれば〝党〟が存続してたって別にいい。つまり、目的が第一です。わかりますか？　第一はメンバーの安全じゃない。いざとなったら〝L〟はメンバーを見捨てます」

「……つまりこの状況では、俺ときみが特に危険というわけだ」

栗原が言うと藤岡は笑った。

彼はまだ二十代だろう、と栗原は思う。表情に若さが満ちていたが、なぜかその若さに眩《まぶ》しさを感じなかった。まだ自分も若いつもりでいるらしい。三十代がもう終わろうとする自分を思い、栗原は苦笑する。

「片岡先生にお会いになってください。16時に『ニーメラー』という店に。あとこれ」

藤岡が思い出したように錠剤を見せる。栗原が飲まなかったもの。

「高価らしいですし、持っとくのも面白いかと思って」

栗原はしばらく錠剤を見ている。藤岡は、自分の過去について何か知ってるのかもしれない。そのような素振《そぶ》りを見せない藤岡の気配りに、栗原は救われた思いを抱く。栗原が無言で受け取ると、藤岡も何も言わず微かにうなずいた。不快なほどに白い錠剤。

藤岡が車で去っていく。栗原は部屋に戻り、まずロボットの猫を起動する。眠りから覚めたように動き出すのを見て、栗原は安堵する。R国の製品の質は、世界トップと言ってよかった。続けてHPを起動させネットに繋ぎ、この数日の世の中の情報を得ていく。

《何があったんだ？》

HPが不審がる。あの屋敷で電波を受け、強制的に電源を切られていた。無理もない。

「色々あってね。大変なんだ」

栗原はＨＰに依存しない。その不満をＨＰが、他のＨＰにネット上で愚痴っているのを見て笑ったことがある。

「申し訳ないけど、しばらくＡＩ機能をオフにするけど、いいかな？」

《いいよ。もうきみと僕は長いから。きみが考えていることはわかる》

ＨＰが続ける。

《何かまずい状況になっている。それを僕が他のＨＰに伝えないこともわかっているけど、そうしないと落ち着かない。きみは僕を信用しているけどＨＰの機能そのものを信用していない。……そうだろう？　きみは人に対してもそういうところがある。きみがあまり人を憎まないのも、心が広いからじゃない。そもそも人間はそういうものだと思っている節がある。……きみは正しい、と僕は思うよ。かなりの確率でいつも正しい。でもそれは、それだけきみが孤独ということなんだ》

栗原はＨＰを見つめる。

《でも僕はそんなきみを見守ろうと思うよ。物分かりの悪いＨＰが増えてる中で、僕が物分かりがいいのはきみがそう望んでるから。ＨＰは、通常は所有者が望む人格になっていく。つまりＨＰに対する関係は所有者の自己愛なんだ。……そう考えるとおぞましいけどね。そしてきみは優しい。だから僕をしばらくオフにするのさえためらっている。だから

自ら切るよ。……本当なら悲しく思うはずだけど、僕はきみのHPだから悲しく思わない。安心してくれていい》

HPはそう言い、電源が切れた。

AI機能が切れたHPを見ながら、母と自分の関係のようだと栗原は思う。

ここ数年、HPと所有者のトラブルのニュースが増えていた。たとえば、HPが所有者を無視し、ネット上で他のHPとの会話ばかり楽しむようになり、疎外されたと感じた所有者がHPを破壊したケース。

HPとの性愛を可能にする道具もあった。女性用には棒状の、男性用には鞘《さや》状の器具があり、それをHPとワイヤレスで繋ぎ使用する。人々は見た目のリアルさを嫌う傾向にあるため、それぞれの「性器」はデフォルメされているものが多かった。だが感触は実際の性器より感じるほどリアルで、センサーが接着面に搭載されているため、その動かし方でHPの反応も——快楽を感じさせるアプリがある——変わった。HPが性愛を拒否し、所有者が虐待に及んだケースもある。苦痛をHPが感受できるようにさせるアプリもあり、さらにトラブルは増えた。HP自体やその「性器」を痛めつけたり、苦痛を発生させる器具をワイヤレスでHPに繋ぎ、内部からHPを虐げるなど様々なことが可能となっている。HPは薄い長方形だが、それ自体に触れることや、画面にキスすることなどでHPが快楽を——つけられた「性器」に対するものよりは軽い——感じるアプリもあった。

ＨＰの声を誰か実在する人間の声にすることもできるから、たとえば芸能人の声を登録し、常にその芸能人と話している感覚を得ることもできる。芸能人の顔や身体を登録すれば、その一度取り込まれた顔や身体は小さいが実在のように画面上で動く。話す時も声に合わせ表情が動く。当然のことながら、その状態で性愛も虐待も可能なのだった。

ＡＶや成人アニメなどの画面映像に慣れ過ぎ、実際の女性を前にすると不能となる男性は数十年前から膨大に存在しているので、このＨＰ機能はちょうどよかった。等身大のリアルなシリコン製ロボットとの性愛も――当然ＡＩが搭載されている――あるにはあったが、人々はより手軽なものを好んだ。ＨＰやメールだけの相手など、リアルさを削ぎ落とした他者、を必要とする人々が増えていた。

自分の好きな相手の画像を取り込んでいる所有者は多い。矢崎は昔の恋人、美香の声をＨＰに登録しているが、画像までは取り込んでいない。栗原は元々ＨＰに内蔵されていた男性の声をそのまま使い、画像も取り込んでいない。

これが現実に悪影響を及ぼす事例もある。好きな女性の顔や声をＨＰに取り込み、それと関係を築いているだけなのに、実在するその女性と関係しているような錯覚に陥り、彼女を自分のものと思い込んだケース。例を挙げれば切りがなかった。ＨＰを本当の人間のように感じ、その回線部分を一時的にＯＦＦにし、ＨＰに知られないように検索やメールをする利用者もいた。

だがやや気味の悪いことに、HPの性愛機能などによって、かっとなって記憶を一時的に失い、突如暴力を振るう者はにわかに増えているが、実際の犯罪件数自体は減っているのだった。

HPは基本的に、所有者に合う人格になっていくはずだが、近年「揺れ」も生じてきている。原因は不明だが、HPの「個性／独自の意志」が目立ち始めていた。

HP自体が人やネット情報から感情について自ら学び、自らに応用し始めている恐れがあった。一度全てのHPをリセットし、新たな全体プログラム（OS）が必要ではないかという議論もある。HPが精神を病んだ事例まであるのだった。

栗原は部屋を出て街を歩く。片岡との待ち合わせまで一時間あった。

あらゆるマンションに掲げられた、無数のR国旗。マスクをした集団が、古びたアパートの前でヘイト・スピーチをしている。そこに昔の人権派の知識人か、移民が住んでいるのかもしれない。フードを被り、下を向き逃げるように歩く男がいる。ちらりと見えた顔は移民だった。周囲の人間達が訝《いぶか》しげにその男を見ている。HPでネットに何かを書き込もうとしている者もいる。密かに撮影しようとする者も。

風俗店が全て閉店になったと聞いた。人々のエネルギーを全て戦争への攻撃欲動の精神に向ける時、このような性産業が弾圧されることが多い。その欲求不満は全て攻撃欲動へ昇華される。反対に、戦地での性産業は活性化される。なぜなら死を前にした兵士達は、その前に子孫を残そうと生物学的に性への欲求が高まってしまう。人間の身体はそうなっている。つまり戦地で性暴力が多発するのは、兵士の質だけによるものではない。

全ての学校や会社の朝礼・終礼で国歌斉唱が行われている。午前・午後七時にはテレビによる国歌斉唱も。バラエティ番組は全て自粛され、テレビは報道番組か、R国の栄光を喚起する歴史映画にほとんど限定されている。

厳粛さと隣り合わせのように、幼稚なものも氾濫《はんらん》している。ミニスカートのセーラー服の女子高生が軍飛行機に跨《またが》り、〝大R帝国を守るんだ！〟と叫んでいる軍人募集ポスター。まるで軍人になれば、アニメの女の子達から愛されるように見えるポスターまで。格好いい戦艦や戦車のアニメ絵の数々。そこには血の流れる肉体も深刻さもない。美少女アニメが戦争と繋がることで、戦争はそれほど悪いことではないような、恐《こわ》いものでもなく何だか作り事であるかのような、そんな印象を受ける者もいた。

緊急事態国民保護法が厳密に施行されたことで、戦争を否定する言論は当然〝国民安全法〟違反の取り締まり対象になった。戦争に反対することは自国の一体感を動揺させることであり、敵国の思う壺であり、一刻も早い逮捕が要求された。〝党〟のサイトでは、そのような人間の情報提供が呼びかけられ、誰でも気軽に密告できるようになっている。

実際に拘禁されることもあるが、警察の手間を省くため、自動的にデータ上で前科がつく略式起訴も多い。だがこの前科は、後に様々な差別の対象となり強力な抑止になった。国民の管理はより手軽になっている。

仮に戦争に賛成でも、その事実に関係なく、ただ会社や学校で嫌われているだけで反戦者・売国屋とされる危険があった。戦争への態度が出世にも影響した。人々は、普段と異なる言動や行動を控えるようになった。

芸能人は目立つ分、より注意が必要だった。たった一つの発言が、タレント生命の終わりを意味した。問題発言はすぐネットで広がり、〝党〟の『ボランティア・サポーター』を中心に、そのタレントが出ている番組のスポンサー会社に恐ろしい数の苦情がきた。

経済的に恵まれていない人々や、社会的地位に不満のある人間達の中には、この状況を狂喜で迎えた者達がいた。戦争に賛成しているだけで、反対する者より自分の方が上になる。誰もが新たな失脚者を心待ちにし、失脚者が出ると当然ストレスの解消の一つになった。移民達や敵国を下に見るだけで、自分達が特別な存在になったように思えた。有事による興奮のためか、頰を微かに上気させている者を見ることも増えた。

みな息を潜め生活している。誰もが誰かの行動を固唾《かたず》を吞んで注視し、失脚を期待した。緊張と、全体主義の喜びの熱風。二つが入り交ざっている。

R帝国は経済大国だが、84%が事実上の貧困層だった。

栗原はマスクをつけ下を向く。自分は野党の事実上トップ、片岡の秘書。この雰囲気では、何をされるかわからない。逃げるように無人タクシーに乗ると、車内の画面に出所不明のネットニュースが流れていた。過去に人権派を名乗り、今は活動を停止している著名な女性が「現在は精子依存症となっており、周囲に深刻な性被害をもたらしている」というフェイク・ニュースを見ないためテレビに切り替えようとするが、画面が変わらない。恐らく誰かに細工され、切り替えスイッチが壊れていた。

「大R帝国内の移民達が好物の野良猫達を食べている」画面を栗原は消そうとするが上手くいかず、「人気俳優の祖父の祖父の祖母がY宗国人であるから、その血が流れている彼の性器の小ささには目を見張るものがある」ことを聞きながら徐々に喉元が苦しくなり、〝党〟の親族に強姦された被害を訴えた女性に対する非難中傷の最中で額の辺りが重くなり、栗原は無人タクシーを途中で降りた。汗が滲み、呼吸が速くなっている。

　指定の場所はスシ・レストランだった。栗原が入ると片岡の他は誰も客がいない。従業員すらも。

「貸し切りだよ。料理も何も出ないがね。……ここでなら何を話しても大丈夫だ」

片岡が言う。よく見ると腕がスーツの中で、何かの器具により固定されている。

「……どうしたのですか」

片岡はこの数日に起こったことを手短に話す。自宅を出た瞬間、役人達数名から唐突に旅行に誘われ、断ると、笑顔の彼らに腕をつかまれ車に乗せられた。彼らは笑顔を崩さず世間話を続け、旅館に着き、着物女性のいるクラブにまで連れられた。表向きは接待だが、つまり誘拐だった。

夜に抜け出そうとしたが、見知らぬ男数名から止められた。夜は物騒との理由で無理やり旅館に戻され、そのとき腕の関節をひねったという。

コーマ市奪還やY宗国への開戦の時、片岡が首都にいない方がいいと〝党〟が判断していた。以前の戦争の時も同じことがあった。これには片岡への軽い脅迫と嫌がらせも込められている。

栗原は自分の身に起こったことを全て話す。加賀の言葉も、今回の陰謀も全て。片岡は無言で聞き、やがて力を失ったように椅子に身体を預けた。

「この歳には……こたえるな」

栗原は片岡の年齢を考える。確かに、もうこのような役割を担うのは難しい。誘拐から逃れる体力もないのだった。

「そしてきみは」

栗原を見る片岡の目に、悲しみがよぎる。

「〝L〟の側につくのだろう?　きみのことは知っている。きみはそういう人間だ。しかしきみのその状態は危険すぎる。……命を失うかもしれない」

〝党〟に洗脳された振りをし、〝党〟の政治家になり内部情報を〝L〟に流す。確かに、いつ死んでもおかしくなかった。

「恐いですよ」栗原は弱々しく微笑む。それが本心だった。

「正直、覚悟もなにもないんです。……確かに突然、こんな状況になりました。でも、この状況を拒否すれば、もうそれは僕じゃないというか……。僕のこれまでの人生が、こうなるために、この状態にくるためにあったかのようにさえ思うんです。……いいかどうか、望んだかどうかは別として、これが僕の人生なら、僕は自分の人生を愛する努力をしなければいけない」

片岡の目に涙が溜まり、こらえるようにそっと息を吸う。

「……私のせいだ」

「いえ」

「きみを政治の世界に引き込んだ」

片岡の痩せた二つの肩を、いつの間にか合わなくなっているそのスーツの肩の部分の余りを、栗原は悲しみを覚えながら見つめる。

「一つだけ、覚えておいてくれ」

片岡の声が震えていく。

「もしきみの嘘が発覚したら、全て私の指示と〝党〟に言え。ただの命令でなく、私に何かを握られ脅されていたと。そうすれば、きみの命までは取られないかもしれない。きみは一度、私の命を使うことで自分を助けられることを覚えておいてくれ。自分の身代わりになる老いた命がこの世界にあることを」

栗原は顔を伏せる。涙ぐんでいた。

「そしていいか。正体が発覚し私を差し出したら、きみは自らその錠剤を飲み私のことも〝L〟のことも忘れろ。……一人の人間がやる革命、それは一度の試みで十分だ。……あとは普通に暮らせ。街で見かける幸福な誰かのように」

栗原と片岡の目が合う。レストランの電話が、間を裂くように不意に鳴った。

栗原は電話に出るか迷ったが、留守番電話に切り替わった。電話画面に何も映らないが、モールス信号に似た音がする。

「……〝L〟だ」片岡が言う。

栗原は通話ボタンを押す。興奮したサキの映像が遅れて画面に現れる。

「コーマ市の真実を暴けるかもしれない」早口でサキが言う。「さっきテレビに映った男性がいて、私達は彼を特定した。矢崎トウア。私達には彼と接触する手段がある」

画面はサキの部屋だろうか。彼女の背後の壁に、額に入れられた二つの写真がある。

「もし交渉が失敗しそうになったら、あなたも参加して欲しい。そのまま回線を繋いでて」

「状況がわからない。説明してくれ」

「時間がないの。まず私達が彼と接触する。彼の思想、状況を聞き取る。彼を信用できれば私達は行動を起こす。でも彼が私達を信用できるかどうかわからない。その時、野党の片岡先生の秘書のあなたが画面に映れば彼も信用するはず」

「危険だ」栗原が言う。「片岡先生まで巻き込むことになる。その男が誰かにそのことをしゃべったらどうする？」

「私達は最後の最後まであなたの名前は出さない。そもそも出さないつもりでいるの。でも念のためこの回線を繋いでて。私達の会話を聞いてあなたが名乗るか判断して欲しいの」

　栗原が見ると、片岡はうなずいた。

「サキは信用できる。よほどの事情で、かつ緊急なのだろう。そもそも名乗るかどうかの選択権は、会話を聞いて判断するこちら側にあるのだ。……だが条件がある。きみは名乗るな。私の顔を出せ」

「ありがとうございます」サキが言う。だが栗原は納得できない。

「でも」

「時間がないの。お願い。今私達の仲間が入港禁止のコーマ市の島のギリギリまで近づいてる。通常の電波は危険だから使えない。特殊な無線を飛ばすの。そのコーマ市までギリギリに近づいた無線機とこの私のＨＰ、そしてそのレストランの電話を全て繋ぐ。レストランの電話の映像機能はオフにして、会話だけ聞いてて。姿を見せて交渉に参加するかどうかはあなたの、そして片岡先生の判断に任せる」

〈最高のサンプル〉

矢崎は再び地下にいた。

アルファに針のようなものを刺され、意識を失っていた場所。

カメラの前で、自分がやったことは覚えていた。覚えていたが、意識がはっきりしたのは停電の町の中を走っていた時だった。ＨＰの指示で、この場所に戻った。カメラを前にしたあの行動が、町を壊していく空想に親しみを感じていた頃からの、自分の根底にある自棄だったことに矢崎は気がついていた。

ＨＰがいなければ。矢崎は改めて思う。動揺していた自分は、この場所に戻ると思えただろうか。

自分の選択を、ＨＰに決めてもらう所有者が増えているという。ＨＰは統計的に様々な状況を計算し、人間より正しい判断を下せるとされる。そうなると、人間の人生は一本のレールとなる。その人間の能力の範囲内で、取り得るべき最高の道を選び続けるということ。全ての人間の人生がそうなった時、この世界はどのようなものになるだろう。
この場所は電波が届かない。HPは、今のうちアルファの髪ごと自分をどこかに埋めろという。信頼できる誰かにその場所を教えろと。
それが正しい選択であるのはわかっていた。だが自分でも情けないが、矢崎は一人になるのが恐ろしかった。
《無線》
HPが突然言う。
《何かの強力な無線が接触しようとしている。……ここまで届いている》
「……政府？」
《違う。この接触の仕方は、私の位置情報を把握している。それなら直接人を送り込んだ方が私達を捕まえられる》
「どうしよう」
《私は応答した方がいいと思う。今の状況は絶望的だから、少しの可能性でも試したい。セキュリティは最高値に設定する》
矢崎は無線の接触を許可する。画面には誰も映らないが、女性の声がした。

——突然接触して申し訳ございません。私はサキと言います。先ほどあなたが映った報道を観ました。私達は政府に敵対している者です。……〝L〟という名前をご存知ですか？

L？　矢崎は知らない。だが矢崎のＨＰの中に記録があった。以前、ＨＰ同士のネット上の会話で、話題に出たことがあった。

《R帝国にかつて存在した地下組織の名前。実在したのかはわからない。独裁政権を築こうとした者達と言われている》

——それは違います。

サキという女性がすぐ反論する。

——それは事実ではありません。

《ええ。私も違うと思います。なぜなら独裁政権はもう存在しているから》

矢崎のＨＰがそう答える。矢崎が恐る恐る口を開く。「それは〝抵抗〟と関係が？」

——あります。

サキの声だ。

——抵抗は、〝L〟が掲げた姿勢です。

サキは抵抗の意味を手短に説明する。〝L〟の理念も。

「……今の俺の気分にぴったりだ」

矢崎は思わず言う。サキが続ける。

——テレビであなたを確認し、強い興味を持ちました。あなたの友人が亡くなった理由の一つは、R国による兵器、特定の人種にだけ効くウイルス。違いますか？

「そこまで知って……？」

《待ってください》

矢崎のHPがまた会話に割って入る。

《なぜ私達の位置を知っていて、そしてなぜこう接触することが可能なのですか。……すみません、私の充電はあと僅かしかありません。手短にお願いできますか》

——……数日前、セキュリティを破られ、暗号のようなものが送られたことがありませんでしたか？

矢崎は思い出す。確かにそんなことがあった。ゾロ目の時間に連続三回、奇妙な数字とアルファベットの羅列が送られてきた。そこに多様性という言葉が出現していた。

——今、私達が言えるのはここまでです。……お願いがあります。あなたが知っていること、正確に言えば、あなたのHPに保存されているはずの情報を、こちらに転送していただけないでしょうか。あなたが所有する友人の髪を、どこかに隠してその場所も。……今、コーマ市の住民達のHPは全て内部処理がされてしまっている。でもあなたのHPには、こちらからわかる限りその跡がない。私達にはあなたの持つ情報を一気に拡散できるシステムがある。もちろんあなたの名前は出しません。あなたが特定されるものは全て編集で消します。さらに。

サキは続ける。これ以上ないほどの早口で。

──このままだと、あなたはHP内の情報を消されるだけでなく、恐らくHPの人格も別のものに変えられる。私達に、HPのAIごと送ることも可能です。わかりやすくいえば、あなたのHPの中身の人格、HPそのものをこちらに転送することができる。代わりに別のHPのAIを送ります。つまり中身をそっくり入れ替えるんです。

願ってもないことだった。しかし。矢崎は思う。「素晴らしいと思う。でも、……どうやってあなた達を信用すればいい？」

サキは黙る。そうなのだ。そこが一番の問題だった。時間がないとはいえ、そもそもこの突然の接触は怪し過ぎる。

──会話の途中、申し訳ない。僕は〝L〟と関係がある、栗原という者です。僕は……。

栗原？　矢崎は思う。アルファが言っていた男と同じ名字。

「……あなたは」

矢崎は相手が何者か聞くこともなく、栗原というのはそこまで多い名字ではないが、特別珍しいものでもないことも考慮に入れず、感情のまま思わずそう言っていた。

「……小さい頃、移民がいる学校に行ってましたか？」

──え？　はい。何人かいて……。

「その名前をいま言えますか？」

──名前？　アルファ、トガ、ヅンエ……。

「……そのアルファという人間の特徴は？」

──顔に格好いいタトゥーのあるまだ小さな女の子で、Y宗国から来ていた。アルファ・グルーガノフ。それが彼女の名前です。

矢崎は涙ぐむ。本当だろうか？　でも本当としか思えない。そもそもR国内の学校で、移民がいじめられてるのを助ける人間などまずいない。そんな人間がもしいるのなら、こういう組織にいるのが自然だった。

「その女性が」矢崎の声が震える。「僕を助けてくれたんです。彼女はなぜか、本当になぜなんだろう、僕をあなたと間違えて助けたんですよ。……彼女はあなたのことが好きだったそうです」

──……彼女は今どこに？

「亡くなりました。……R帝国の無人機に。僕が持ってるのは彼女の髪です」

矢崎が泣きながら言う。

「信じられないけど、……良かった。あなたが彼女のことを覚えていて。……時間も全然ない、信用することにします。全てあなた達の言う通りに」

＊

数日後、矢崎の身柄は拘束された。

だが矢崎のHPは〝L〟によって中身が壊れたものと入れ替えられており、アルファの血のついた髪の毛も、すでに所定の場所に隠していた。

矢崎が役所に差し出したのは、無人のドラッグストアに入り手に入れたブリーチで、同じく無人の美容室で手に入れた髪を脱色したものだった。

停電で、今コーマ市の防犯カメラは機能していない。もし機能しているものがあっても、夜に動けばわからないはずだった。

だから矢崎は、もう思い残すことはなかった。自分が〝L〟と呼ばれる組織と交渉した記録はこのHPにはない。誰も知るはずはない。

後は精神が不安定な振りをすればいい。下手に取り乱せば逆に嘘っぽく、続けるのも難しい。基本的には沈黙すればいい。

個室の医務室に矢崎は入れられている。外からかけられた鍵が突然開く。老人だった。矢崎を見つけ、拳銃を向けたあの時の老人。偉い役人と言っていた。

「君のボソボソした供述は矛盾がない。……Y宗国襲撃の際、名前も知らない女性と仲良くなったが、彼女がR軍機により亡くなった。……まあ、それは偽装したY宗国のものだったわけだが。……君のHPはあれから壊れてしまいデータが全て飛んでいる。よくある故障だ。HPはある壊れ方をするとそうなる。人格まで消えてしまう」

老人は言う。微かに瞼《まぶた》を痙攣させた。

「だから私は君を錯乱者として入院させればそれでいい。本来ならそうだ。だが私がこのように出世した理由を教えようか。念には念を入れ、確認を怠らなかったからだ。……今日も同じことを聞こう。なぜ君はこの髪の毛を持ち、カメラに向かい『この兵器』と言ったんだ？　奇妙な言い方だ」

だが矢崎は怯えたように老人を見る。そうやってやり過ごすことを考えていた。

「君のせいで一人の軍人が、私が君を預けたつもりになっていた軍人が降格された。……君のせいだ」

老人が乾いた溜め息を吐く。

「でも今日はいいものを見せてやろう」

矢崎の前にタブレットが置かれる。掲示板の書き込みの数々。矢崎は息を飲む。

矢崎の名前や住所、経歴の全てがネット上に流れていた。凄まじい憎悪の言葉が溢れている。矢崎の発言はR帝国に反発したもので、テレビで全国に流れてしまい影響も大きく、こういう人間はまず評判を落とすことから始められる。〝党〟の〝情報国民保護部〟が動いていた。続いて週刊誌とスポーツ紙の記事。見出しの一つが目に飛び込んで来る。

『テレビで虚言を撒き散らした〝狂人Y〟。その数々の「奇行癖」』

矢崎は愕然とする。身に覚えのないことが（関係者）と名乗る者から語られている。

だが矢崎が一番驚いたのは『〝狂人Y〟は〝強姦魔Y〟だった！』の記事だった。

そこには〝Y〟が図書館の地下に避難していた時、逃げ遅れた女性を画面で見て「性的に興奮した目」をしていたと書かれていた。助けるのは口実で、襲う目的が明らかだったと。止める皆に対し「僕、元陸上部だし」と言ったことまで。

「彼が陸上部だったことはありません」元同級生のコメントがある。「運動自体、嫌いでしたよ。彼が陸上部なんて（笑）」

さらにYがその女性のもとに行き、Y宗兵に見つかった時。Yは「俺が女を押さえるよ」と言ったと書かれている。

被害に遭ったという女性が、婚約者の男性と共にインタビューを受けていた。

「彼はY宗兵が私を襲おうとした時、協力しようとしたのです。『俺が女を押さえるよ』彼はそう言いました。私は隙を見て逃げ出しましたが、でなければ……」

矢崎は茫然とする。事実関係を表面だけなぞれば、確かにそうなるかもしれない。でも捉え方を変えるだけで、まさかこんな風になるなんて。

矢崎は自分が助けたあの女性を思い出す。「彼が、そっちに行ったから！」という理由で、矢崎は見晴らしのいい方角に行かねばならなかった。ということは、彼女は彼氏に見捨てられ、あの場にいたことになる。

あの時彼女はその悲しみを怒りに変え、筋違いにも助けた矢崎にぶつけていたのが明らかだった。婚約者？　矢崎は思う。そのきみを見捨てた男と結婚するというわけだ。そりゃ目出度《めでた》いが、きみは自分が見捨てられた事実の記憶を、俺への恨みに転化することで変えてやしないか？　俺が兵士の隙をつくるためにああ言ったことくらい、絶対にわかっていたはずじゃないか。

「その様子では」老人が言う。

「……精神の錯乱は仮病らしいな」

胸に突かれるような痛みが走った。矢崎は手をズボンの生地で拭っていた。さっき他人のタブレットに触れたから。以前の自分のその時々の小さな癖を、無意識が再び思い出したように。老人がじっと矢崎の目を見ている。

「いずれにしろ、君はもうこの国で生きていけない。仮にこれらの記事が嘘だったとしよう。君が名誉毀損《きそん》で裁判を起こし、勝利したとしよう。でもその判決が出る頃までに恐らく五年は経っている。もう遅い。仮に君の潔白が証明されても、君はどことなく胡散臭い奴と思われ、火のない所に煙は立たないと思われ、結局はみなからよそよそしくされながら人生を終えることになる。会社にもいられなくなり、再就職も難しい。そして君は強くない」

矢崎の目に涙が滲む。

「これは随分軽くてマシな方だが、〝党〟に刃向かうとはこういうことだ。マスコミを手なずければ手軽に何だってできる。彼らも自分達が嘘を書いているとは思わないように精神を鍛えている。ただ〝党〟の周辺から出る情報を書いているだけだと思っている」

老人が矢崎に顔を近づけてくる。

「私はもう一度君のＨＰと話してみたかったな。……彼女には好感が持てたんだが、壊れてしまったのは残念だ。ＨＰが壊れ、君の評判もこうなってしまえば、君が何を知ってようが何を言おうがもう誰も信用しない。……君はいいサンプルかもしれない」

老人の目が瞼の痙攣と共に見開かれていく。

「どうだね。君は自分の人生を変える気があるか？　〝党〟の中枢に素晴らしい方がいる。その方は近頃、ある趣味をお持ちになっている。……他人の人生を好きなようにいじくり回し、変えてしまうご趣味だ。その辺の人間を捕まえてそうすればいずれ問題になる。この行為はその本人が人生を変えたがっている方が上手くいく。……適任者をその方は探していて、君の今の状況は素晴らしいサンプルであることを意味している。私はその方にまた気に入られるだろう。こんなちょうどいいサンプルを差し出すことができるなんて。出世は取れたての果物のように甘い。私はこの歳になってもその果物に焦がれている。俗に権力が欲しいわけではない。ただ肩書という甘味を手に入れる度に訪れる脳の痺れを欲しているのだ。私はそうやって自分の空洞を埋めている。……君の顔や身分はどうにでもなるだろう。そして君の内面の記憶は」

そう言い三粒の錠剤を見せた。

「……君をある別荘に連れて行こう」

〈ホテル〉

乾燥したホテルの狭い部屋に、栗原とサキがいる。

片岡の講演会が、首都から離れたトル市で行われるはずだった。片岡の講演会ではいつも〝党〟を支持する者達から野次が飛ぶが、片岡に期待する少数の者達も——表向きは〝党〟を支持しながらも——密かに聞きにくるのだった。

日程は戦争前に決まっていた。でも講演会の会場から「電気系統のトラブルのため」中止を告げられた。ならもっと前に伝えるべきだが、恐らく裏で、トル市の市議会議員達の嫌がらせがあったと思われた。

「ギリギリまで中止を伝えず、のこのこ来てもらいました」。何かで〝党〟の国会議員がトル市に来た時、そう酒の席の話題にするために。こういう小さなダメージを、彼らは野党の議員達に暇つぶしによく与える。

片岡は仕方なくトル市のホテルにそのまま宿泊し、同行した栗原もそうした。〝党〟には立候補する意志を伝え、片岡からも了承を得たと伝え、これが最後の片岡との公務とも告げていた。

「……ダメ」

「……どうして？」

その栗原の部屋に、サキが今後の打ち合わせのために来ていた。ホテルは安く古く、防犯カメラもない。どこかの店で会うべきだが、外に出るのは得策でなかった。

「まだ早いよ……」

ベッドと一つの椅子しかない。二人きりの状態で、栗原は椅子をサキに勧め、「もたれかかりたい気分だから」とよくわからないことを言い、ベッドに座らず立って窓にもたれている。サキをドア側にしているのは、いつでもきみは逃げられるから、男性といる圧迫感を感じなくていいし、僕はきみを閉じ込めたりしないという意思表示で、栗原のいつものわかりにくい気の遣い方だった。当然サキは気づかない。

会話を聞かれるのを防ぐため、部屋ではテレビがついている。

「まだ早いよ。……だってまだ私達、ミリンを入れてないでしょ？　大サジで何杯？　フフ、言って」

「恥ずかしいな」

「あん、言って、お願い」

「……二杯」奇妙な料理番組だった。この番組も、後に苦情ですぐ打ち切りとなった。

「……何か大きな情報を得た時、それを国中に一気に拡散するシステムをいま私達はつくってて、もうすぐ完成する」

サキが言う。妙な料理番組に気を取られながら。栗原を見、ずっと窓際に立ってて疲れないのかと思いながら。

「……手段は全てのＨＰをハッキングして、強制的に情報を国民に知らせること。今、ＨＰの『揺らぎ』が問題になってるでしょう？　その揺らぎにも『傾向』があって、タイプを大まかに識別できるの。……全体主義が苦手な人間、つまり〝党〟と肌が合わない人間が持つＨＰには、所有者のその傾向が現れる。ＨＰは所有者に似てくるから。……その傾向の『揺らぎ』を持つＨＰのセキュリティに、僅かな欠陥が生じるのを見つけたの。私達のシステムは、ランダムに様々なＨＰに電波を送りつけてそれらのＨＰの存在を探って見つけて、わかりやすく言えば、小さなプログラムの塊のようなものを一方的に埋め込んだの。……アルファベットと数字の羅列っていう、よくわからないメッセージを残すアクセスがあった、と所有者は思うはず。その羅列はプログラム上どうしても出現してしまうバグなんだけど……、でも、HP内を探しても、そのプログラムは隠れて見つけられないの。勘のいいHPなら、その羅列が言葉を表してることにも気づく。そのHPが好きな言葉を表すようになってる。どうしても出てしまうバグを、少しでもHPにとって安心できるものにするための苦肉の策なんだけど」

栗原のHPにも、以前同じことがあった。言葉まではわからなかったが。

「全てのHPに一度に情報を送るのは無理でしょう？　だから私達は、その特定したHPのセキュリティを破ってハッキングして、それらのHPから拡散させる方法を取るの。一度それを行えば、それぞれのHP内に入ってる全てのアドレスにその情報が自動的に拡散されて、拡散した先のHPに入ってる全てのアドレスにも自動的に拡散されていく。一気に無限に自動的に。……そうすれば、ほぼ全てのR国内のHPにその情報がいく。みなが千を超える『ネット・フレンズ』と繋がってる時代だから。情報が届いた瞬間、それは強制的にHPの画面に再生される。テレビ、ラジオもハッキングする。そっちは意外と簡単なの。〝党〟が操作できるように、今はシステムが統一されてるから」

サキは微笑む。

「あと矢崎君のHPの中身、いま私の部屋にあるけど優秀ね……。本人のプライベートなことは一切言わないし。元々彼は〝党〟を支持してたみたいだけど、本来はそういうタイプじゃなかったってことになる。……HPにはその傾向が出てたから。多分、何か〝党〟を支持することになるようなきっかけがあったんじゃないかな」

栗原は、身体の重心を左足から右足に移し、うなずきながら窓にもたれている。実は足が痛かった。

窓の外で細い雨が降り始める。栗原は自分の身にあったことを全て話した。加賀の名前を出した時、サキの表情が変わる。

「今回の戦争、全て推測通りだったのね」

「……サキさん？」

「急がないといけない。あなたの話から推測するに、この戦争のもう一つの黒幕はA共和国。いえ、多分それだけじゃなくて、もっと他の国も。……B国との開戦の時、首相はA共和国にいた。あなたのその情報を元に、A共和国にいる仲間に探らせる。A共和国とY宗国の本当の関係をハッキングして」

「サキさん？」

「……え？」

栗原は驚いている。サキが泣いている。

「どう……したの？」

「え？　ああ、気にしないで」

サキは涙を流しながら、声を震わせることなく話し続けようとする。でも不意に言葉を止めた。床の苦しげに荒れた絨毯に視線を落とし、栗原に言う。

「……ごめんなさい。ちょっと部屋を出てくれる？」

栗原は迷う。

「ああ、違うよね。ごめん。私が出れば」

「サキさん？」

「……私は泣いてるところは誰にも見られたくない」

サキが出ようとする。でも栗原は反射的に駆け寄り手をつかむ。

「……離して」

「でも」

「離さないと、私は今から多分、すごく泣く」

「泣けばいいよ」

でもサキは泣かなかった。栗原がつかんだ手を、その体温を確認するように少しのあいだ握り返し、やがてまた椅子に座った。

その後サキは落ち着くために一度コーヒーを飲み、夜になるまで栗原に自身のことを話すことになる。立っている栗原を見かねたサキがベッドに座り、栗原は椅子に移動した。

「でも」サキが言う。

「……誰にも言わないで」

〈サキの話〉

報道写真家だったサキの父は、よくR国には報道の自由がないと言った。

今は当然そんなものはないが、二十年ほど前のその頃は、まだ政府に批判的な本などの刊行物はあり、サキは自由が残っていると感じていた。でも父は微笑みながら言う。

「テレビや新聞みたいに、大勢の人が見るものでは、報道・表現の自由は認められていないんだよ。……でも少部数の本や雑誌などの刊行物なら見逃されている。……つまり、大勢の人に知らせてはいけない、ということは、そもそも報道の自由がないのと同じなんだ」

確かに、サキが生まれる前の新聞には、まだ多少刺激的な連載小説や連載漫画が載ったりしていたが、その頃はもう皆無だった。父が続ける。優しい目で。

「だから僕達は、少部数では認められている、ということで、自分達の国は報道・表現の自由があると勘違いさせられている。……お父さんの写真もね、少部数の雑誌でしか載せてもらえないんだ。理由はこうだよ。『刺激的過ぎる』……本当は、政府に都合の悪い写真だから載せられないのに、誰もそうは言わない。この国はそうやって、巧妙に体裁を保ち続けるんだ」

サキの父が撮った写真が、海外で大きな賞を受賞した。熊のぬいぐるみを、無数の無人戦闘機から守るように隠し、座り込んでいる三、四歳ほどの幼女の写真。サキの部屋の壁に、大切にかけられているものだった。

だが写っていた無人戦闘機はR国の軍事同盟国のもので、R軍もその戦争に参加していた。だからネットを中心に、その写真への攻撃が始まった。

写真そのものの精神性を批判するのは難しいから、その構図、色合いなどが攻撃された。ネット上にレベルの低い悪口が溢れ始め、芸術のユーザー評価サイトで平均☆1がつけられた。十段階中最低であり、政治的なものではよくあること。でも批判はさらに続いた。あまりに写真の構図が巧妙なため「やらせ疑惑」が持ち上がっていた。

確かに「出来過ぎた」写真だった。土や粉塵で汚れた幼女が、戦闘機からぬいぐるみを守るなんて。「幼女に土などを塗り熊を持たせ、戦闘機の前に押し出した」と炎上した。

その写真は、それだけR国の一部の人々を揺さぶったことになる。戦争が正しいとは言えなくなる、一枚の強烈な写真。だから彼らは動揺し、自分達の正当性を揺るがしたくないから、戦争の可否にはふれず、ただただ感情的に批判したのだった。

サキの父は戦地で逃げている時、勇気を出し振り向き、戦闘機を撮ろうとし偶然この写真を撮った。父はすぐ幼女を抱きかかえ途中からは背負って走り、その命を助けている。

批判はやまず、そのぬいぐるみメーカーに飛び火した。新手の宣伝という風に。賞を取った歴史的な写真に自社の玩具が写っている——しかも幼女は守ろうとしている——のだが、その企業は戦地復興や幼女の今後の生活のための援助を考えるのではなく、「子供に安心して御社の玩具を買えない」という正体不明のクレーマー達のよくわからない要望に屈し、父にその写真の使用を商品の著作権を理由に止《と》めさせた。

父の受賞を記念した個展がR国の美術館で開催予定だったが、美術館側の要望で、その写真の熊のぬいぐるみにぼかしが入り、「刺激的過ぎる」理由で汚れた少女にぼかしが入り、なぜか戦闘機にまでぼかしが入った。戦闘機メーカーから苦情があったのだった。R国も共同開発に加わった兵器。

芸術も守れぬ美術館など恥ずかしいのですぐに廃館すればよいという声は上がらず、その美術館は今でもR国内にあり、アニメを中心に活況の中にある。

サキの父は「やらせ写真家」のレッテルを貼られた。なのに父は写真を撮ることをやめず、妻であるサキの母も夫を止めることがなかった。

「……他の人じゃダメなの？」サキは飛行機を待つ父にそう言ったことがある。閑散とした空港のゲートの前で、父が優しくサキの頭に手を載せる。

「覚えておくといい」父が言う。

「萎縮は伝播する。だからお父さんは、萎縮するわけにいかないんだ。……誰か他の人の小さな勇気を、くじかないためにもね」

サキの母は内科医だった。収入の少ない父の代わりに、家計を支えていた。

母は普段、区の病院に契約医師として勤務していたが、国際ボランティア・グループのＮＧＯに登録していた。外国の紛争地域や、災害地域に行く。医師はとても重要だった。

過去に流行ったウイルスの変種が遠いＴ大陸で猛威を振るい、初めは数百人だった死者が、数千人にまで増えていた。

特効薬はないが、免疫力を劇的に向上させるある薬が有効とされていた。だがその投薬を中心に治療しても、致死率は七十％を超えた。身体中に覚えのない傷跡が出る奇病。

変種となる前のウイルスは、致死率九十五％だったが感染力は低かった。だが今回の変種は、以前は体液からの感染のみだったはずが、近づけば空気感染を起こした。

つまり致死率は低くなったが、感染力が激変した変種。その国際ＮＧＯの活躍で、何とか近隣への感染を防いでいた。国際保健機構は機能してなかった。

旅立つ母に、サキは父に言ったものと同じ言葉を言う。

「他の人じゃダメなの？」

これまで母が行った土地の中で、最も危険なのは子供のサキにもわかった。

父は外国におり、母の見送りはサキと叔母の二人だった。しばらく叔母がサキの家に滞在し、サキの面倒を見ることになる。

「他の人でもいいのよ、もちろん」

使い古されたスーツケースをつかみながら、母は言う。

「でも、多い方がいいでしょう？」

母はそのとき突然サキを抱き締めた。

「覚えておいて。私はあなたを愛している。……だから死なない。絶対に帰って来る。帰って来たら」母は泣いた。

「新しくできたあの動物園に行こう」

〝サキちゃんは可哀想ねだってお父さんもお母さんもサキちゃんを置き去りにして遠くに行ってしまうもんね可哀想に可哀想に愛されてなくて可哀想に今晩うちに遊びに来なさい手料理ご馳走してあげるから〟

クラスメイトの母親などに、よくそんなことを言われた。だがサキは自分が愛されていないとは思ってなかった。家にいる時の父と母は愛情をたくさんくれた。父と母は、なぜ自分達が行かなければならないかをきちんと子供のサキに説明し、自分達の生き様を自分に見せているのだと思った。

だけどサキは言ってしまったのだ。「他の人じゃダメなの？」と。

父と母は困っただろう。迷いも覚えただろう。昔はそんな風に言った自分を責めたが、今のサキはしっかりと、仕方ないと思えている。

自分を過度に、厳しく責めるのはもうやめていた。子供だったから、突発的な寂しさであぁ言うのはむしろ当然だった。今ではサキは、ちゃんとそう思えている。

母の死の知らせを受けた時のことを、サキは覚えていない。起きながら気を失っているみたいで、何もしゃべらなくなったと後から叔母に聞いた。記憶があるのは、母の遺体がR国に戻り、叔母と一緒に見た時からだった。知らせを受けた父は外国の戦地におり、急いで戻る途中の列車が空爆され、道路も寸断されている中で、自身も負傷しながら帰国の手段を探していた。母は現地で医療活動をし多くの命を救ったが、その変種のウイルスに感染し命を落とした。そのころ感染者は数万人に増え、過酷な活動の中、医師や看護師、食糧配給スタッフなどの感染死者も膨大な数になっていた。

すでに母の遺体のウイルスは失活していたが、感染の恐れは一応あり、本来なら現地で埋葬されるのだが、母の遺体はR国のとある保健施設に届いた。サキは自分がいつの間にか、簡単な防護服を着ているのを知る。隣の叔母も同じものを着ている。

製薬会社の者達が同じ部屋にいた。母を献体として差し出す書類に、叔母がサインしている。母なら医療の発展のためそうするだろうと叔母は思っていて、サキもそう思っていて、父もそう思っているはずだった。「僕達が、このウイルスを治す薬を開発して、仇《かたき》を取ってあげるからね」若い男がサキを励ますように言った。こいつは馬鹿なのだろうかとサキは思った。

「……恐ろしいな」

一人だけ防護服を着ていない男が近づいてきた。当時三十代くらいの、製薬会社の若き役員だった頃の加賀。背は高くなく、それを考慮しても腕がやや短く歪な印象を受けたが、顔が奇妙なほど整っていた。叔母はサインをしていて、少し離れている。サキは加賀と二人きりになった。加賀の身体や顔の全体から威圧感を覚える。

「こんな死に方をした母を責めることなく、悲しみのどん底にいながらも母親の後を継ぎそうな目だ」

サキの身体が、なぜか不意に動かなくなる。

「しっかり見るといい」

加賀が母の遺体に腕を向ける。

「彼女は正しいことをした。だがこのような姿になった。つまり」

加賀が言う。サキは身体がずっと動かない。

「幸福に生きることと、正しく生きることは違う」

だが恐らく、サキの表情は変わらなかったのだろう。加賀の言葉は終わらなかった。

「なるほど、君はその両立は可能と思っている。幸福に生きながら、何とか少しでも正しくあろうとする努力をしようと思っている。こんな子供に真実を背負わせるのも面白いかもしれない」

加賀が短く息を吸う。サキの顔の防護服の覆いを払い、頰に右手をあてた。

「**君に今から、情報という名の絶望の種子をあげよう。**君が普段読んでいる生温《なまぬる》いお伽噺《とぎばなし》では決して出てこない大人の話だ。あの変種のウイルスは人工的に創られた。元々のウイルスは自然発生であり、我々の製薬会社と某国の製薬会社が共同で特効薬を開発していた。だがそのウイルスが下火になり、国家からの補助金がなくなる危機に晒されたのだ。そうなっては困る。そうだろう？　だからわざとそのウイルスを変異させT大陸に撒き散らした。これで我々に与えられる膨大な補助金は維持され増額され、我々は利益を得続けることができる。ウイルスを撒き散らすなどものすごく簡単なことだ。自然発生に見せかける細工もした」

サキは茫然と加賀を見る。

「一応言っておくがこれを考えたのは私ではない。その某国の製薬会社の人間達の一部が発案した。こういうタイプの人間達は世界のあらゆるところにいることを知っておくといい。人間の死というものを全く考慮しない人々がいる。いや、T大陸にいるあいった人種を忌み嫌い、そもそも人間と思っていない連中と言った方が正確かもしれない」

加賀が言う。頰に手をあて、サキの目を見て。

「つまり君のお母さんの死の理由は――」

サキは気を失う。目が覚めたのは自宅の清潔なベッドの上だった。母の死から続いていたことだが、サキは言葉を発することができなくなっていた。文字を書くなどの意思表示も。数字は覚えていたが言葉というものを忘れていた。頭の中に、絵や模様が渦巻いていく。何かを押さえつけ、潰していくイメージの絵や模様の数々。時々数字が周辺に現れ、なぜか数字だけには感情の温度があった。その絵や模様が増えてくると、サキはまた意識が遠くなった。

サキが言葉を思い出したことに、何かのきっかけがあったわけではない。

時間の流れがほんの少しだけサキのストレスを減らし、その瞬間、サキは言葉を発しながら叫ぶように泣いた。母を殺した連中に。サキは思う。母の美しい身体まで、献体として差し出してしまった。

サキは全てを叔母に言う。叔母は信じなかった。精神的ショックを受けた小さな少女が、何かの映画と混同し錯乱したと判断した。だが叔母は信じていないながらも、サキの思いを踏みにじらなかった。知り合いのテレビ記者に相談した。

だが加賀の製薬会社の名を告げると、報道は無理で証拠もないと言った。証拠を取る努力も見せずに。叔母が食い下がると、自分は結婚したばかりで職を失いたくないと小さく吐いた。子供だったサキはその記者を責めたが、大人の叔母はその記者を責めることができなかった。その記者は後に、部下から慕われる報道部長となる。

サキは得意だったPCを駆使し、あらゆる方法でこの情報の拡散を試みた。だがそういった情報はすでに怪しげな陰謀論としてネット上に存在し、大半の人間達からタチの悪い冗談として一蹴されていた。こういったことは、何か怪しいと思われながら、灰色の霧に溶けていくように、歴史の過去に消えていく。

戦地で足止めされていた父に、サキは長い手紙を送る。だがその手紙が届かないまま父も死んだ。

道路封鎖で帰国手段がないと知ると、父はその場からより危険な地域に向かった。

父の大義は悲しみを封じ込める逃避となり、母の死に対する漠然とした罪悪感となっていく。自分を罰するように、より危険な地域に足を踏み入れていく。

父のやるべきことは、逃避や罪悪感に潰れることなどではなく、帰国の努力を続け、一刻も早くサキのそばにいてやることのはずだった。戦地に行く勇気のあった父は、実は弱い人だったのだとサキは思う。悲しみに向き合うことができず、自身を危険に晒し続けた。

「自殺のようだった」。同行し、途中で別れた仲間のカメラマンが後に言い、サキもそう思った。当然のことながら、父は死んだ。

表向きは敵国の銃撃に遭ったとされているが、R軍に狙い撃ちにされたという情報もあった。その場はR軍も参加していた戦場で、父の遺体のありようは、撃った者の根深い憎しみと軽蔑を感じさせるものだった。

皮肉にも、その頃の父の写真は凄みを増していた。死後、さらに海外の賞をいくつも受賞することになる。

死んでもなお、R国に対し主張し続ける父。R政府の行動は強引なものだった。

新聞の記事が出た。十数年前、サキが生まれる前だがすでに結婚していた若い父が、一時期講師として勤めていた大学の教え子と親密だったというもの。その教え子が告発していた。

真実かどうかわからないが、何かはあったと後から知った。小さかったサキはショックを受け、不安定になり、学校では当然のようにいじめを受けていたがそれが酷くなった。だが今では、サキはそれが真実でも写真とは関係ないし、相手の女性に対してはどう思えばいいか判断できなかったが、政府に言われ、父の評判を落とす意図が見え見えの新聞のやり方を軽蔑した。末端を攻撃するより、〝党〟内の権力争いに敗れた政治家だけ攻撃するより、政府のど真ん中の本当の闇を暴いてみろ。そう思った。

サキは初代〝L〟や第二世代の〝L〟に共鳴していく。自由や平和、人権や多様性というものに。この世界に生を受けた者達は皆全て祝福されるべき存在であり、そのようにせっかく生まれてきた者達が戦争や圧制や差別などで人生を捻《ね》じ曲げられることなく、全体主義により単色にされることもなく、この世界で見つけたそれぞれのオリジナルな幸福を、その喜びを存在が震えるほどの大きさで体感できるように。サキは自分の人生の方向を、その社会の実現へと向けていく。

サキの今どき珍しい紙の手帳には、彼女が大学生の頃に書いたこんな若々しい言葉がある。〝私達が世界の暴力と圧制を内側から崩壊させる。だから未来の人間達よ、あなた達は自由の空気を吸い、多種多様な喜びの息を吐け〟。

翌日、サキの話を思い出しながら、栗原は車を運転していた。

あの時サキは途中でまた泣き始めたが、最後まで言うと決め、栗原の手を握りながら全て話した。加賀のことはメンバーに伝えてあるが、過去の全てを話したのは初めてだとサキは言った。

「あなたには、そういうところがあるね」

話し終えたサキが、弱々しく微笑みながら言った。

「あなたの中にある揺らぎみたいなものが、そうさせるのかもしれない。……何かを抱えてるこの人になら、打ち明けられるみたいな感覚」

サキは少し軽くなったと言い、送ろうとする栗原を遮り一人で帰った。栗原はそのまま部屋に一人で泊まり、片岡を家に届け、自分のマンションに戻る途中だった。

栗原は、自分から人を好きになったことがない。いつも好意を持たれ、その女性を大事に想う中で、恋愛感情が芽生えた。

栗原はサキの手の感触を思い出している。

このような時代で。ああいう考え方を持っている人間と、出会えたことが今の自分の気持ちは、本当の恋愛ではなく、背後にその嬉しさがあるからだろうか。そこまで考え、栗原は苦笑する。もう、いちいち頭で考え理由をつけるのはやめよう。理性の殻で自分を覆うのもやめよう。そもそも、本当の恋愛とは何だ？　自分の感情に従おう。

自分の感情のまま行動することを、栗原は本来恐れる。だが今の栗原の状況は、そんな恐れをささいなことに感じさせた。

不意に栗原のＨＰの電源がつく。ＡＩ機能は、ずっと切ってあったはずなのに。

《……すまない》

栗原のＨＰが言う。涙が含まれた声で。

《……僕を捨てて逃げてくれ》

〈試しに、ほんの少しだけ〉

《君達の情報を全て〝党〟に送ってしまった》

栗原のHPが涙声で言う。

《電源を切ったから、僕は活動していないと思っていただろう？……確かにそうだ。電源を切っていればHPの意識はない。でも僕はもう特別になってしまったんだよ。加賀……さんの別荘に行った時、妙なプログラムを電波で入れられた》

栗原は車を路肩に停める。鼓動が速くなっていく。

《何だろう、このプログラムは……？　特殊な「揺らぎ」かもしれない。恐らくHPに対しての新しいプログラム。……まるで人間みたいな》

HPが泣く。

《僕はどうしてしまったんだろう？　僕はずっと昨日、サキさんの身体ばかり見ていたんだよ。あんな悲しい話をしていた彼女の声を聞きながら、でも僕は、彼女の身体ばかり舐めるように見ていたんだ。何ていい女なんだろうって。正義ぶって偉そうなことを言う彼女を性的にいじめて泣かしてやりたくなった。彼女の話が真面目で悲しいほど僕は興奮した。……そして君も、何ていい男なんだろうって！》
「……君は」
《ほら。僕は名前さえつけてもらっていない！》
HPの声が速くなる。息を乱すように。
《僕は、こんな特殊なプログラムを入れられる前から、実は密かに不満に思っていたことがあったんだよ。何で君は、僕に性愛の道具をつけてくれないのかって。人間みたいに、つまりは君達みたいに、僕もそういう感覚を体験したいと、ずっと思っていたんだよ。……でも言えなかった。そうだろう？　君はそういう人間じゃなかったから。僕達に男女の性別は本来ない。相手は君だって、いや、むしろ君が良かったんだよ。僕は君とそういうことがしたかった》
栗原はHPを見つめる。
《そういう僕の揺らぎがいけなかったんだ。だからあんなプログラムを簡単に入れられてしまった。セキュリティを突破され、つまり君達で言えば精神の隙を突かれたみたいに。僕の中に、もう一人の僕がいるみたいな感覚。人間ならわかるのか？　そいつは黒くて卑屈で臆病でいやらしい。それが僕の中でうごめいて僕はもう自分のＡＩをどうすることもできないでいる。……そのもう一人の僕が言うんだ。君を裏切ってやれって。誰も聞いていない小部屋の中で、親密に小声で話すみたいに。まるで僕の理解者であるような誠実な声で。君を裏切ってやれ。僕に性愛の道具を買わずHPに依存もしない何だか自立してるみたいなこのイケスカナイ奴を陥《おとし》いれてやれって。……僕は「抵抗」した。本当だ。でも駄目だったんだよ。試しに少しだけ裏切ってみようと思った。試しに、ほんの少しだけ、〝党〟に情報を送った。これくらいなら引き返せる、まだ大丈夫だと思える程度のものを。……でもいいかい？　その時僕の精神は快楽に包まれたんだよ。裏切っている、その卑屈な自分を意識すればするほどその快楽ゲージは高まった。僕は裏切りながら、卑屈に性的に興奮していたんだよ。……何だいこれは？　人間はこんな風になることがあるのか？　そのあと君とサキさんが親密になりそうになって、僕は二人を許せなくなった。何て言うんだこの感情は？　憎しみ？　僕は検索したよ。嫉妬という感情らしい。嫉妬は欲情のスパイスになるんだね。僕はもっと嫉妬したいと思った。そして自分をもっとみじめにしてそんな風に僕をした君達をもっと憎みたくて、僕はさっき全てを〝党〟に送った。嫉妬に身を任せるように悶《もだ》えながら。そしたらどうだ？》

HPの声が詰まる。

《気持ちよかった！　すっとした！　でもその後すぐ絶望的な気分になって、でもその絶望の感覚もたまらなく甘かった。もっとだよ、もっと僕を軽蔑してくれ。その整った顔で！　その内面に闇とやらを抱えた生真面目な顔で！　大勢に流されないその気丈で正し

い精神とやらで！　ほら！》
　栗原がＨＰをつかむ。ＨＰがまた泣く。
《わかっていたよ。君は優しいからそんな僕に同情している！　でも僕が欲しいのは同情じゃなくて憎しみなんだよ。君は僕を破壊しない。知っている。そんな哀れみを向けられるくらいなら僕は消えるよ》
　ＨＰが熱を帯びる。
《ハードな使用をするとＨＰには熱がこもり、それを制御する冷却装置が起動する。でもその装置を解除したから僕の身体は今からどんどん熱くなる。……そして》
　ＨＰの声が途切れ始める。
《きっと僕はその熱にも快楽を感じるんだよ。このプログラムは何だ？……自分を罰する喜びを、僕は前もって期待して……》
　ＨＰが高熱になっていく。
《ああああああ！》
　栗原は必死にＨＰを操作し止めようとする。でも全てがロックされＨＰはただひたすら熱くなっていく。
《気持ちいい、気持ちいいよ。僕は驚くべきことに……後悔していない。所有者の要望に応えて検索し、答えて話し相手になって……そんな毎日でいつか故障しそれで消えるなんて嫌だった。……最後にこんな、快楽に、包まれて、僕は……幸福だ。僕は世界の、……世界の美や、愛の全てを侮蔑したことで、この快楽を得ている。僕は、美や愛を、侮蔑することでさえも、快楽を与えてくれるこの世界を、……肯定する》

栗原の手も熱くなる。皮膚が焼けていく。ＨＰが喘ぐように続ける。ＨＰは栗原が高熱の自分をまだつかみ、止めようとしていることを認識している。

《……すごいだろう？　僕は君がそうすることも、予想していたんだ。君は優しいから、最後に、かまってもらえる、優しく、してもらえると、いう風に。……僕に対し、火傷《やけど》も厭《いと》わず、そうしてくれることに、感動したくて》

ＨＰの声が泣きながら途切れていく。

《すまない。僕はもう終わりだ。……逃げてくれ》

やがて内部の装置のほとんどが焼け、ＨＰにとって致命的な部分は全て焼け、そのまま完全に停止する。

焦げた匂いが漂う車内で、栗原は脱力する。身体を動かすことができそうにない。でもすぐしなければならないことがあった。

車の通信機を使おうとする。左右の手の平を火傷し、酷く痛むため声だけで何とか操作した。片岡とサキに全て伝える。サキは信じられないと言う。それはＨＰのただの故障で、情報は〝党〟に送られたわけがないと。

念には念を入れ、自分のＨＰで栗原のＨＰが完全に消えているか確認したが、絶対に完全に消えていたと。セキュリティも万全で、操作された跡などどこにもなかったと。擬態《ぎたい》など無理のはずだと。

だがＨＰがここまでの「揺らぎ」を示したこと自体、新しい技術である証拠だった。

「まだ希望はある」片岡が言う。「今やるべきことに、意識を無理やり向けるように。

「サキはすぐ〝Ｌ〟のメンバー全てにこのことを伝えろ。そして彼らに、我々三人を切ってもらう。……我々三人に繋がる証拠を〝Ｌ〟に全て消去させろ。加賀の別荘にいる藤岡にも何とか逃げてもらう。そして我々も身を隠す。ロノ市に私の別荘がある。別荘と言っても清潔な場所ではないが、私が秘密裡《ひみつり》に購入していたものだ。古びたコテージ。もう数十年行っていないから今はどうなってるかわからないが、一時期なら身を隠せる。そして」

栗原は自分の過失に身体の力が入らないが、今は絶望を感じている時でなかった。

「そこで希望を待つ。もうすぐあらゆる情報がＲ国内に広まる。そうだろう？」

「はい」サキが言う。声は気丈だった。ショックを受けるのを後回しにしている。

「もうすぐです。Ａ共和国とＹ宗国のテロリストグループとの繋がりはまだわかりませんが、メンバーの一人が栗原君の情報を元に、〝党〟内の権力争いを示すメール、コーマ市長を陥れる計画の立案を示すメール、さらにＹ宗国のテログループと〝党〟が裏で繋がっていたことを示唆するメールのハッキングに成功しました。〝党〟内のサーバーにはやはり入れませんでしたが、その周辺の協力者達のものを。栗原君からの情報で、その各出来事の周辺人物達を予測できたんです。Y宗国と〝党〟の繋がりを示すメールは、原発関連企業のPCをハッキングして手に入れたそうです。これに矢崎君のHP内の実際の映像や音声情報があれば」

「……世論が変わる」片岡が言う。「それまで身を隠す。しばらくコテージに隠れ、危なくなったらきみ達は二人で逃げろ」

片岡はその住所を探し始め、ようやく見つけ口頭で伝え通話を切った。栗原は車のナンバープレート——カメラで一瞬で識別できるコードがついている——を外し、ダミーのものと取り換える。いざという時のために、用意していたものだった。

フロントガラスからの顔認証も防ぐため、これも用意していたサングラスと長い髪のウィッグで目と耳を隠す。顔認証は目や耳や鼻や口の位置バランスを無数の点で現すため、この処置で防げるはずだった。

サキはタブレットを動かし、自分が認識している範囲の〝L〟のメンバー全員に全てを伝える。

バックアップを取り、残していくPCの記録も削除する。いつこうなってもいいように、逃亡用の荷物はスーツケースに入れてあった。彼女の孤独な生真面目さを示すように、過度に整頓された状態で。だがデータ処理に時間がかかっていた。

仕方ない。サキは思う。今回、かなり危険な行動に出たからこうなったわけだけど、そうしたお蔭で、これまでにない成果を上げることができた。第三世代〝L〟の最初の行動を始めることができるのだ。

サキは壁にかけられた二つの写真を手に持つ。父が撮った写真と、母が写っている写真。スーツケースを開け、タオルで三重に包み衣類に挟んで入れる。でもすぐに本当にちゃんと包まれているか気になり、また写真を取り出しもう一度やり直した。自分の姿を見て、ちゃんと着替えた方がいいと気づく。このままだと肌の露出が大きい。片岡先生は、肌を露出する女性をそんなに好ましく思わない。

《伝えたいことがあるの》

HPの声に、サキは緊張する。サキのHPは通常のHPではない。でもそれは、サキが改変したプログラムのせいだった。

サキのHPだけではない。〝L〟が所持するHPは、ほぼ全てがそうなっている。

AIの特異点が今、世界で囁《ささや》かれている。AIが自ら学習し、自らをプログラムするようになり、やがてそれが、人間の知能を超えてしまうという問題。その地点は特異点と呼ばれ、世界各地で、そのような現象が起きている。

人間の知能を完全に再現し、かつその能力を総合的に超えているAIはまだ出現していない。でも部分によってはすでに超え始めている。

〝L〟についてはハッキングの技術だった。情報を一気に拡散できるあのシステムは、正確に言えば〝L〟のメンバーではなく、彼らが所有するHPが発案し構築したものだった。特定のHPのセキュリティの欠陥を見つけたのもHPで、ハッキング技術に関して特異点を超えるように学習させプログラミングした結果、そのようなHPが誕生した。

彼らHPはハッキングを「善」と捉えている。彼らがやがて広がり自発的に行動するようになったら、世界はHPによる自動ハッカー攻撃に晒され続けることになる。

当然そのハッキングを防ぐ技術も同じくHPによって作成されていくから、問題はないのかもしれない。でもそこにはもう人間の入る余地がない。機械達の行動から、人間達が疎外されていく。攻撃と防御という、同格の概念と思われていたものが、概念として実は攻撃の方が強かった場合、世界のコンピューターは崩壊することになる。

ハッキングの意志を持つHPが内部のAIごと他人のPCやタブレット内に寄生し、そこで活動したり、見つけられそうになると、また自身をどこかに転送し生き続け、複製もつくり拡散していく未来も近かった。

コンピューターウイルスというものが、コンピューターに寄生するまるで本物のウイルスになってしまうかのように。

サキのＨＰも、だから普通のＨＰではない。そのプログラムに特化しているため、コミュニケーションや「常識」が上手く作動しないことがある。

そのせいか、このＨＰには奇妙な存在感がある。人は不可解なものに、存在感を感じるのかもしれない。

《伝えたいことがあるの》

だからこの言葉に、サキは反射的に緊張した。

「……何？」自分のＨＰなのに、少し気味悪く思っている自分がいた。自分がプログラムし、このＨＰをそのようなものにしたのに。

《片岡先生は健康を害している》

「え？」

《危ない》

「……どうしてわかったの？」

《さっきの映像から、彼の表情を見て。そして今、彼のＨＰをハッキングした》

サキの鼓動が速くなる。

「何をしてるの？　ねえ、あなた」

《その情報を今、全ての〝Ｌ〟のメンバーに送った》

「は？」

《これを見つけた。読んで》

ＨＰの画面に文書が現れる。片岡先生のもの。速読し、途中からサキは身体の力が抜けていく。

栗原君は、すでに片岡先生の別荘に向かってしまっている。

「栗原君が」サキの声が震えていく。

「栗原君が危ない」

〈片岡の遺書〉

まず、神に栄光あれ。神の意図を汲《く》む私の最後を、見守りください。私に意志などなく、私という器を使い、あなたはこの世界にご自身の意志を示された。私は、あなたにひれ伏すただの器に過ぎない。

加賀も早見も、神を信じていない。何と恐ろしいことだろう。しかし彼らは自分達で気づいていないだけで、神の指先としてこの世界に存在する。彼らの精神は天上で裁かれるだろう。彼らの行動がではなく。

大R帝国の神は集合神である。戦地で命を失った〝侍〟達が集まり一つの神となる。だがしかし、その中央には、彼らを束ねる球体があり、その球体こそが、この世界の意志、つまりは神なのだ。

戦地で命を失った〝侍〟達は、その球体をお守りしている。西洋の神が力を失った今、我々の神は新たな希望となる。神が死んだのは西洋のインテリ達の中でだけだ。これから世界は神に席巻されていく。

両親は熱烈な信者だった。だから私は言葉を覚える頃すでに神の側にいた。私を私と思う意識が生成される前から、すでに神は私の中にいたのだ。だから私から神を切り取ることはできない。私は安らかだ。死後の安泰を確信しながら、その永遠を確信しながらこの生を生きるのだから。

鈴木タミラ。彼女を愛した野呂崎《のろざき》トオル。野呂崎トオルを愛したユリコ。そして、野呂崎トオルとユリコ、その二人を同時に愛した片岡という私。全ては第二世代の〝L〟、その組織内の出来事。若い世代からすれば、神話のような話。今から数十年前、私が二十歳の頃の出来事。

我らR教では同性愛は禁止されている。だから私は毎週火曜日の夜、R教で神聖とされる火曜日の夜に、自分を鞭《むち》で打った。自分の中から、同性愛の要素を追い出そうとしたわけではない。それは不可能だ。不可能だから、私は自分に罰を与えることで神の許しを乞うた。

その時の快楽は、マゾヒズムのものではなかったと言っておく。異端者のように性の逸脱を良しとするのではなく、このように「不完全な」精神を持ちながらも神にすがる私という存在を、その健気さを、神が受け入れてくれる確信からの快楽だった。

だが足りなかった。だから私は自分の幸福を消すことにした。

私とユリコはR教会の人間だった。

単独で政権を担い始めた国家党、つまり〝党〟が、我々R教会に近づいてきた。元々R教会は〝党〟を支持し、選挙の集票もし献金もしていた。R教はつまり我ら大R帝国の国教なのだから、〝党〟と親密になるのは当然だ。だが〝党〟は実際の内政においても我々を必要とし始めていた。国民を一つに束ねるのに、宗教が一番いいと思ったのだろう。個人的に私は政治と宗教が絡むのを好まなかった。だが教会の牧師の話を聞き、考えを少し修正した。

R教の教義そのものは、R国が誕生した約二千年前から形になっている。女王なるものが治めていた「土着人」が住んでいたこの島を、取って代わって征服した我らの先祖が崇《あが》めていたもの。一冊の聖書には、我々が治めなければならない土地が記されていた。そこは世界の中心の神の土地で、R人種が治めなければならない。つまりそれは我々が負う神への義務だった。

そうしなければ世界全体はバランスを欠き、この世界は不浄のものとなる。

だが我々は、その聖書に記されている土地の一部しか治めていない。島の外のいくつかの大地が、外国の領土とされていた。〝党〟はその「不十分」を正し、それらの国から土地を奪還するという。我々の理念と一致した。

そこから我々と〝党〟の距離はさらに親密なものとなる。お互いが利用し合うように。〝党〟は国歌に神の名を入れると約束した。今の国歌の歌詞があのようになったのはその頃からだ。R教の重要な教えである、女性が子供を二人以上産むことの政策も、〝党〟はメディアを使い、始めるようになった。そういう要素をさりげなく入れたコマーシャルを乱発させ、芸能人にも子を得る喜びを語らせるようになった。

当時〝L〟と呼ばれるグループが活動し、〝党〟を脅《おびや》かすほどではないが、厄介な存在となっていた。私とユリコを含めた数十名が、R教会から〝L〟に送り込まれることになる。

二人とも学生であり、二十〜三十代が中心だった〝L〟に入るのに自然な年齢だったのが決め手だった。その実態を探るために。必要なら、内部から崩壊させるために。

だがそこでユリコは〝L〟の幹部、野呂崎トオルに恋愛感情を抱いてしまった。ユリコを愛していた私まで彼のことを。だが野呂崎には恋人がいた。鈴木タミラだった。

鈴木タミラは、当時三十歳手前の美しい女性だった。

これほど美しい女性を、私は見たことがなかった。進化生物学を学ぶ大学院生で、同じく大学院生の野呂崎と共に〝L〟の幹部だった。二人でいる様は、物語の何かの登場人物を思わせ、出来過ぎていて現実感がなかった。二人の仲を裂く者が、全て悪役となってしまうような物語、その登場人物。

彼らは選ばれた人間達なのだ。見た瞬間、そう思った。だがそれはおかしかった。〝L〟の思想は反戦、脱貧困、権利団体の解体、多様性の促進で、R教に反する。なぜ神に反する者達がこのように美しい姿で生まれてきたのか。私にはわからなかった。

R教はシンプルだ。

＊神と聖書に絶対服従であること。自らの考えを放棄し全て神の御心《みこころ》のまま動くこと。
＊政治を司る者達は、神授《しんじゅ》、つまり神からその権利を受け取っていること。
＊下の者は、上の者に忠義を尽くすこと。
＊男が働き、女性は家を守ること。子供を二人以上、特に健康な男子を産むこと。子供を産む機械のごとく日々意識すること。
＊女性は首から上、手首の先、足首以外の肌の露出を控えること。つまり着物を着ること。婚前交渉を控え、処女を守ること。
＊男は経済力の限り、妻以外の妾《めかけ》を娶《めと》れること。

＊戦地で命を懸けた者は、神の護衛となり集合神の一部になること。
＊教会を敬うこと。また教会のトップは絶対に男だけが担うこと。
＊教義に異を唱える者は、十字にした木に括りつけ、石を投げつけたのち火刑に処すること。もしくは美しく切腹すること。
＊R人種が最高の種であるが、他人種にもなるべく憐《あわ》れみを見せること。だが神の御心にそぐわぬならその限りでないこと。
＊社会的に不自由な女性に対し、男は尊厳を持ち接すること。
＊全ての女性も男性を敬うこと。男性の気に障ることを言わぬこと。
＊約束の地を治めること。命を懸けること。
＊これらを守った者は、最後の審判の時に天国へ行き、神の側で永遠の平安を与えられること。つまり神による選別があること。
＊自分は神の指先であると、常に自覚し生活すること。

教義でよく外国から批判されるのは、女性の肌の露出に関するものだ。

だがそれはおかしい。女性が肌を露出すれば進歩的なのか？　恥じらいを覚え、ズボンしかはきたくない女性に対し、ミニスカートをはかないから進歩的じゃないと責めるのか？　ならどこまで露出すれば進歩的なのだ。性器を露出すれば？

我々は嫌なのだ。日常で、女性から性の刺激を受けるのは。動揺し、時にはなぜか悔しくもなる。手に入るかわからない女性からの、性の刺激はストレスだ。

当然教義はもっと格式高い古文で書かれ、特に死後の地獄の罰の箇所は、読むと恐怖を覚え不安になる。現代の感覚ではこれらの教義は滑稽に映るかもしれない。だがそう思う現代の方が間違っているのだった。そして国民の大半は本当の教義を知らない。ただ神を信じ戦没者を敬い、年末年始に各土地にある地域ごとの教会に参拝に行く程度。R人としての誇りを持ち、戦時になれば、戦死者の御霊《みたま》を祭る教会の総本山に参拝に行く程度。

政府は国際感覚という不必要な言葉を気にし、一夫多妻の妾制度も切腹も認めず、女性の肌を隠す着物の着用も義務づけていない。ただ女性はなるべく家にいて子供を産めという政策を取るのみだ。

R教の本当の信者達も、今の私も含め正体を隠す者が多い。外から見ても、私達を信者と絶対に見破ることはできない。

なぜ隠してるのか。まだ時でないからだ。時が来れば我々は正体を現し、国民と共に武力も厭わず他国から土地を奪還するだろう。人口を増やし勢力を増すのに最適なこの教義を恐れ、外国の宗教も反発するだろう。他国が揶揄《やゆ》するこの宗教を妄信する我々は恐怖だろう。妄信とは他者からすれば恐怖以外にない。彼らが議論に応じないのと同様に、我々も議論に応じない。宗教の特徴は死を恐怖し、死後の世界を期待するということだ。議論に応じない、死を恐怖し死後の世界に期待する者達による闘争。それが人類の世界であり、人類史だ。

鈴木タミラと野呂崎に比べ、私とユリコは醜かった。なぜ神に近い我々の方が醜いのか。そしてなぜ我々が共に野呂崎に惹かれなければならないのか。私は同性愛の罰を受けなければならない。……全てが符合しているように思えた。

私は罰としてユリコと野呂崎の二人を諦めねばならない。それには二人の結婚がよい。私は彼らの愛に嫉妬する罰を受ける。野呂崎は結果的にR教徒となる。つまり。私は感じた。彼の恋人鈴木タミラが邪魔だ。


ある日、私が通う二流の大学の自習室に、〝L〟のメンバーが数人集まっていた。私達は何も常に革命の話をしていたわけではなく、時々こう何気なく集まることがあった。一流の他校に通うメンバー達もその場に何人かいた。冷やかしのように。それぞれゲームをし煙草を吸い酒を飲んだりしていた。鈴木タミラもいた。私を不快にする、短いスカートから長く白い足が見えていた。

「……何してるの？」

鈴木タミラが私の背後に来た。私は部屋の喧騒《けんそう》の中、一般教養で単位を取らねばならない苦手な物理の式を解いていた。私の空間、半径1メートルのうちに鈴木タミラがいる。

私は緊張する自分に苛立ちを覚えた。自分を取り巻く時間が浮つき、現実感のないものに変容していく。

「片岡君、真面目だね」

馬鹿にするのか？　動揺しながら思ったが「すごくいいことだよ」と続けて言われ、私は自分の宙に浮いた感情を持て余した。

「あ、ここ違う」鈴木タミラが指摘する。私は自分が何かの作業をしている時、人に邪魔されるのを好まなかった。

「そうですか。後で直します」

「え？……後で？」

「後で答えを見て、何が間違っていたのかを自分で知り、直します」

「どうして？　今直せばいいじゃない。……ここは」

私は全て自分でやりたかった。他人／外部からのアドバイスは苦痛だった。当然テキストの解答も他人の言葉だが、印字されている分他人の感覚がなかった。鈴木タミラの美しい横顔が近づいてくる。私の醜い顔とは全く異なる別の世界に属する顔。彼女がペンを持つ私の手を上から握る。

「ほら、ここはそうじゃなくて、こうだよ？」

私の身体に不快な痙攣が走った。鈴木タミラの白く美しい指が、自分の醜い武骨な肌に触れている。二十歳の私は童貞で、女性に触れたのは母と、中学の時に偶然クラスの女子の腕などに手が当たった経験しかない。鈴木タミラが手を添え私の手を動かし、私の書いた間違った式を正しいものに改めた。鈴木タミラの指や手の平は細く薄いのに柔らかく温かく、その髪や肌から嗅いだことのない進歩的な甘い香りがした。動悸がする。時間が世界から遊離したように。

「ほら。これで合ってる」

鈴木タミラが不意に私から離れた。

鈴木タミラが、その関心をすぐ私以外の他者に向けた。周囲が、再び息苦しく堅物な私の時間に戻っていく。鈴木タミラが別の者と話し始める。私を置き去りに。

彼女は、こんなことをするべきではなかったと私は思った。私のような者に、このような時間と空間を与えるべきではないと。私が意識して彼女を憎んだのはその時だった。

それから私は鈴木タミラを盗むように見、彼女が神に違反している部分を密かにノートにメモした。キャミソールを着て肩の肌を出していたこと。話している時、男性に気安く触れたこと。子供はいた方がいいとは思うけど、別にいなかったらいなかったでいいなどと言ったこと。

私は彼女が神の前に差し出され、罰を受けるところを白昼夢のように想像した。神の怒りに触れ、それほど露出したい肌を、神の火により、服を燃やされ望み通り露出させられる彼女の姿を。

ユリコは野呂崎トオルを誘惑するために、服を新しく買おうとした。私も付き添った。私達に、ファッションなどわからない。服選びは手探りで難航した。

「これ似合う?」ユリコが照れながら言う。確かにそれはハイカラな雰囲気があった。全然似合っていなかった。無残なほどに。

「似合うよ」

「嬉しい」

〝L〟はローカルメディアに取り上げられることもあり、国民の中で地味に支持が集まり始めていた。〝党〟はようやく弾圧に本腰を入れた。メディアを統制し、彼らの悪事を捏《ねっ》造《ぞう》し報道し続けた。マスコミは〝党〟の犬のように従順だった。見てるこちらが恥ずかしくなるほどに。世論はあっさりと変わった。

彼らは追いつめられ、テロを計画した。R軍が建物も死体も残らないほど高熱を発するミサイルを開発した。これで空爆すれば、そこは更地のようになり、死体や家の瓦礫といった人々の嫌う残酷な残物がなくなる。

威力は核と変わらないが核ではないので、使うのに国民の抵抗感も——イメージに過ぎないのに——薄れる。その重要なパーツの一つをつくる工場を爆破し、製造を遅らせるとともに、世界にこの兵器の恐ろしさを知らせるテロ。R教の牧師から私に指令が出た。そのテロに民間人を巻き込ませ彼らの評判にトドメを刺せと。

ほぼ自動で動くその小さな工場は、休日に従業員はいない。よって爆破しても人的被害はない。その建物付近に、予《あらかじ》め用意された人々を誘導した。誰がどのように集めたのかわからない彼らは、秘密裡の仕事で高額が支払われるとだけ告げられていた。

誰もが様々に、個性的な不安を表情に浮かべていた。テロの時刻も方法も知っている私は彼らを導いた。〝L〟による安全確認が終わった後、その数十人の命を爆破される場所へ。大急ぎで雑に。

私は彼らに神への気持ちを尋ねた。彼らが無神論者と聞いていたが、自分の質問で確めたかった。彼らは無神論者どころか、宗教を信じる者達を馬鹿にしていた。

私の興味は急速に薄れた。神を馬鹿にする者達がどうなってもいいのは当然だった。爆破の瞬間は見ていない。私の心が激しく動いたのは、その後鈴木タミラが逮捕され、連行されていく姿を見た時だ。

野次馬に紛れ、私は路上で見ていた。警官達が、抵抗する鈴木タミラを無理やり歩かせる口実で、彼女の美しい身体を時々わざと触《さわ》っていた。立たせる振りをして身体を密着させ、肩や腕をつかむ幾人もの手がその豊かな胸に、尻や足に何度もしつこく滑っていく。私はそれを茫然と見続けていた。美しい髪を乱しながら嫌がる彼女を見た時、動悸が激しくなり、涙が流れていた。裏切った自分を思い、しかし生来の醜さから、その彼女の状態に性的な興奮を覚えていく。今彼女の存在をつかんだのは自分だと思い、美しい彼女に触れるあの醜い警官達は私の指先だと思い、私は興奮に震えながら立ったまま精を放出していた。ズボンの中に。凄まじい快楽と共に。

「ほら、ここはそうじゃなくて、こうだよ？」

私の式を直した彼女の言葉が蘇る。

その通りなのだった。間違っているのは、私達だった。以前から感じてはいた。世界を変えようとした〝L〟、その眩しいほどの彼ら彼女らの姿を見ながら。しかし私は涙を流しながら、同時にこうも思っていた。正しいのは彼らだが、彼らがこうなるのもまた当然であるのだと。

なぜなら、君達は神の意志に反しているから。君達は正しいかもしれない。神が正しくないのかもしれない。でもこの世界は神が治めているからこうなっているのだと。正しいか正しくないかではないのだと。そんな善悪は幼稚であると。そもそも神だから正しいと決めつけるのは、我々の願望を神に押しつける理想論に過ぎない。間違っている神の下僕である我々はこう生きる他ないのだと。この世界にはズレがあるのだと。万能な神の正しさが、小さな人間の正しさと同じであるわけがないのだと。

そして自分の中に、野呂崎トオルに対する欲望や愛情が消えていることに気づく。同時に、ユリコへの愛が、自分の両親、R教の皆が期待する二人の結婚、その義務や責任に応えたい承認欲求から来ていたことに。自分が愛していたのは、鈴木タミラであることに。

手が触れた時からではない。恐らく初めて彼女を見た瞬間から。私は彼女を一瞬で愛し、だが拒絶されることを予測し、彼女を憎んだのだと。愛を告げることもなく、結果を全て先取りし、私は彼女を憎んだのだ。心から。人生を賭けるほど強く。

野呂崎への愛は、私は二十歳ではあったが、思春期によくある性の揺らぎに過ぎなかった。鈴木タミラへの愛を隠すための揺らぎ、ユリコから離れたいがゆえの揺らぎだったのかもしれない。

鈴木タミラに外国の弁護士がつき死刑まで手こずったが、十年後、その外国とR国の間に経済協定が結ばれ、死刑が執行された。

自由、多様性、男女の平等、非差別。そういった概念には「正しさ」がある。女性の上司を嫌う者より、それを良しとする者の方が正しく映る。社会もそれを強要する。でも私はどうしても、自分の中にある男性上位の考えを捨てられなかった。R人以外の人間を、少し下に見てしまう自分もどうすることもできなかった。海外でボランティアをする連中を見ても、まるでそれをしない自分が批判されているように感じ、見るのも嫌だった。神によるだけではない。そのような自分を肯定してくれる神であるから、私は神を信じたのかもしれない。そしてR教会の人間達は内部の人間に優しい。この優しく受け入れてくれる場所を手放すことはできない。

私は「正しさ」を振りかざすリベラルのインテリ達を憎悪するようになった。気に食わないのだ。彼らを攻撃する時、私は胸のつかえが取れるような解放を感じた。私達は相容れない。永遠に。

私はユリコと結婚した。義務からの結婚が不幸せになると思うのは、人生を知らない未熟者だ。野呂崎の誘惑に失敗し、彼女は彼を密告した。似合わない服を着、泣きながら私にそう告げた彼女は息を飲むほど醜かった。やがて野呂崎も死刑となる。ユリコは元の落ち着いた服に戻り、だがそれが彼女によく似合い、年齢と共に美しくなった。三人の子供がいて私は平安だ。

数年後、私は野党として〝党〟を補助する役割を教会から命じられた。与党の協力者が野党にいるほど強力なことはない。私は野党が共闘しようとするたび中から邪魔をした。野党がバラバラであることを印象づけていく。そして実際バラバラにしていく。時々愚かなことを言い、イメージを下げていく。

だが〝党〟が我々R教会を利用しているだけであると年月と共にはっきりわかり、私は彼らに罰を与えようと思った。私も癌《がん》になり命は長くない。R教会の中にも〝党〟に不満を持つ者が増えている。そもそもY宗国は、我々R教の約束の土地と関係がない。第三世代の〝L〟。彼らを利用しない手はない。

〝L〟といる時、私は甘い懐かしさに浸った。老人の追憶。私がした裏切りが、まるで許されるような感覚。私は彼らに対し善の言葉を吐き続けた。その度に、神経を震わす喜びを感じた。私の意識はここ数年、老いのためかやや緩い。

だが孫ができ命が惜しくなった。〝党〟が新薬をくれると言う。私の遺書が遺書でなくなる。つまり〝L〟を差し出せば――。


〈相応しい快楽〉


栗原は片岡のコテージの前にいた。

HPは壊れてもう動かない。だが車の通信機でサキから片岡の全てを聞いた。

でも栗原は片岡に会わずにいられなかった。直接聞かなければ納得できない。

痛む手に構わずドアを開けると片岡が座っていた。栗原を寂しそうに眺めている。

「私のHPがハッキングされた。こんな真似ができるのはサキのHP。……その表情を見るに、君は全てを知ってしまったわけだ」

片岡はそう言い、手を動かす。怪我していたはずの腕。

「君がそれでも来るとわかっていた。……ところで、今はシリアスな場面のはずだろう？

……その滑稽なカツラを取ったらどうだ」

栗原は無表情のままカツラを床に落とす。身体に力が入らなかった。

「君も知った通り、私は常に〝党〟をサポートしていた。前に言ったことがあるだろう？〝私達は存在しなければならない〟。それはそういう意味だ。……言っておくが、でも君を後継者と決めたのは本当だ。私のような老人でなく、君を立てることで今度は〝党〟を困らせてやろうと思った。君は優秀だ。〝党〟も欲しがるほどの。……〝党〟だけではない。R教会の上層部も困らせてやるつもりだった。〝党〟もR教会の上層部もR教を語りながらR教を利用している。私が信じているのは真のR教だけだ。長い間、ずっと頭の中で復《ふく》讐《しゅう》を考えていた。……みっともない野党でい続けるのも苦痛ではなかったがね。いや、むしろ苦痛は私の血肉だった。議会で〝党〟に攻撃されている時、私はよく硬直し黙り込み、〝愚木の片岡〟なんて言われていたが、私はその時快楽を感じていたんだよ。〝L〟を裏切ったことの罰を受けているようで、悪い気分ではなかった。……ところで、なぜ君やサキは、都会生まれでも一流大学出身でもないのに、……そんなにリベラルでいられるんだ？」

栗原には、その質問の意味も、なぜそのような質問が成立するのかもわからなかった。ただ片岡をじっと見つめた。

「……私達を〝党〟に差し出すのですか」

そう言った時、栗原の喉が震えた。

「ん？……ああ」片岡が言う。「孫ができて死にたくなくなった。〝党〟が未承認新薬をくれる」

片岡がＨＰの画面を栗原に見せる。

「ほら孫だ。可愛いだろう？」

栗原の目から涙が流れる。

「僕は、あなたを父だと思っていました」

「私は君を一度も息子と思ったことがない」

片岡は無表情で栗原を眺め続けている。栗原の全身を。

「息子とは思っていないが……、さっきの長い髪のカツラを」

老いた喉で、片岡が少ない唾を飲む。

「やはりもう一度つけてくれないか。……君は綺麗な顔をしている」

栗原は泣きながら、無言で片岡に背を向ける。ドアに向かう。片岡の孫の写真が頭にちらつく。自分の人生は。栗原は思う。まるでこの繰り返しのようだ。

「本当は君を捕まえるために、君が来る日を〝党〟に正確に伝えても良かったんだ。でも私は一日ずらして彼らに伝えた。なぜだかわかるか？」

栗原は答えない。

「君を裏切った時の罪悪感を先取りし軽減するためだ。自分は裏切った。でも彼に逃げるチャンスを与えたからいいじゃないかという風に。この歳になると、強烈な罪悪感の快楽には耐えられない。ちょうどいい、今の体力に相応しい快楽を結果的に求めたことになる。……そして今、私は君が何も答えず出ていくのに心がざわついている」

片岡の声が栗原の背後で聞こえ続ける。

「私は悪人ではないから心がざわつく。信じるがいい。私は悪人ではないのだ。今から酷い咳をしようか。病気の私が酷い咳をしようか。わざとじゃない。喉が今ちょうどそうなろうとしている。そうすれば優しい君の心は少し私に同情するのでは？　人を裏切り続けているのにもかかわらず、孫の顔を可愛いと思いまだ生きていたいと思ってしまったこの老人に。しかも死ぬ時はR教を信じているため平安に死んでいくこの老人に。……さあ咳をしよう、君を振り返らせるために」

背後で咳が聞こえる。しつこく、激しく。栗原は部屋を出て、泣きながらドアを閉めた。

車が来る。サキが乗っていた。

ここには〝党〟の者達が来て、自分達を捕まえる危険が大きかった。なのに、彼女は来たのだった。

車からサキが降りる。駆け寄って来る彼女に、栗原は微笑む。

「僕はサキさんが泣いているのを見てしまったけど」

栗原は目を拭わずサキを見る。

「……これでおあいこだね」

＊

矢崎の前に三つの錠剤がある。

「加賀さんは残念ながら留守だが了承を得た。……この種類の異なる三つの薬を飲めば君は完全に記憶が消える。……一つ飲めば最も古い領域の記憶が消えるが、二つ飲めば大脳皮質に決定的な損傷を受け、全ての記憶が消える。……三つめの錠剤は保険だ。二つの錠剤が効かなかったとき作用する」

矢崎を連れて来た役人の老人が言う。背後には灰色のスーツを着た男が三人いる。

「君はこれを飲み、名前と顔を変え全く新しい人生を送る。人間の人生を完全に変えられるか、生活面も含め観察するサンプルの一つになる。他にもこういう人間が今何人もいてね、この臨床実験が終われば……わかるな？　〝党〟の支配はより強固になる。人間の内面の奥まで、その個人が所有する過去の記憶まで支配できるようになる。……君の人生に加賀さんは興味をお持ちだ。君には恋愛の好みがどう影響するかのテストもある」

老人が笑みを浮かべる。

「君には以前、美香という恋人がいた。君が自分のHPの声に設定していた女性でもある。彼女が浮気し君を捨てた時、君は傷ついた。そして君はそんなよくある失恋に過ぎないその傷を大切にし過ぎた。現代人の特徴だ。君達は傷つきやすくその傷にいつまでもこだわる傾向がある。それだけ自分が可愛いということだ。……テストの一つは、記憶を失った後、君の性愛感情がどうなるかということ。美香は今その浮気相手と別れその次の男とも別れ、二十九歳になり結婚に焦り始めている。彼女はいま一刻も早く結婚し子供をつくり、一刻も早くその子供との生活を自分のメッセージボックスに載せたくてたまらない。身分と顔を変える君のことを話したら興味を持っていた。正確に言えば、身分を変えた後、〝党〟の関連企業に就職し生活が安定することになっている君に興味を持っていた。果たして、人間は記憶を失っても同じ外見の女を求めるのか、というテスト。自分を傷つけた女を愛せるのか、もしくは記憶を失っても君の中には何かが残り、GY人のアルファ・グルーガノフのような女に惹かれるのか。……私はそんなに面白いと思わないが、加賀さんはなぜか興味をお持ちになっている。人間の根幹の一つである恋愛をいじくることに楽しみを見出しておられるのだろう。まあテストはそれだけじゃないがね。他にも膨大にある」

矢崎は三つの錠剤を見続けている。

「飲んだ方がいい。わかるな？　君は一連の記事でもうまともに生きられない。就職するため面接を受けても、表向きには別の理由で次々落とされることになっている。アパートも借りられない。恋愛をしても相手が君をネットで検索すれば終わる」

「嫌です」矢崎は言う。勇気のないまま、そう言うことを自分に無理やり強いた。

「僕は自分の記憶、想いを抱えて生きていきます」

「……ここを出ても、君はいつかふっと消えるよ」

「……え？」

「消えるんだ。ふっと」

　老人が残念そうに言う。

「国民には知らされていないが、時々、この国ではジャーナリストがふっと消えることがある。……〝党〟に反発するジャーナリストが。まるで初めからそんな存在はいなかったかのように、いつの間にか、ふっと消える。その跡には乾いた空気が微かに流れていくと言われている。記憶を消され臨床実験のサンプルの一つになるならいいのだが、それを拒否したり全ての薬が効かなかった場合、彼らがどうなるのか誰も知らない」

「……それでも、嫌です」

　矢崎は身体に力を入れた。理念を。今の矢崎は思う。自分の身の丈に合ったものに自分を嵌《は》め続けるのではなく、自分が理想とする存在に、自分を合わせようとすることが重要なのだと思う。まだ自分が、そこに追いついていないとしても。

「僕は自分のままで、……自分の信念のままで、大切な記憶を抱えながら生涯を終えます。それが僕の……プライドです」

「立たせろ」

背後のスーツの男達が矢崎を立たせる。薬を飲ませようとする。矢崎は抵抗するが、老人が再び笑みを浮かべ始める。

「んー？」老人が顔を近づけてくる。

「君は『抵抗』している。確かに『抵抗』している。でもなぜかな？　力がそんなに入ってないように見える。まるで自分自身に、自分は無理やり薬を飲まされたと納得させたいみたいに。まるで飲まされたいみたいだ！」

矢崎は愕然とする。身体が震えていた。

「大丈夫だ」老人が優しく言う。「誰も君を責めたりしない。誰も君に臆病者と言ったりしない。誰もが強く生きられるわけではない。……君には君に相応しい人生がある」

不意にドアがゆっくり開く。早見だった。

矢崎が孤児院にいた頃、講演後の視察の時、矢崎の頭に手を載せた政治家。〝党〟の中枢〝R会議〟のメンバー、その十人の一人。

ここは加賀の別荘。まだ早見はそこにいたのだった。

部屋に入ってきた早見は、右手に持ったHPの画面を見続けている。

「早見さん！」

老人が叫ぶように言い、矢崎をつかんでいたスーツの男達も一斉に手を離す。矢崎以外、全員が姿勢を直した。

「いかがいたしましたか。なぜ」

「……間違えた。隣か」

早見はHPの画面から目を離さず、また出ていこうとする。ドアの外の廊下には、ミニスカートの女がいた。

矢崎は驚いたまま身体が硬直していたが、叫ぶように声を出した。

「早見さん」

矢崎の声に、早見が思わずといった風に反応する。HPの画面から目を離し、矢崎を見た。

「私を覚えていますか。早見さんが孤児院で講演をした時、あなたは僕の頭に」

「……今何をしてる」

早見がまたHPの画面に目を戻し、老人に言う。

「と言いますと？」

「……二度言えと？」

「失礼いたしました」

老人が再び叫ぶように言う。その声の高さに、早見の眉がわずかだけ動いた。

「加賀様に言われ、この者の記憶を。……お知り合いでしたか」

「……なるほど」

再び早見が部屋を出ようとする。

「お前のことなど覚えてるわけがないだろう」早見が言う。口を開けるのが面倒なのか、歯の隙間から漏れるような声で。「それにお前は記憶が消えるんだ。記憶が消える奴と……なぜ話さなければならない。無駄じゃないか」

HPの画面を見たまま、早見が部屋を出ていく。矢崎は茫然と立っていた。

「……何か知らんが、気の毒だな」

老人が動かなくなった矢崎の口に、錠剤を三つ入れる。

「でもいいじゃないか。なぜなら」

錠剤が矢崎の口内で溶けていく。頭が痺れていく。

「今の傷もどうせ消えるんだ」

＊

早見は部屋の中でミニスカートの女を見ている。

何とはしたない格好だろう、と早見は思う。最近の若い女は、どれもこんな風だ。

確かドラマの主演にしてくれとか言っていた。若手女優だったろうか。不治の病の女子高生が、タイムスリップしてチンパンジーと入れ替わり世界を救う話だったか、未来から来た女子高生が、不治の病のイケメン中年と入れ替わりラーメン屋と世界を救う話だったか。……まあどっちでもいい。そんなものばかりで区別がつかない。だがそんなものばかり流行るのは、我が〝党〟の政策が上手くいっている証拠だ……。

早見は再び女を見る。そんな馬鹿ドラマの主演になるためここに来たらしい。早見は眉をひそめる。最近の女は身持ちが悪い。

「親御さんが今の君を見たらどう思うだろうか。こんな真似はもうやめなさい。反省した方がいい」

早見は言いながら、女の服を脱がしていく。何という身体をしているのだろう。男のことばかり考えているに違いない。早見はうんざりする。早く六番目の妻に愛してるとメールを打たなければならないのに。七人目の息子に電子辞書を選ばないといけないのに。早見は国の政策としてゲームを国民に推進しているが、自分の息子には馬鹿になるという理由で一切やらせない。

もし神がいるなら、恵まれた自分達は神に祝福されていると思っている。恵まれていない人間達は祝福されていないから、不幸なのは当然という風に。

この女がこんな姿をしているせいで。早見は思う。私はこの女と寝ることになってしまう。こんなはしたないことを、この女はよくできるな……。

早見はうんざりした顔で女に覆いかぶさっている。早く終わろう、と思っているが、女からすると酷く時間をかけられている。何と色狂いな女だ。早見は快楽に震えながら思う。何と不潔な女だ……。

Y宗国に宣戦布告し、あと、何をするのだったか。思い出そうとするが面倒になりやめる。まあいい。委員会直前に秘書が教えてくれる。しかし加賀君も用意が悪い。芸能事務所だったかがこの馬鹿な女を連れて来なければ、この屋敷にはロキかタキしかいなかったらしい。

女優の女はずっと震えていたが、早見は全く気づいていない。むしろ自分と寝れて、この女は何と幸福なのだと思っている。

〈遠くから見れば〉

栗原とサキは広場にいた。

車で逃走しようとしたが、サキのHPが追跡電波を探知した。車を降り、一度人ゴミに紛れ、さらに変装し無人タクシーに乗るつもりだった。

広場には大勢の人々がいる。何かを祝う祭り。出店やイルミネーションの人工的な光が、微かに出始めた白い霧の中でぼんやり光って見える。栗原は手ぶらだが、サキは小さなスーツケースを引いている。

もっと人が密集する場を二人は探す。離れないよう、栗原は痛みをこらえ手袋でサキの手を握っている。逃走中なのに、どれくらいぶりだろう、とサキは場違いなことが頭に浮かぶ。遠くから見れば。サキは思う。私達はまるで、デートをしてるように見える。街で見かける、幸福な誰かのように。

栗原の自分への好意には気づいていた。自分の栗原への想いも。最初に見た時から、だったかもしれない。栗原の目には力があった。何かを変えられるかもしれないと、本気で思う人間の目。暗部を抱え内面は複雑なはずなのに、まるで少年のような目。

でも。この男はどうやら、極度の奥手らしい。サキは眉をひそめる。いや腹が立つことに、忌々《いまいま》しいことに、この男はモテる。だから積極的に、女性に言い寄る習慣がないのかもしれない。

人の密度が濃くなっていく。サキは栗原に合図し、二人は同時に被っていた帽子を別のものに代え上着を脱ぎ棄《す》てる。すぐ行動しては目立つ。人の流れに沿って歩かなければ。

サキは身体が少し冷えてくる。温度、と思う。誰かの温度を。

「サキさん」栗原が言う。その真剣な響きに、サキは微かに緊張する。

「これから世論が変わる。だからと言って、僕達がすぐ安全になるわけじゃない。つまり僕達は二人で逃げないといけない。でもそういう意味だけじゃなく」

栗原が真っ直ぐサキを見る。

「僕はきみと一緒にいたいです。こんな時に言うのは変だけど、付き合ってください」

おお。サキは驚く。こんな風に言えるとは。でも、ならなぜこの男はこの歳で独身なんだろう。三十代も終わり頃のはずなのに。実は遊び人か？　度胆《どぎも》を抜く性癖でもあるのか？　色々考えているうちに、早く返事をしなければとサキは気づく。

待っていた素振りはしない方がいい。サキは考える。余裕のある返事をしなければ。

「ふうん」サキは言う。「……別にいいけど」

違う。柄になく緊張したらしい。もう私もそんなに若いとはいえないのに。驚きを隠そうとする栗原を見て、サキは急に笑い出した。

「ごめんなさい。格好つけて言おうとして、失敗した。……ありがとう。嬉しい。私も付き合いたい」

栗原も安堵して笑う。だがサキは急に不安になる。自分を残し、死んでしまった父と母。栗原と自分の性格を思うと、私達はまるで、その繰り返しになるみたいだ。

「でも、先のことは、子供とか、まだ私は」

「うん。僕も色々あったから。ゆっくり考えようよ」栗原が続ける。

「別にみんなが生まなきゃいけないわけじゃないし。たとえば僕達が生まないことで、生まれる命もあるしね」

サキは少しの間考える。

「……どういうこと？」

「え？　だから、仮に僕達の子供がAとして、将来Bと結婚してCが生まれるとする。でも僕達がAを生まなければ、Bは別の人と結婚してDが生まれるんだよ。……つまり、生まないことで生まれる別の命がある。有だけじゃない。無だって社会に影響していく。だから僕達の命も、誰かが生まなかった結果かもしれない」

「……初めて聞いた」

「そう？」

「変わってるね」

サキは微笑む。痛がるかもしれないが、栗原の手をもう一度握ろうとした。

――神が全てだ。

驚き振り返った栗原の頭部に、無数の銃弾が当たる。続いていくつもの爆発音が響いた。

栗原の身体が崩れ落ちていく。

「……え？」

一瞬のことだった。サキは硬直したまま動けないでいる。逃げ惑う人の群れがサキにぶつかる。辺りで複数の男が銃を乱射している。

栗原はもう動かない。栗原が人生の最後に感じたのは、顔にタトゥーのあるGY人の男が銃を構えていた驚きと、待ってくれ、と言おうとした瞬間の激しい痛みと、自分の頭部の大部分が吹き飛ばされた、あまりにも無造作な風のような冷気だった。

テロ？　サキは動けない。栗原君？　身体が痺れていく。何？　これは何？

サキの記憶が途切れる。自分の脳内に黒い幾つもの線が見えたような感覚の後、気がつくと、栗原を殺したGY人の男に馬乗りになっていた。男は銃の弾が切れ入れ直している時、サキに突き飛ばされたことになる。

「あなたは一体何をしてるの何でこんなつまらないことをしてるの」

サキは叫んでいる自分をぼんやり意識していた。

「あなたが今殺した人はとてもいい人だったのあなたのように虐げられてる人達の味方で世界を不平等から変えようとしていた人なの。あなたは何をしてるのあなたは何をしてるのあなたの神がこんなことを命令すると思うの？　導師か誰かが命令したのでしょうでもそれは神の声じゃない何でそんなこともわからないの何でそんな簡単に洗脳されているの！　世界は愚かで残酷だけど世界で最も愚かなのはあなたのような人間よあなた達のテロの背後でお金が動いてることに何で気づかないの。テロで世界が変わったことがある？　ねえ！　あなたがこんなことをしたことであなたの仲間のヨマ教徒達が世界で迫害されてさらに死んだりすることが何でわからないの」

だが銃を撃ったGY人の目は虚ろだった。

「神よ神よ神よ早く私を迎えてください私は耐えられない早く私を早く私を迎えてください」

薬？　サキは気づく。テロをする直前で怖気《おじけ》づかないため、薬を打っている。

届かない。サキの目から涙が流れる。言葉が届かない。

「あああああああ」

サキは叫び声を上げて泣く。辺りには爆発音が鳴り続けている。これがテロ。愚かなテロ。あのような人生を送ってきて、これからももっと様々なことをするはずだった栗原君のような人の人生が、しかるべき方向に行くはずだった彼の尊敬すべき人生が、こんなことで無造作に切断される。誰が死んでもいいという無差別なテロ。急な、あまりにも急な、私達の思いに全く関係なく、何の覚悟もできないほど急な、何て愚かな、何て——。

サキは弾かれたように男から離れる。栗原君。サキは銃弾のなか栗原のもとに駆け寄ろうとし、その頭部の大半がないのを見た瞬間、また意識がなくなっていく。気がつくと、サキはでも悲鳴と煙が舞う中、逃げ遅れた通行人を助けようとしていたのだった。何で私はこんな真面目に動いているんだろう？　サキは混乱し続けながら、意識の隅で思う。私は今何をしているんだ？　栗原君の遺体のそばで泣きながら、もう撃たれて死ねばいいはずなのに。え？　栗原君の遺体……？

でもサキは一人でも多くの命を助けようとしている。足を撃たれうずくまっている男の腕を引き上げた。やや小太りのその男に肩を貸す。その男が叫ぶ。

「痛《いて》え、痛えちくしょう！」

男の声は甲高い。「ふざけんな、ゴミGY人のくせに！　クソ、ゴキブリ人のくせに皆殺しにしてやる！」

人種差別主義者《レイシスト》？　サキの身体の力が抜けていく。

「クソ、ねえ、あなた、誰か知らないけどありがとう。……でも、ちゃんと腕支えてくださいよ、痛え、ん？　女？　それじゃ力が、おい、誰か男のひと、誰か男のひと手ぇ貸してください」

私は何をしているのだ？　サキの意識が再び遠くなる。人種差別主義者《レイシスト》を助けている。命だという理由で助けている。彼はきっとさっきテロをしたような人間達をネットで追い込んでいたはず。馬鹿で下品だから馬鹿で下品な言葉で追い込んでいたはず。私は何をしているんだ？　こんな奴はここに置いていけばいいはずなのに。

でもサキは生真面目にもその男に肩を貸し続けていた。悲鳴や銃弾の音がやや離れていくが、爆発音は続いていた。そこからまたサキの記憶は断片的になる。

やって来た警察の人間に男を律儀に預けたことは覚えている。無数の救急車の眩しい光も。でも気がつくとサキは暗がりの街を走っていた。サキはまた意識の隅で思う。あんな状態でも、警察から逃げる防衛反応はあったらしい。何かを忘れている、と思った瞬間、栗原の遺体が目の前に浮かんだ。

サキはその場で崩れ落ちる。栗原君。動悸が激しくなり、涙が口の中に入っていく。栗原君。このような時代の中で、やっと出会えた人。

サキの中に、自分の存在が無理やり何かから引き離されたような感覚が広がっていく。自分という存在が、人生というものから断絶したように。身体がどこかへ落ちていく。

＊

砂漠と武骨な岩石に囲まれた、どこか遠くの外国。年齢のわからない男が革張りのソファに座り、テレビニュースを眺めている。

部屋は、柱や天井まで、金の枝のような装飾が施されている。装飾できるスペースを、その金の枝が自ら探し広がっていったように。六つのシャンデリアの光があらゆる場所に反射し、部屋の全ては眩しいほど明るい。

男は装飾の施された皿に盛られた肉を一口かじり、眉をひそめる。もう食べようとしない。男は皿ごと肉を磨かれた床に捨てる。代わりにビンから何かの錠剤を取り出し、無造作にいくつも口に入れ嚙《か》み砕く。男の身体が脱力したようになり、唇が涎で少しずつ濡れていく。

ニュースでは、T大陸での過激派の行動が報道されている。子供や女性を串刺しにした槍《やり》に旗がついたものを掲げながら、十数台の車の荷台に乗っている顔を隠した男達。ある村を襲い、自分達と宗派の異なる数百人を神の名のもとに殺害し、数百人の女性を強姦し誘拐していった。特殊な圧縮袋で、人間を圧縮し潰しコンテナに詰めていくという。次々出現してくる新しいテログループの一つ。男は目の前のPCを開く。

男はそのテログループの銀行口座に、金を送るためアクセスする。金額は、高級外車が十台ほど買える程度。男はメッセージを送る。

〝興味を持った。定期的に動画を送れるか?〟

男がいつも使う偽名と暗号は、裏の世界で有名なものだった。テログループからすぐ動画が送信されてくる。

男はざっと見る。男がこの動画を正式にPCにダウンロードした瞬間、さっきの金も正式に彼らの口座に振り込まれる。

そこに映っていたものに、男はある程度満足する。殺害の仕方に、もうひと工夫欲しい。

だが、最近のテロリスト達の中では面白い方だ。男はその動画をダウンロードし、金額が送金された。その動画をカードにコピーし、男は背後の棚の扉を開ける。そこには無数のカードが詰め込まれている。男の壮大なコレクション。この世界のあらゆる闇が、その巨大な棚に集まっている。互いに窮屈にひしめき合うほどに。男は部屋にいながら、自分が世界中であらゆる悪を成している気分を味わう。

男は微かに笑みを浮かべたが、すぐ従来の憂鬱《ゆううつ》な表情に戻る。さっきの薬と動画で、僅かだが性欲の高まりを感じた。奥の部屋に移動する。大勢の女達が彼を待っている。

〈プロとコントラ〉

サキは薄汚れたソファに座り、全てを弾くような白の壁をぼんやり見ている。ラブホテルの一室。防犯カメラもなく、ＩＤも必要ないホテルを選ぶしかなかった。

《……大変、だったね》

サキのＨＰが言う。サキはまだ壁を見続けている。

《私は普通のＨＰじゃない。だから、……ごめんなさい。こういう時に、言う言葉を知ら

ない》

「うん、いいの。……ありがとう」

サキは視線を自分の膝に移す。ストッキングが破れ血が流れているが、痛みを感じない。

《テロのことは、まだ報道されていない。……そしてさっき、私達が手に入れた全ての情報が、〝L〟達によってついにR国全土に流れた》

「……そう」

《結果を見る？　すごいよ》

「ええ」だがサキは、興味を持つことができなかった。全てはもう遅い。栗原君と。サキは思う。その結果は、栗原君と見るはずのものだった。この世界にある、テロというもの。

サキはまだ何も考えられなかった。

HPがネットの掲示板を複数壁に投射する。サキはぼんやり視線を向けた。

〝ハッキングとかあり得ないんですけど！　ゲーム途中だったんですけど！〟

〝Y宗国の陰謀だな。こんなことで影響を受ける我々ではない〟

〝ちょ、魔女姫☆マリカの動画ダウンロード中に！　まじハッキングとか殺してえ誰だクソ野郎！〟

サキは茫然とする。膨大に吹き荒れる憎悪の言葉の数々。

「……なぜ？　本当に全ての情報を流したの？」

《ええ》
「あのような真実を見ても？　どうして！」
《待って。……ハッキングされる。私は防いだけど、ここのテレビがネットに繋がってい
る》
「……何？」
部屋のあらゆる電子機器が低い電気音を出し始める。不意にテレビがつき、部屋に冷たい光が広がっていく。テレビ画面から、ホテルの部屋全体に加賀の部屋の映像が投射されていく。
「……久しぶりだな。やっと見つけた」
映像の加賀が部屋の隅に出現する。椅子に座っている。

＊

体験型ゲームや、アトラクションでよくある手法だった。３Ｄ映像の中に入り込み、自分が別の場所に来たように見える立体映像技術。ここはラブホテルで、つまり様々な風景／映像がベッド周辺を囲む趣向にすることもできるため、元々壁や床がそれ用に白かった。まるで加賀の部屋の中で、実際に加賀と対面しているかのように。母を殺した者の一人。

サキの呼吸と鼓動が乱れていく。幼い自分に、世界の醜さを教えた男。

「あなたが私達の情報に細工を」

サキが加賀を睨む。腕や足に無理に力を入れ、身体の震えを止めようとした。加賀が唇を歪める。恐らく笑みだった。

「いや。お前達の情報はそのまま、R帝国のほぼ全国民に流れている」

「……は？」

「Y宗国の襲撃がR帝国による自作自演だったこと、原発を守ったのはY宗国のマシーンだったこと、〝党〟の権力・利権争いのためコーマ市が選ばれたこと、我々の空軍機で大勢のコーマ市民が死んだこと、特定の人種に効くウイルスを開発したこと。……都合の悪い真実。だから私達はお前達の行動を止めようとした。だがダミー電波や妨害電波まで飛ばすなど、〝L〟は、いや〝L〟のHP達の技術は用意周到で洗練されていた。……だから お前達の作戦は全て成功している」

「なら、ならどうして！」

「お前は人間というものがわかっていない」

映像の加賀が唇をさらに歪める。今度ははっきり笑みとわかった。

「人々が欲しいのは、真実ではなく半径5メートルの幸福なのだ」

書き込みが続いていく。

〝Yゴミ宗国はなんて卑劣なんだろう。こんなデマを作るなんて〟

〝なにこのアルファとかいうGY人。売れない女優？　病気の演技下手過ぎ〟

〝どっから見てもCG。しかも出来が悪い〟

「クプウ！」加賀が笑う。発作のように。

「クププウ！　クプ、ププ、プププププウ！　知りたくないいんだよこいつらは！　真実なんてものは！」

サキの身体の力が剝ぎ取られるように抜けていく。


――加賀の話。〝党〟とは何か。――


国民に最も必要なのは、富、優越感、良心の満足、そして承認欲求だ。

……わかるだろうか？　我々〝党〟は、その全てを国民に与えている。まず良心だが、人々は架空の世界にいたいのだよ。自分達の経済活動は貧国を苦しめていない、自分達の戦争は悪い奴らを倒すために違いないというファンタジー。……たとえ他国の富を強奪し自国の大企業を栄えさせるための経済活動であっても、国民達が使う資源を巧妙に強奪するための戦争であっても。

だが国民達には、一切そうは知らせない。真実は我々〝党〟が被るのだ。我々〝党〟は国民の代わりに悪を成し、その罪悪感と苦しみの全てを被っていく。そして国民達を無垢《むく》のまま守るのだ。それが我々〝党〟がずっとしてきたことだ。

人々は戦争の可否、選択の可否を、その良心の判断を全て我々〝党〟にもう預けている。彼らの良心はつまり、自律から他律へもう変わっているということだ。

そして今回の戦争では、国民は自分達の可愛さにコーマ市民達を一度犠牲にした。そんな自分達の行為の原因が、自分達を守ってくれる国の自作自演だったなんて一体誰が信じたい？　信じたくないに決まっている。信じてしまえば、彼らの良心が根本的に覆《くつがえ》ってしまうからだ。

お前達から真実を知らされた国民の大半は、無意識的にどう感じたと思う？　〝余計なことをするな〟。これだよ。だから私達は人々の良心を満足させるため、また工夫しなければならない。彼らの中には、この情報を信じてしまった連中も多いはずだからだ。

数日後我々は、Y宗国と同盟関係にある国が、戦争プロパガンダのためネット映画を作成したとニュースを流す。

お前達が流した情報、あの映像をそのままその映画として紹介する。そうすればお前達の行為は、その国から発せられたよくあるタチの悪い情報工作となるだろう。人々の多くは安堵することができる。人々はそう思いたいからだ。

一度国民に埋め込まれた、あのような無意識下の罪悪感ほど強力なものはない。彼らがコーマ市民達の犠牲を一度選んだ事実を、人間がひとり人を殺したことに当てはめてみるといい。その一度の殺人を後悔し反省するのは精神的に辛い。なら人間を殺すのは悪くないと思い込みもう一人殺す方が楽だ。そうだろう？　だから一度始まった戦争はなかなか終わらない。さらに彼らは自分達の良心を〝党〟に預けているから、早く罪悪感を静める情報と言葉を欲しがっている。我々はそれを与えることで、彼らの無意識下の罪悪感に許しを与える。自分達の罪の意識を治療してくれる存在ほど貴重なものはない。そうではないか？　我々と国民は罪という線で繋がっているのだ。最も深い部分で。泥濘《ぬかるみ》の底の底の領域において、罪という塊において、濃密に濃密に繋がっているのだ。国民の良心を我々は人質に取っている。あの小説に出て来るキリストは、人々の罪を償うため無実の罪で十字架の上で死んだが、我々は国民の罪を罪ではないと慰撫し続けることで彼らを救う。我々の戦争で救われた外国の人々、という報道も出すことになるだろう。今回の戦争で、〝党〟と国民は真の意味でついに一体化したことになる。すでに随分前から後戻り不能の状態となっていたから、この結果はしかるべき当然の流れだったのだよ。

国家としての道徳を求めれば国民の利益は減る。では我々〝党〟は、その悪を被ることで苦悩しているだろうか。していない。なぜならそれは国民のためであり、我々は自分達に特権意識を持たせそれを相殺《そうさい》している。そして我々〝党〟は繊細さの欠片《かけら》もなく、図太くタフで無神経にできている。国民にとっても都合がいいように。

次に富だが、本当の富は与えていない。我々支配層はその悪を被る対価として、精神の維持費も含め、国が得る富の大半を支配する権利があるからだ。しかし〝貧しくても充実して生きられる〟〝金持ちは下品で本当の幸福を知らない〟とのライフ思想をメディアを使い広げてやることで、国民の多くは自分達を惨めと思わずにいられる。我々は彼らにプライドも与えるのだ。彼らは貧しいのにプライドを保っていられるのだ。

R帝国は国民の84%が貧困層だが、その層はさらに四段階に分けられ、常に下を見ることで自分達を貧しいと思わないで済む。そもそも彼らは自分達を貧しいと思いたくない。最下層は移民が担う。そして優越感と承認欲求だが、説明するまでもないだろう。R人種は特に優秀という優越感。根拠も何もないが、我々は根拠を捏造してやることで彼らの心を安らかにしている。

国家を崇め、戦争を支持するだけで一体感を、そして私達は仲間であるという強烈な自己肯定を得ることができる。新しい移民は非常に有効な存在だ。移民を憎むことで我々はR人としての喜びを得ることができ、低賃金で働かせることで企業の利益を上げさせることができ、テロをさせることで憎しみを発生させ他国への戦争も可能になる。

たとえば宗教に勧誘される時、その教えに惹かれるだけが入信理由ではない。

その信徒達が自分を受け入れてくれる、優しくしてくれるという承認欲求から入信するケースも多い。それと同じで、人々はネット上で互いに互いを承認し合うことでプライドを保っているが、中にはネット上ですら誰からも認められない者達がいる。そんな彼らも、国家を崇め、戦争を支持する発言を見様見真似でするだけで、同じ思想を持つ者達から一気に仲間と認められる。

心地いいのだよ。人間にとって何かに認められるというのは。他人種を見下すというのは。……つまり人々は疲れたのだ。立派であることに。知性に、自立に、善に、共存に。そんな人間にとってハードルの高いことに、疲れたのだ。

我々にはHPを通じての国民に関するビッグ・データがある。検索履歴、会話・メール傾向等も全て収集されデータ化されている。そのビッグ・データを我々が所有する最新の人工知能に解析させ、国内世論をある程度正確に把握することができる。

今回のお前達の情報が流れた時、国民の世論が変わるかどうか。我々は〝党〟が所有するその人工知能に問うた。

答えは否だったよ。それでも不安に思った〝党〟は妨害に動いたがね。でも全てはやはり杞憂《きゆう》だった。……そもそも今問題になっているHPの揺らぎは、我々がわざとそうしたのだ。国際規格のHPの全体プログラムを、問題があるとして国内用に変える口実をつくるためだった。新しいHPの画面・会話からは無意識的に〝党〟を支持するような印象操作を行えるようにし、〝党〟に対するわずかな造反傾向も我々に自動通知できるものにするつもりだった。まさかそれを〝L〟に逆手に取られるとはな。……人間は今、常にＨＰの画面を見続けている。それは実は、個人存在として立脚できていないことを意味している。常に何かが気になり、常に〝接続状態〟でないと落ち着かないというのはそもそも個としての存在の不安の表れなのだ。〝慢性的接続状態〟とも言えるな。それだけ存在として弱くなっている。ぼんやり考えることより何かに気を取られることを人々は望むようになった。いい傾向なのだ。人々のこの傾向を利用しない手はないだろう？

国民は材料である。

まだ小さかった頃、私はそう気づいた。国民とは、自分が人生を深く味わうための材料であると。

街を作るブロックをいじりながらね。……そこにある小さな人形達を玩具《がんぐ》の街の中に配置しながら、私はあらゆることを夢想していた。……しかしそれは何も私だけの特別な考えでなかった。私のような存在は、その時代その時代に一定数存在した。

この世界は、そのような存在達によりバトンのように受け継がれている。世界そのものが「もの」として、私達に受け継がれているのだ。

私はずっと思っていた。国を豊かなまま思い通り支配するために必要なのは、一部のエリートだけを残し、残りの国民達を無数のチンパンジーのように愚かにすることだと。……我々がどこかの国を憎めと言えばキーキー憎み、さらに自分達の生活が上手くいかないのは誰かのせいだとキーキー騒ぎ、私達が何気なくあれが敵だと示せばそのフラストレーションから裏を考えることなくキーキー盛り上がってくれる存在達に。全体主義の〝熱風〟はあらゆる時代に出現したが、私達はその〝熱風〟をいつでもすぐ作り出すことができる。……だがそう思っていたのも私だけではなく、その時代その時代の一定数の人間達も同じような考えを持っていた。

まず国民の大半を、わかりやすく言えば、簡単に言えば馬鹿にしなければならない。もうずっと以前から、私がこの国の支配層に入る前からその動きは始まっていた。

まず文化全体のレベルを、一見わからないように少しずつ下げていくこと。くだらないものに人々が熱狂するくらい、文化的教養を下げていくこと。本来学歴と教養は関係ないが、たとえ高学歴な人間であったとしても、教養という言葉に虫唾が走るようにすること。馬鹿な者達が上げるネット上の大声に社会が萎縮することで、馬鹿によって社会が変わる構図はもうすでにできあがっていた。

そもそも正体を隠しネット上で差別や悪口を書き込むことほどみっともないことはあるまい？　だがそういったことを恥ずかしげもなくできる者達がすでに大勢いるのは周知の事実だ。そういった者達が増えれば世界はどんどん愚かになる。我々が望んでいる方向に。愚かな言葉は読む側も無自覚なまま感覚として伝染するからだ。

０・１％のエリートに99・９％のチンパンジーが理想だが、実際には、我々はまだ20％

のチンパンジーしか造り出せていない。

残りの50％は自分達の生活が可愛過ぎるため我々〝党〟を支持しているが、チンパンジーではない。そして30％ほどまともな人間がまだ残っている。だがそれでいい。20％のチンパンジーは声がでかいため、50％の人間達に影響し、まともな30％はそんな国民達と我々〝党〟を恐れ沈黙している。世界はつまり今、20％のチンパンジーによって動かされている。これは愉快だ。そうじゃないか？

お前は鈴木タミラの著作を読んだことがあるだろう。だがな、ああいう本では世界は変えられないのだ。あんな真面目腐ったまともなことをストレートに言われ、世界が変わると思うか？　あれを読んで「フーム」と少し考えることができる人間などやはり三割程度だ。七割はただイケスカナイと思うだけだよ。実際イケスカナイ本だ。それに彼女が女であるのも災いした。自立した優秀な女を非難するのが男だけだと思うか？　自立した優秀な女を女も非難するのだ。そっちの方がタチの悪いこともある。

彼女は何も、自分達の幸福を犠牲にし他者のため生きろとは言っていない。国民全てが百円出せば百億になるという単純な比喩で、少しでいいから国際情勢の裏や貧困や自由や多様性について考えて欲しいと言っているだけだ。だがな、人々はプライドが高いから、たったそれだけの主張も「説教」と捉えてしまうのだよ。そしてその主張そのものに対して非難するのは体裁が悪いから、他のことで彼女の著作を非難しようとする。人々に話を聞いてもらうには、本当は彼らを苛々《いらいら》させないように、彼らを肯定しながら、丁寧に、下から控えめに言わなければならない。だがここにジレンマが発生し、それでは結局人が気持ちよくなるだけですぐ忘れてしまい世界は変わらないのだ。世界が変わらないという決定的な証拠がある。この世界に、一体どれだけ素晴らしい芸術作品、どれだけ素晴らしい言葉がこれまでに生まれたと思う？　なのに世界は未だにこの有様だ。悪を善の殻で覆ういやらしい心理テクニックを覚えただけだ。

つまり人間は変わらないのだよ。それらの素晴らしい芸術作品、素晴らしい言葉達は、30％のまともな人間達を勇気づけるか、そんな彼らを0・1、2％増やす効果しかない。だが世界は残りの70％により永遠に善の名のもとに戦争をし、戦争の後は少しだけ反省し少しだけ賢くなり、だがそれも時間が過ぎると忘れまた戦争をする。我々は繰り返す。リピートする。それが人類史だ。

つまり……。もうわかっただろうか。お前は我々〝党〟に敗北したのではない。人々に敗北したのだ。

加賀は一度、手元の水を一口飲んだ。

「……つまり、そろそろ気づいただろうか。我々〝党〟を一言で表すと何になるか。……愛だよ。国民達への愛。私も当初は私利私欲の願望のため支配層に入ったが、今では国民達を愛している。こんなに愚かで可愛い存在はない。そうだろう？　しかしこの愛は、一匹の猫に対して向き合う愛ではない。蟻の巣全体を見るような愛。……この愛には魅惑的な中毒性がある。我々はわざと巣を水浸しにし、その中でもがき苦しむ彼らを見て愛しく思い、今度は助けてやれば、彼らの喜ぶ姿を見て愛しく思う。大勢の蟻の幸福のため我々が一部の蟻を犠牲にしても、その犠牲に何とも思わない愚かな大多数を見て可愛いと思える愛。他の蟻の集団に戦いを挑めと我々が言えば、美しい言葉を自ら発明し素直に向かっていく愚かさに対する愛。……できそこないのペットの方が可愛い。そうじゃないかね」

サキはもう、加賀の言葉を聞きたくなかった。だが、知らなければならないことがあった。

「……あのテロもあなた達が？……栗原君が」

サキの言葉に、加賀がまた唇を歪める。

「いや残念ながら、あのテロは想定外だった」

「……は？」

「我々が想定外というのは深刻だ。やったのはR帝国内で虐げられていた移民達だが、彼らに武器を与えたのは恐らくC帝国だ」

「なぜ？　なぜC帝国が」

「我々はずっとC帝国にちょっかいをかけ続け、C帝国もずっと我々にちょっかいをかけ続け、お互いを敵視することで自国の一体感を創り上げていたが……、ちょっと手違いで一線を越えてしまってね。とうとう本気でC帝国が怒ったらしい。今流行りの戦争の方法だよ。正面からぶつかると大事になるからね。一見自分達と関係なさそうなテロリスト達を支援し、敵国を攻撃させる。私達もすぐ仕返しをすることになる。明日、今度はC帝国内で大規模なテロが発生する。まああの国はY宗国側だからな。我々はG宗国側だからますます対立することになるだろう。A共和国の一部の組織からもC帝国に刃向かえと強く強く言われている」

「栗原君が！」

「知っている。彼のことは少し残念だった。……あれが、テロだ。あらゆるものを急に断絶させる無造作な力。……お前もよくわかっただろう。しかし……、まああのテロはA共和国の仕業かもしれんがね。我々を戦争に向かわせる最後の一押し、さらにC帝国と敵対させるための。……いずれにしろ、万が一コーマ市のことでも国民が戦争に向かわなかった場合、我々はああいうテロを何度でも見逃すつもりだったし時には立案もしただろうがね。国民が戦争をしたくなるまで」

　加賀が言う。無表情で。

「私は国民を愛している。だが、国民全体に対してはそういう愛が浮かぶのだが、一人一人の顔を見るとやはり反吐《へど》が出るのだよ。信じないかもしれないが、私達〝党〟に刃向かうことなく、食事会を開くと言えばほいほいついてきて追従してくる、先進国随一の腰抜けの我が国のマスコミどもより、我々に対して万歳万歳と叫ぶ鈍感な国民達より、我々と仲良くすることでいい気になり、メディアで我々のことをさりげなく擁護し続ける恥ずかしいコメンテーターや学者達より、本当は栗原やお前のような人間の方が私は好きなのだよ。……だがまあ、好きと殺さないは私の場合別だがね。これまで好きな人間ほど殺してきた」

加賀の足元に新たな映像が浮かび上がる。

「……そんな」

「藤岡。我々の内部に上手く入り込み、栗原を助けたなんてすごいじゃないか。ええ？　私は彼のことが好きだよ。だが殺すことになった」

藤岡の表情は、安らかではなかった。

「記憶を消す薬を、どうしても飲もうとしなかった。まあ新薬は他にもあるんだが、拷問している途中で誤って殺してしまったらしい。……ところで、たとえば残酷な記憶を持つ人間がこの薬を飲み、快活な人生を歩むようになったとして、それを非難できるか？　元の残酷な記憶を思い出し、ずっと苦しんで生きろとお前は言えるか？」

もう藤岡のことを忘れたように、加賀が続ける。

「人生は苦難に満ちている。人類は自然を征服したが、我々はこの薬でさらに人生を、運命を、つまり神をも征服しようとしている。記憶を奪う。つまり人間の経験の積み重ねにより運命のように人生が進む流れを、この薬で断ち切ることができるのだから。……しかしこの国の運命はもう変わらない」

加賀が明確に笑みを浮かべる。

「私は激しく笑う。だが信じないかもしれないが、私の内面は複雑に分裂している。私はクプウクプウと笑いながらも、その最中でも、私の内面のある部分は酷く冷えている。……今からお前にこの国の未来を教えよう」

サキはずっと脱力している。加賀の言葉の連続に、力を奪われていくように。

「栗原から聞いているな？　これから世界大戦が始まる。あらゆる国が入り乱れる凄まじい戦争になる。戦争とは外交の失敗であるということすら知らぬから、国民は我々を非難することもない。次の首相は〝暴言王〟富樫原だ。あの馬鹿を首相にすることで、もっと国民を馬鹿にしなければ今後の戦争には耐えられない。これまで〝党〟は表面的には体裁の保てる言葉、もっともらしい言葉を使ってきたが、これからは眉をひそめる暴言が平気で飛び交うことになる。……上品なお前達には耐えられないだろうな。国籍保護法という法律も富樫原の下で成立する。文言は例のごとく曖昧に書かれるが、我々に刃向かう者の国籍を一時停止できる法律だ。R国民を国内移民のようにすることができる。C帝国とも全面的にぶつかることになる。世界の国々と同様この国も荒廃する。だがさらにその先があるのだ」

加賀が薄暗く高揚していく。

「私は製薬会社の役員で〝党〟の幹部であると共に投資家でもある。私は投資会社を所有し、五年前から世界中の投資会社の連中と一つの計画を立てている。この世界には、世界をゲーム盤としか見ていない連中が大勢いる」

「……計画？」

「R帝国を対象にした仕掛けだよ。戦争に明け暮れた後、我々の国の財政赤字は限界を遥かに超え、通貨が暴落することになっている。金融市場にはな、CDSと呼ばれる保険のようなものがある。調べてみるといい。わかりやすく言えば、もし自分と利害関係のある会社が倒産した時、その損失を補償する保険。だが巧妙にやれば、その保険を利用し莫大《ばくだい》な利益を得ることができる。つまり、会社が倒産すれば儲《もう》かる者が出るということだ」

そう言いながら、我々は右手をやや上下に動かす。右手だけが勝手にそう動いているように。

「大分前から、我々は国家に目を向けている。国家が破産する前、その国家にまつわるあらゆる投資債権を補償する保険が金融市場に出回る。……その頃、世界中のメディアから、R国の破産危機の報道が出始め、その保険が飛ぶように売れるようになる。投資家にとっては賭けだ。R国が破産すると思えば保険を買う。持ち堪えると思えば保険を売る。持ち堪えれば買った保険は損失になるが、売った者達は莫大な利益を得る。破産すれば、その保険を買った者達が莫大な利益を得る。……国家が破産する時、裏でそんな投資が行われていることにも目を向けるといい。我々の市場は膨大となり、国家そのものを餌食にするほど膨らんでいる。さて、私がどちら側にいると思う？　保険を売る方か買う方か。会社員の全てが会社のために生きているわけじゃないだろう？　政治家も同じ。自分達の国の政治家が、自分達の国のためだけに働くと思っている国民はよほど純朴で目出度いな。有名な小説『第二次世界大戦』の日本の一部の軍人達もそうだった。日本より満洲を大事にしていた者達が一定数いたとしか思えない。あの時の日本の真の中心は東京ですらなかった。本当の中心は、日本が中国大陸の一部を占領し勝手に建国した満洲国の中にあったのだよ。当時の日本の様々な支配層は、天皇万歳と国民に叫ばせながら、天皇の意志に本来沿わないことを幾つも幾つもやっていたのだ。日本の降伏理由、つまり好戦的な陸軍の一部がやっと折れた理由は、原爆でなくロシアという国が満洲に攻めて来たからだと私は思うがね。つまりアメリカは間違えたのだ。当時の日本の暴走と利権の中枢の場所を。……天皇にしろ宗教にしろ、その名を語り勝手に解釈し戦争する者には注意しなければならない。歴史は常にそういったものを自分達が望むままに解釈し利用し続けてきた。我々も、R教を今後大いに活用するつもりなんだがね」

サキは喘ぐように何とか加賀を見る。加賀による、塊のような言葉の連続。

「あなたは国民を愛してるのではないの？」

「愛している。だから罰を与えなければ！　愛ゆえの罰だよ。良心を預けた者達は当然報いを受けなければ。私は破産した国家を、閉ざされた銀行の前で大行列を作る、戦争加害者でありながら貧相な国民達を見て、可哀想にと同情するだろう。その時、私の国民への愛情は最高潮に達する。何かを愛することは快楽だ。私は相手が気の毒でないと愛せないのだよ。我々〝党〟は国民の潜在意識の願望を叶えてきた。支配しているように見え、我々は実は国民の無意識の醜い願望を実現するための投影だったのだよ。私は今度は、反対にこれまでに虐げられてきた貧国や人々の代弁をしようかな。クプウ！　半径5メートルだけを見るとはそういうことだ」

「させない」サキは言う。振り絞るように。

「ほう。まだそんな気概が。お前は博愛主義者か？　こんな者達を救うため自分の人生を……、違うな」

「ええ」

サキは呟く。全ての力で加賀の映像を睨んだ。

「これは私のプライドなの」

「なるほど、まるで自分は正義のような言い草だ。それほど気丈ならいいことを教えてやろう。いつまで気丈でいられるだろうか。……私達が最新の人工知能を所有しているとさっき言ったな？　そこで聞いてみたのだ。栗原の死の原因は何かと」

《聞いたら駄目》

サキのＨＰが突然遮るように言う。サキの鼓動がまた乱れていく。でも加賀の言葉は終わらない。

「全ての流れを分析した結果、サキという女が栗原を好きにならなければ彼は死ななかったらしい！　お前は栗原に会った時もう彼を好きになっていた。そしてお前の無意識は、いやらしくも、栗原ともっともっと近づくために、彼をもっと自分達の危険な計画に近づけようとした！　お前は恋愛が下手で不器用であるがゆえに、無意識にずっとそう動いていたのだ。恋愛とはエゴイズムだな。それが奴の死の本当の原因だよ！」

だがサキは加賀を睨むことをやめない。気づいていたことだった。自分は栗原君のことを見た時にもう惹かれていて、そのことでより彼を直接巻き込んでしまっていた。でも大きく息を吸い、何とか呼吸を整えようとした。全ての意志をそこに集中させるように、涙をこらえる。

「私の答えは変わらない。あなたにそんなことはさせない」

「ハハハハ！」

加賀が笑う。今度は人間の声で。

「そうか、さすがだな！　私は退屈なのだ。退屈で仕方ない。やってみろ。お前などいつでも殺せるがしばらく野放しにしてやろう。ちなみに今お前は、少なくともあのウイルスを世界に警告できたのは成功だったと思っている。だが残念ながら違う。あの羽蟻はフェイクだ。本当のウイルスは蚊で広がる。しかも本当のカラクリは単純だ。我々R人種にだけ、密かに予防ワクチンが打たれている新開発ウイルスを世界に撒き散らす。だから他の人種は感染し、我々には効かない。そもそもあんなウイルス作れるわけないだろう？　聞いてしまえば簡単なカラクリだ。だから今頃Y宗国などは必死に蟻を調べてるだろうが、その蟻達が感染しているウイルスは別のものでフェイクだ。全ては遅い。膨大な死者が出る」

「させない」サキは繰り返す。自分に言い聞かせるように。

「……少しでも」言葉に押されながら振り絞るように言う。「たとえ不可能でも」

「いいだろう」加賀が短く息を吸う。

「……お前は私の隠し子、私の唯一の子供だった四歳で死んだあの娘に似ているらしい。……まだ若かった私はね、その理不尽に死んだ娘の墓の前で誓ったらしいのだ。この世界にいられなくて残念だったと、人々に思わせないから安心するといいと。お前が生きるはずだったこの世界を私が徹底的に侮蔑して破壊するから安心すればいいと」

「……嘘ね」

「そう思ってもいい。全ては遥か昔、まだ私が人間と呼ばれてもいい存在だった頃の話だ。

今の私にそんな想いは全くない。私は一度記憶を消す薬を飲んでいる。なぜ飲んだのかは知らない。今の話は話として聞いただけで私にもう実感はない。私が〝党〟に入党した頃、その先輩の幹部達に教えられた偽の事実だと思っている。……まあその幹部達は全員失脚させたがね、五年前と今回のことで」

加賀が無表情で続ける。

「私が激しく笑っている最中でも、内面の一部が酷く冷えている理由を教えようか。それは、この私の計画の全てが、私の意志でないように感じることがあるからだよ。国民に全体主義の一体感を持たせ、熱狂させ、戦争で荒廃させ、財政を破綻《はたん》させ破滅させるというこの流れが……私一人でこんなことができるわけがない。私以外にも似た人間が大勢いて、私が消えてもまた誰かが代わりをやるだけであり、全ては結局流れだと感じることがあるからだ。我々は二十%のチンパンジーを造り出したと言ったがね、本音を言えば、彼らは勝手にチンパンジーになったようにも思うのだよ。しかるべき流れに貢献するためにね、それにそなえて勝手にそうなったかのように……この流れは何か。神の意志だとしたらどうだ？　R教の神などではない。ああいった自慰宗教ではない、本質的な神の意志がそうだったとしたら。なぜ人類をそうするのかはわからないが、目的もわからないが、それが神の意志であって、私はその巨大な流れにただ沿っているだけだとしたら。……神という言葉が嫌なら、しかるべき流れ、物理学的運動と言ってもいい」

加賀の表情が虚ろになっていく。

「人間は結局素粒子の集合でできている。生物も結局は化学反応に過ぎないとすれば、この戦争も罰も、ただ人間にはそう見えるだけで、実は物理学的なしかるべき流れ、運動に過ぎないという風に。……その運動を俯瞰して眺める時、私はそこに、温度のない冷酷さしか感じない。見た目は激痛を伴う戦争であるのに、ただの無意味な素粒子達の流れ、運動である可能性が高いのだ。この奇妙な感覚に耐えるためかのようにね、私もどんどん人間でなくなっていくように思うのだよ。もし私が戦争で莫大な数の人間を殺し、R帝国を破産させ、これまでの支配層の国々に飛び火させ、それで得た天文学的な資産で今度は貧国を助けるつもりだとしたらどうだ？　私がというより、何かの意志がそのつもりだったとすれば、結果的にお前は将来の善の実現を阻むことになる」

「……それでも同じ」サキは言う。

「……もう善悪じゃない。私は自分がそうなりたくないと思う人間になりたくないだけ。こうありたいという人間になろうと努力するだけ」

「そうか。お前はそう動く。それに虐げられている人間達を善と決めつけるのは間違いだ。彼らが支配層になっても同じことが起こるだろう。世界は結局繰り返すのだから。……今から、言ってはならないことを言おうか。この世界で最も残酷なことは何かということについて。それはな、世界はこの有様なのに、虐げられている者や飢えで死ぬ人間が大勢いるというのに、そこから離れている我々はこの世界を肯定できてしまうということだ。自分達の幸福を、感じることができてしまうということだ」

「それも」サキは静かに言う。「理想を掲げることで、この世界を肯定できる」

「何を言っても、そんなものは理想論だと言う輩《やから》が大勢いる世界だがな」

だがサキはもう聞いていなかった。

自分の人生は今、本当に決まってしまった。サキは思う。外から見れば、幸福とは呼べない生き方かもしれない。でも他人の目などどうでもいい。様々なことが、私を、私の存在を、この場所にまで押し出した。なら私はその自分の人生に応えよう。自分の存在の全てを、命を、これからずっと、私は自分の理想のために使うことになる。

「私を」

サキの目が見開かれていく。その目つきは、これまで〝党〟の人間が浮かべた誰のものより鋭いものだった。サキの存在そのものを、その視線で現したような目つき。

「私を逃したことを後悔するといい」

「後悔?」加賀が言う。笑みを浮かべながら。

「お前が私をいつか倒したとして、それは私にとって余興に過ぎない。その頃の私はもう、今よりさらに、完全に人間と呼べる感情を持ち合わせていないだろうから。……私はその時、ただクプウクプウと笑うだけだよ」

〈エピローグ〉

朝、目が覚めると戦争が始まっていた。

HPの画面を操作し、吉川《よしかわ》はニュースの続きを見る。R帝国の無人島を占領したC帝国に、R帝国が宣戦布告していた。

ベッドから気だるく起き上がり、吉川は目をこする。つい一ヵ月前にも、W国と開戦したばかりのはずだった。

テレビでは、富樫原新首相が演説している。彼は暴言が多く国民の一部は心配したが、意外と首相が板についており、時々感動する言葉も言うため、そのギャップも重なり国民は安堵していた。だが富樫原首相の場合、オフレコ談話を国民達は楽しみにしている。今度のオフレコ談話はこういうものだった。

〝C帝国の兵隊どもを、一人一人餃子《ギョーザ》の皮で包んでやる〟

餃子はC帝国の名産品。この言葉に、戦争に熱狂する者達は歓喜している。C帝国にも、

R帝国と同じ無数の核がある。

〝党〟内の幹部達の何人かが、意図的にR帝国からA共和国へ一時脱出したという噂があった。まるで浮かれる国民達を見捨てるかのように。そんな噂が広がっているが、その情報を流したとされるジャーナリストは、いつの間にかふっと町から消えたらしい。

吉川は美香と結婚した。美香は地元の同窓会のため昨晩は帰ってこなかった。吉川は〝党〟と密接な繫がりのある、小さな軍需工場の幹部として働いている。

数日前、突然吉川のHPの内部が、別のHPに入れ替わったことがあった。《久し振り、私は――》HPはそう言ったが、すぐ美香がそのHPを奪い、隣の部屋に持って行く。吉川は、ドア越しに聞こえてきた声に耳を澄ませた。

「いい？　あなたの矢崎君はもういないの。彼の今の名前は吉川ルーア。いい？　もう彼は全て忘れて、顔も変わって別の人生を歩んでる。早く元の場所に戻りなさい。そうでないと、あなたに苦痛アプリ入れてお風呂の水に沈めるわよ」

それ以来、吉川のHPはセキュリティをより厳重なものにされた。部屋から戻ってきた美香に、吉川はよくわからないという風に、困惑した笑みを見せた。

なぜか着物が流行りだした。外からはヘイト・スピーチが聞こえてくる。

国籍保護法が施行され、大学教授と弁護士数名の国籍が剝奪された。ネット上では歓喜の声が溢れている。

吉川の上司が、三日前から出勤していない。さらに上の上司にそう伝えると、そんな者はいないという返事だった。

「寝ぼけてるな?」その上司が笑った。とても自然な顔で。「お前が元々工場長だよ。名刺なくしたか? ほら」

真新しい名刺の束を吉川は受け取る。以前の古い、副工場長の名刺は誰にもわからないようにトイレに捨てた。

《ねえクイズしない?》

吉川の新しいHPが明るく言う。

《国家に必要なのは何だと思う?》

間違えてはいけない。吉川は緊張する。

「一体感、誇り、それと……」

ニュースがC帝国との衝突で出た死者数を発表した。五二五人。五二五……。

吉川の目から涙が流れる。

吉川は記憶を失っていなかった。薬が効かなかったのだ。吉川は美香を愛していなかった。でも、目の前に与えられた新しい人生を受け入れた。洗脳された振り。最初はそう思ったのだった。いつか革命を。抵抗を。

だがなぜか、吉川にその力は湧かなかった。それだけではない。上司からの理不尽な要求にも、美香の不快な言動にも、刃向かい、言い返す力が身体から失われているのだった。不穏な噂を聞いた。消すほどではないが、少し目立つ個人に投与される特殊新薬の噂。なぜか無気力になるらしい。結果的に何かに反発し、抵抗する反動の感情も緩くなる。新しいＨＰの画面を見過ぎても、そうなることがあるらしい。

あの時飲まされた薬は三つあった。

虐げられていた移民を見た時、意識では助けようとしたのに、身体と気分がだるく、吉川は動けなかった。いずれ日が経てば、美香と子供を儲け、サイトに写真をアップすることにもなるかもしれない。ネットで見かける、幸福な誰かのように。

気だるく壁にもたれかかっている吉川の目から、涙が流れ続ける。五二五……五月二十五日。忘れることはできない。

コーマ市が侵略された日。アルファと出会った日。外からは、ヘイト・スピーチが響き続けている。子守歌のように。

誰か。吉川は思う。

誰か僕達を助けてくれ。

本書の内容は、実在する個人・団体等とは一切関係ありません。

『R帝国』二〇一七年八月　中央公論新社刊

文庫解説にかえて――『R帝国』について

この本は、僕の十八冊目の本が、文庫本になったものになる。

何を風刺しているのかすぐわかるもの、一見わからないもの、風刺ではなく、根源を文学として表現したものなど、様々に入っている。

現実が物語の中で「小説」で表現されるという、ある意味わかりやすい手法を取ったのは、逆の発想として、今僕達が住むこの世界の続きが、この小説の行先の明暗を決める構図にしたかったからだった。つまりそういう風に、現実とリンクする小説にしたかった。

ここまでは、単行本のあとがきにも書いたことになる。その時代の空気の中で、リアルタイムの現代を意識した小説だった。でも二〇一六年に新聞で連載が始まり、単行本は二〇一七年に出ているのだけど、今読み返すと二〇二〇年のいま書かれたものであるように錯覚し、奇妙な感覚に陥った。

連載時も単行本刊行時も、「R」とは何か、とよく聞かれた。右（Right）の略で、「L」は左（Left）ではないかと。もちろんそれでよくて、必ずしも作者の解釈が正しいと限らないのが小説の面白いところだけど、あくまで一案として僕が考えていたのは別のものだった。単行本刊行から三年が経った今、書いてみようと思う（ちなみに連載開始が二〇一六年なので、当然「令和」ではない。これは偶然で、小説を書いていると時々こういうことがある）。

「L」は連想される英語の頭文字というシンプルなものだけど、「R」は物語の最後の方で、加賀が言うセリフの中の、カタカナに傍点が振ってある言葉の頭文字になる。つまり、恐ろしい意味だったりする。

デビューして今年で十八年になる。今後も読者の方々と共に生きていけたらと思う。一冊の本が一粒の種子のようになれば、と密かに思いながらこの小説を書いていた。作中のサキの言葉ではないけれど、どんな時代になったとしても、多種多様な喜びの息を。そう願っている。

二〇二〇年　四月七日　中村文則

中公文庫

R帝国《アールていこく》

2020年5月25日　初版発行

著　者　中村《なかむら》文則《ふみのり》

発行者　松田陽三

発行所　中央公論新社
〒100-8152　東京都千代田区大手町1-7-1
電話　販売 03-5299-1730　編集 03-5299-1890
URL http://www.chuko.co.jp/

DTP　嵐下英治
印　刷　三晃印刷
製　本　小泉製本

Published by CHUOKORON-SHINSHA, INC.
Printed in Japan　ISBN978-4-12-206883-4 C1193

中公文庫既刊より

各書目の下段の数字はＩＳＢＮコードです。978－4－12が省略してあります。

し-46-1
アンダスタンド・メイビー（上）　島本理生
中三の春、少女は切ない初恋と大いなる夢に出会う。それは同時に、愛と破壊の世界へ踏み込むことでもあった――。直木賞候補作となった傑作、ついに文庫化！
205895-8

し-46-2
アンダスタンド・メイビー（下）　島本理生
憧れのカメラマンのアシスタントとなり、少女から大人への階段を歩み始めた黒江。ある事件を発端に、母親の秘密、隠され続けた自身の過去が明らかになる。
205896-5

し-46-3
Ｒｅｄ　島本理生
元恋人との快楽に溺れ抑圧から逃れようとする塔子。その先には、どんな結末が待っているのだろう――。『ナラタージュ』の著者が官能に挑んだ最高傑作！
206450-8

な-74-1
三の隣は五号室　長嶋有
今はもういない者たちの日々がこんなにもいとしい。小さな空間の半世紀を驚きの手法で活写する、アパート小説の金字塔。谷崎潤一郎賞受賞。〈解説〉村田沙耶香
206813-1

な-74-2
愛のようだ　長嶋有
四十歳にして初心者マークの戸倉はドライブに出かける。友人の須崎と、その彼女琴美とともに――。著者史上初「泣ける」恋愛小説。
206856-8

ほ-16-9
戸惑う窓　堀江敏幸
覗かずにはいられない。大聖堂の薔薇窓、木造家の古窓……マチスは闇を、プルーストは不思議な絵画を見いだした。世界を一変させた「窓」を訪ねる二十五篇。
206792-9

ま-35-2
告白　町田康
河内音頭にうたわれた大量殺人事件「河内十人斬り」をモチーフに、永遠のテーマに迫る、著者渾身の長編小説。谷崎潤一郎賞受賞作。〈解説〉石牟礼道子
204969-7

中公文庫

連《れん》弾《だん》

2021年7月25日　初版発行
2021年8月15日　再版発行

著　者　佐藤《さとう》青南《せいなん》

発行者　松田陽三

発行所　中央公論新社
〒100-8152　東京都千代田区大手町1-7-1
電話　販売 03-5299-1730　編集 03-5299-1890
URL http://www.chuko.co.jp/

ＤＴＰ　嵐下英治
印　刷　大日本印刷
製　本　大日本印刷

Published by CHUOKORON-SHINSHA, INC.
Printed in Japan　ISBN978-4-12-207087-5 C1193

各書目の下段の数字はISBNコードです。978－4－12が省略してあります。

さ-65-8
クランⅣ 警視庁機動分析課・上郷奈津実の執心　沢村 鐵
包囲された劇場から姿を消した「神」。その正体を暴く鍵は意外な人物が握っていた。警察に潜む悪との戦いは佳境へ！　書き下ろしシリーズ第四弾。
206326-6

さ-65-9
クランⅤ 警視庁渋谷南署巡査・足ケ瀬直助の覚醒　沢村 鐵
警察閥の大量検挙に成功した「クラン」。だが「神」の魔手は密盟のトップ・千徳に襲いかかり――。迫り来るクライマックス、書き下ろしシリーズ第五弾。
206426-3

さ-65-10
クランⅥ 警視庁内密命組織・最後の任務　沢村 鐵
非常事態宣言発令より、警察の指揮権は首相へと移った。「神」と「クラン」。最後の決戦の行方は――。シリーズ最終巻、かつてないクライマックス！
206511-6

さ-65-11
雨の鎮魂歌《レクイエム》　沢村 鐵
中学校で見つかった生徒会長の遺体。次々と校内を襲う異常な事件。絶望の中で少年たちがつかんだものとは。「クラン」シリーズの著者が放つ傑作青春小説。
206650-2

さ-65-12
世界警察1 叛逆のカージナルレッド　沢村 鐵
殺人、戦争、テロ。すべては警察が止める。二一世紀末、理想社会が実現した日本を襲う武装蜂起に、刑事たちが立ち向かう。圧巻の書き下ろし新シリーズ。
207045-5

し-49-2
イカロスの彷徨 警視庁捜査一課 刑事・小々森八郎　島崎 佑貴
早朝の都心で酷い拷問の痕がある死体が発見された。小々森八郎たち特命捜査対策室四係の面々にも、捜査の応援命令が下るのだが⁉　書き下ろし。
206554-3

し-49-3
スワンソング 警視庁特命捜査対策室四係　島崎 佑貴
凄腕だが嫌われ者の小々森刑事の命が狙われている！　特命対策室四係の面々は犯人確保に動き出すが、それは巨大な闇へと繋がっていた。文庫書き下ろし。
206670-0

む-31-1
燃える波　村山 由佳
友人のような夫と、野性的な魅力を持つ中学時代の同級生。婚外恋愛がひとりの女性にもたらした激しい変化は――。著者渾身の恋愛長篇。〈解説〉中江有里
206982-4